Sea of dust

# 尘海之澜

刘天一　著

北京理工大学出版社
BEIJING INSTITUTE OF TECHNOLOGY PRESS

**图书在版编目（CIP）数据**

尘海之澜／刘天一著. -- 北京：北京理工大学出版社，2024.1
ISBN 978-7-5763-2031-2

Ⅰ. ①尘… Ⅱ. ①刘… Ⅲ. ①幻想小说-小说集-中国-当代 Ⅳ. ①I247.7

中国国家版本馆 CIP 数据核字（2023）第 008127 号

---

**责任编辑：**徐艳君　　**文案编辑：**徐艳君
**责任校对：**刘亚男　　**责任印制：**李志强

---

**出版发行** / 北京理工大学出版社有限责任公司
**社　　址** / 北京市丰台区四合庄路 6 号
**邮　　编** / 100070
**电　　话** / （010）68944451（大众售后服务热线）
　　　　　　（010）68912824（大众售后服务热线）
**网　　址** / http://www.bitpress.com.cn

---

**版 印 次** / 2024 年 1 月第 1 版第 1 次印刷
**印　　刷** / 三河市九洲财鑫印刷有限公司
**开　　本** / 880 mm×1230 mm　1/32
**印　　张** / 10.5
**字　　数** / 224 千字
**定　　价** / 45.00 元

# 中国科幻的"NEXT"希望在哪里

韩　松

中国的科幻正处于一个重要的转折关口。一方面，它在中国各界和国际上引起越来越大的关注；另一方面，它也面临如何承前启后、推陈出新的迫切问题。

科幻是文学大花园里的一支。但最近看到很多年度文学荐书排行榜上都没有科幻，包括类型文学优秀图书，也没有科幻，至少没有我们认为的那些优秀的核心科幻。这与科幻的热度不符，也一定程度上让人感到是否创作有些乏力？科幻创作中抄袭现象虽是个例，但也敲响了警钟。

大量的科幻图书涌现，数量逐年增长，但是一些出版社却反映销售不好。我接触到了一些读者，发现他们对于科幻的了解，仍仅限于《三体》。这让人认识到科幻仍然是小众。而随着微信、短视频和游戏市场的扩大，更多受众还会被分化。

国内的科幻活动越来越多、越来越热闹华丽，科幻奖也已有十几个，最高奖金达百万人民币，但期待中的精品还是较少。《三体》问世十年后，就再没有产生这样的轰动作品。这是否是一种能被接受的常态化呢？毕竟世界范围内也没有出现"三体现象"。但这仍然不能阻止我们对精品的追求。我看到有读者给我留言："斗胆说一句，科幻作品虽然越来越多，但总觉得令人惊艳、拥有瑰丽世界观的仍然是不够。"

国内创作之外，近年译作的增加也十分迅猛。我们的科幻，从生成到发展，都一直受着国外的影响，特别是不少灵感来自美国这个科幻大本营。我觉得中国科幻仍然需要潜心向世界学习。但是译作现在有些鱼龙混杂，有些译作的质量仍需要提高。另外国际环境的变化也给引进工作带来了影响。

被寄予很高期待的科幻电影，自《流浪地球》后也在不断努力，但是距离受众的愿望还有明显的距离，实践或许正在证明，科幻电影终究是最难的一件事情。急功近利蹭热点的几乎很难成功。

许多地方在搞科幻产业化，不少资本涌入科幻圈，但从打雷到下雨，再到怎么能有更大的雨下，仍在探索。科幻产业园区到底怎么打造？科幻究竟是不是人民生活的刚需品？科幻产业的投入怎样才能创造出应有效益？这些都还需要用事实来回答。

中国科幻从晚清诞生至今，发展了一百多年，它的源头还在于文学的创作，在于作家们精益求精的写作。

正是在这个时候，未来事务管理局与博峰文化合作推出了"NEXT"科幻作家个人作品集系列。"NEXT"就是"下一代"的意思。顾名思义，它精选了未来局十余位年轻签约科幻作者的作品，这些作者有较强的个人风格和特色，也在一定程度上反映了中国科幻创作未来努力方向，正是着意于承前启后、推陈出新。

作为国内科幻文化的推动者，未来事务管理局不仅与国内最优秀的科幻作家有着长期合作的关系，也一向重视对年轻科幻新秀的培养。在成立发展的几年里，未来局不断从各类科幻征文比赛、平台投稿及自创的科幻写作营课堂中寻找、筛选和指导最有潜力的年轻科幻作者，帮助他们创作出具有时代感、能被当下读者欢迎的科幻作品。这些作者近年来取得了众多的成绩，积累了相当数量的科幻作品，并收获了多种科幻奖项以及广大读者和评论界的好评。这套丛书的出版，就是对这个现象的总结。

这些作者，最大的一九八二年出生，最小的一九九五年出生。这两个时间点让我很是感慨。我正是在一九八二年开始科幻创作的，那年在《红岩少年报》上发表了我的第一篇科幻小说《熊猫宇宇》，而一九九五年我在《科幻世界》上发表短篇小说《没有答案的航程》并获得了银河奖。

那个时候的科幻创作、发表和出版都还是比较艰难的，我和其他不少作者，更多是怀着对科幻的满腔热爱，只是不停地学习，埋头不断地写，而较少考虑能否发表和出版。这样坚持下来才积累了一定量的作品，也逐渐形成了自己的风格和特色。

我读了"NEXT"作者的作品，好像又看到我以前的样子。我感到他们很有才华和天赋，他们的创作是美好而杰出的，更重要的是，从他们的字里行间，能感受到对于科幻的无比热爱，并由此创造出了与众不同的科幻意象。我觉得，写科幻就是要按照自己喜欢的感觉和方式去写。首先只有能被自己接受、能够打动自己、自己觉得写得舒服的，才有可能是好的作品。从这个意义上，这些年轻人的作品，可以说反映了科幻的初心。

新时代的中国科幻还需要更多的时间来沉淀。但保持初心无疑是它当前最重要的追求之一。我希望能有更多的年轻作者，能够不凑一时热闹而更多地学习，能够找点时间去甘于边缘化，能够安安静静地坚持纯正的科幻写作，能够不自我设限地作天马行空的自由想象，用以表达自己的真情实感和对宇宙人生的认真思考。这就是中国科幻"NEXT"的希望。

# 当幻想流于笔端

刘天一

很多年以前，我还是一个喜欢幻想的孩子——我总是徜徉于白日梦之间，钟情于想象各类光怪陆离的幻想世界。现在也是如此。那时，我会想象自己手背上被疯狗咬过所留下的牙印，是变身成巨大机甲的神秘刻印，凭此刻印我能变成巨大机甲去战斗、保护世界。我会想象自己在奇幻的魔法世界策马游荡，或是在仙侠世界中坐忘修炼，步云凌虚。

许多人都会在孩童时期如此幻想，接着，长大、成人，变得越来越成熟，慢慢陷于现实生活之中，慢慢地不再幻想。相较之下，我却是幸运的。在十几年前我还是孩子时，我忽然意识到，自己所幻想的这个千奇百怪、光怪陆离的世界与这个世界中的故事可以记述下来，分享于他人。于是，从那时起，我试着写作，幻想也不因成长而停止。直到十几年后的现在，我才勉强写成可堪一阅的幻想故事若干，付梓成册，承于诸君眼前。

这本作品集内所结集的中短篇小说，大都创作于2018—2019年。创作之时并未曾规划，随性而至，想到什么便写什么，因此此集之中的中短篇故事也并无统一的主题，各篇之间联系不大。要略而言，《潮起》《等待方舟》两篇隶属于同一个世界观，而故事发生的时间却不同；《尘海之澜》《渡海之萤》《废海之息》三篇，隶属于另一个世界观，但三篇故事所发生的星球不同；《天问》则是单独成篇的或然历史故事。在创作这些故事时，我主要关注于分享自己心中所幻想的有趣的世界与故事，而不追求文学性或是追求表达抽象的哲学思辨。从某种意义上来说，我不觉得自己是一位"艺术家"或"文学家"，而认为自己是一位说书人——手有三尺惊堂之木，胸藏十卷志怪之书，穿梭于街头巷尾，述说八方故事。我希望我所创作的这些故事能让读者随着故事中人物的视角体验一段生活，看一二或痴或癫的人物，历三五或平淡或嵯峨奇崛的情节，发畅一缕幽情，足矣。

这本书的出版，需要感谢未来事务管理局与博峰文化各位编辑老师的辛勤付出，感谢过去几年中，在故事创作上予我指导的各位前辈对我的关照，感谢父母对我创作的支持。最后，我需要郑重感谢每一位正在翻书阅读的读者，若没有你们的阅读，书中的这些故事也不过是一群方块汉字垒砌而成的死物罢了，正是你们的阅读，才让这些文本重构成了新的、活泼的幻想，让每篇故事有了它们所存在的意义。

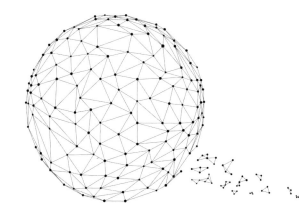

# 目 录
Contents

# 潮　起

## 一

桂下诗举起瓶子，仰头，等待。

没有一滴淡水滑出瓶口，滴落舌尖。喉咙中干哑的口渴感像赤燥砂砾，在声带上摩擦。

她记不得自己几天没喝水了，可能四天，也许三天。

"下一个！"

桂下诗扔掉瓶子，把信戳交给"鸽笼"门口的管理员。

管理员坐在渔网前，网孔中插着大大小小的盛淡水的塑料瓶。"迟到了两小时？"他瞄了眼戳记上的时间。

"委托人不在你们说的 12 船区小蓬莱寺。"

管理员拿出一小瓶淡水，"扣一半报酬。"

桂下诗没有接这瓶 200 毫升的淡水，"是你们告诉我她在小蓬莱——"

"你到底进不进？"身后的人撞上了桂下诗，她一个趔趄，摔进了鸽笼内。

"信戳？"管理员把淡水瓶甩在桂下诗身上，开始询问后面的人。桂下诗默默地爬起，捡起淡水瓶，走入鸽笼。

鸽笼十几平方米的空间内挤着二十多位等待任务的信使。墙面上的换气扇"噗噗"地转着，将油墨与腌鱼的气味鼓荡开来。"两千毫升！"鸽笼的老女人在发放送信任务。

桂下诗挤到人群角落。两升淡水，这个任务的报酬极高。她看着手中200毫升的小瓶，又摇摇头——高报酬意味着高难度，她十几天半饥半饱，恐怕无力接取。

"两千五。"老女人声音发瘪，"马上过年了，任务会越来越少。"

桂下诗碰了下身边的人，小声问："什么任务？"

"去37船区的。"那个人说。

桂下诗立刻没了兴趣。在这两周的海水疯涨中，37船区刚被癸兽毁掉。前几天调查团才解除封锁，允许普通人进出37船区。

贸然前往，风险太大，她承受不起。

"三千！"老女人又提高了音量，"一升的淡水会提前支付！"

桂下诗全身一震。她望望四周，没人接活。

她评估了一下自己的状态。如果有这一升的预付淡水，她起码能活下去。如果能拿到剩下的两升，未来两天的保命水就有了保障。

至于37船区……横竖一个死，死在送信的路上也比渴死好。

"没人？"老女人失望地四处扫视，"那我们下一个——"

"我。"桂下诗举起手，沙哑地一喊。她又用寡淡的口水润润喉间，让声音清润洪亮些："我去。"

## 二

桂下诗小心地进入了37船区。

晨光正从东方洒下来。上海的七座高塔在海面上投下极长的影子，一道道划过簇挤在高塔之间的浮棚上。

浮棚左右以绳链相连，聚集成片，浮于海面。青苔挂在浮棚的底座上，血红的红蓬草一团团漂浮着，漂荡在浮棚间。大部分浮棚都是三只塑料空筒上搭着木板；奢侈一点的，会扎起一圈塑料筒提供浮力，撑一排脚架，再搭两三层楼板，是为浮楼。

在海平面上升到三千米的这个时代，浮棚结成的船区居住着上海大部分底层人口。而中上层的人，则住在前文明遗存的高塔中——身份越高住得越高，离海越远，越不用担心上涨的海面和海中潜游的食人癸兽。

桂下诗爬上一座浮力失衡而歪斜的浮楼，来到二楼。

37船区紧挨着上海最高大的高塔"虹山"。新年将至，其他船区的人早就捞起一团团红蓬草作为灯笼挂在棚顶，37船区则一片死寂，浮棚四处倾倒覆没，不见人影、不见灯笼。远处，一排铁笼歪斜着半沉入海，铁笼架上零零散散缠着海藻。这是船区中心的海藻农场，已然损坏，海藻大多散落，沉入大海。

她小心地观察着周围，警惕着任何可能的危险，尤其是癸兽的踪迹。这种水下异兽以人为食，一旦被咬中，癸兽会往伤口中注入壬虫虫卵，致人死亡。

鸽笼交给她的任务是到泰山航道旁的 113 屋寻找一个叫黎稷的人。据说黎稷是调查团的深渊调查官，在找人协助执行某一危险任务——桂下诗想得很简单，能协助就干，太危险就算了。

反正只要找到黎稷，她就能拿到预付的一升淡水。

她爬上歪斜浮楼的顶部，楼顶应该有个集雨棚，也许能补充些淡水。

顶层的集雨棚旁，一个和她差不多大的男孩站着，正在打淡水。

"喂。"桂下诗看了眼集雨池，池里泡着一只死海鸟。

"谁？"男孩猛地转过身。

"水脏了，别喝了。"

"你想抢我的水？"男孩迟疑了一小会儿，突然拔出一把匕首，大喊，"不——把你的淡水留下来！"

他疯了？见人就抢劫？桂下诗一愣。男孩的身子比她强壮，衣服上没破洞，不像浮棚区的人。"你是从塔里面逃出来的？"

平时，海水总是以每月一米的速度上涨，而最近两周的大海异常猛烈地暴涨着，大海上涨两百多米，七座高塔底部不少被淹的居民被迫移出了高塔，流落浮棚。

"要你管！"男孩向桂下诗走来，"淡水！给我！"

桂下诗从腿旁拔出潜水刀，"不可能。"

"你又在打劫！"忽然，旁边铁梯上传来一个老人的声音。桂下诗侧头望去，上来的老人头发花白，赤裸上身，一件连体大红衣用两只衣袖扎在腰上，腰边挂着一只铁皮罐。

"又是你这个死老头——"男孩悻悻然收起了匕首。

"想活命也不能抢别人。"老人走到桂下诗和男孩中间。

"我妹妹快渴死了！"男孩说。

老人说："你可以去鸽笼干活。"

"信使那点报酬根本不够，我试过了——"男孩瞪着老人，又哼一声，"算了！"

男孩转身走了。

海风徐徐吹过浮楼，歪斜的浮楼迎着海浪一晃一晃的。桂下诗收刀入鞘，看着老人。

"你为什么来这儿？"老人咳了两声，"周围的癸兽还没杀完，这里很危险。"

"泰山航道113屋，您知道吗？——我是信使。"

老人仔细打量着桂下诗，"你是来找黎稷的？"

"你就是黎稷？……"桂下诗问。

"你跟我来。"

桂下诗跟着老人下了楼，走上一条"河"边廊道。食腐的鹰鹫沿着廊道上空飞着，搜掠船区的浮尸。老人从河边抓起一支标枪，扛在肩上。标枪头上缠着一圈铁链，探入身旁海中，似乎是拴着一条猎物——大鱼。

老人带着桂下诗来到一片浮台上。浮台上竖有一间小屋，屋檐下挂着两团火红的红蓬草，墙根旁的木架上倚着四五支潜水气瓶，瓶上斑驳的色环指示着瓶内的气体成分：高压空气、高氧空气，或是氮氧氦的三混气体。

屋边立着四根粗木柱，柱顶削成了尖刺状，其中两根木柱上穿挂着两头修长的黑色巨兽——癸兽。

"这——"桂下诗身子颤了颤，过了几秒，她才确定那两头癸兽是死的。

老人一拉标枪，拽起铁链，铁链末端拖着一头癸兽的修长尸体。他把尸体挂上木柱，呼了一口气。"我就是黎稷。吃早饭没？没吃我们和蚌蚌一起吃。"

## 三

桂下诗坐在浮台边缘，望向高塔虹山。

虹山撑天而起，高逾海面六千多米。在虹山根部，一条尚在建设的千米大圆形铁船荫蔽了照向浮台的日光。大船名叫"方舟"，据说要建成巨型生态循环浮岛。等到百年后大海淹没了青藏高原，淹没了所有高塔后，这条方舟可能是人类最后的故土。

当然，桂下诗心里很清楚，最后能住进方舟的，多半是住在高塔顶端的那些权贵。

"你想让我帮你干什么？"她问。

黎稷走到她身边，手上拽着几尾大鲑鱼。"你会潜水吗？"

"要下去打捞？"

"下到五百米的深度。"黎稷架起铁锅，倒入淡水。

看见淡水，桂下诗嗓子的干哑感倍增。"我会潜水，但没正式学过。"

黎稷将鲑鱼摔在地上，抽出潜水刀，去鳞剖腹，把鱼肉切段。

桂下诗迟疑了一会儿，说："深度太深，我在考虑是不应该拒绝这个任务。"

几只鹈鹕和海鸥扑飞到黎稷面前，黎稷把鱼头和鱼尾"咔"地切下，甩给海鸟们。"因为太危险？"他把鱼肉抛入锅中，又扔入海藻、火腿和碎面饼。

桂下诗点点头。她只是普通信使，并不是专业的潜水员。"五百米深，肯定会遇到癸兽吧？"

一只鹈鹕偷偷伸头探向鱼肉。黎稷一翻潜水刀，以刀柄轻敲长喙，把它赶走了。"是。所以，这个任务有风险，你得考虑清楚。"

桂下诗沉默下去。她歪头望向旁边的癸兽尸体，这些癸兽体长七米，皮肤光滑黝黑，六对眼睛裂在头颅两侧。"这都是你杀的？"

黎稷点点头，指着癸兽被木柱刺穿的位置。"在地面它们很好收拾，一枪捅进白喉就好。水下很麻烦。"

木柱都刺穿了癸兽胸腹一处白色内陷孔洞，像是人的肚脐，大概就是黎稷说的白喉。

鱼锅的香气"咕嘟咕嘟"冒出，饥渴感直冲桂下诗。"下去干什么？"

"打捞一件东西。"

"你不是深渊调查官吗？为什么要我这样的新手协助？"在桂下诗的印象中，深渊调查官都是能独立潜到三千米以下的高手。

"水下有个闸门需要两个人打开。这几天海水暴涨，上海乱成一团，调查团里没有多余的人手来帮我。"

"那报酬呢？"

黎稷拿出碗筷，为桂下诗盛上鱼肉。"十升淡水。我还可以推荐你进入调查团。"

调查团她不感兴趣。桂下诗接过碗筷。调查团那些人都是一心想击退癸兽查清大海暴涨真相的疯子，她要是去了调查团，怕是两三年内就会死在潜水调查的路上。

但十升淡水……她有点心动。最近沦落浮棚的高塔难民太多，鸽笼竞争激烈。再接不到任务，她会像那个男孩一样，在 37 船区这种危险地带捡垃圾、喝脏水。

"蚌蚌来了。"黎稷说。

一条黑色身影冒出海面，探头到浮台边缘——是头虎鲸。虎鲸对着黎稷哼哼几声，黎稷拿出生鱼块，蘸上醋汁，抛入虎鲸口中。

"蚌蚌？你养的？"桂下诗问。

"它是我的朋友。"黎稷说。

两人一鲸还有若干海鸟围着鱼锅吃着早饭。桂下诗悄悄看着黎稷用筷子吃鱼的样子，她从未吃过炖鱼，不知道怎么下筷。以前她吃过的最好的东西，也不过是发臭的腌鱼干——抓起来直接啃就行。

碗中的鱼汤浮着葱花与油沫，嫩白的鱼肉、黄白的面饼、红白的火腿叠垒一起。她夹起鱼肉放入嘴中，舌头却被猛的一烫，不由吐出了鱼肉。鱼肉跌入碗中，溅起滚烫鱼汤洒到手腕上。她尖叫一声，手掌一抖，碗脱手落地，鱼汤洒落，浸满地面的湿苔，热气蒸蒸而起。

"啊！"桂下诗轻叫一声，"对……对不起。"

她握着筷子，一下子有些不知所措。浮棚之上食物少得可怜，她却打翻了这么大一碗鱼汤。

"烫到了？"黎稷又盛出一碗，递给她，"小心。"

捧着汤碗，眼泪忽而在桂下诗眼眶中打转转。她已经记不得自己上一次吃到热乎乎的汤食是什么时候了，应该是她四五岁时。那时，她的母亲带着她住在虹山塔的底层，海水马上就要淹没她们所在的楼层了。新年的晚上，母亲煮了一碗鱼汤，慢慢地一勺勺吹凉，喂给她……

"怎么不吃？"黎稷突然问。

桂下诗一愣神。她低下头，一擤鼻子，说："我接受这个任务。"

## 四

和黎稷要略学了一遍潜水知识和水下手势后，桂下诗跟着他潜入了深海。

四周一片黑暗，只有她和黎稷的潜水灯射出光柱，照亮了前方。暗中偶见瞬闪过的蓝光，可能是荧光生物。

她翻起手腕，看了眼潜水电脑：深度两百米。

两周前，这个深度还是海面。

高塔虹山在他们旁边十几米处，光柱照过，桂下诗看见塔内密密麻麻的"铁舱子"——底层人的住所。因海水上涨急快，人们撤出仓皇，舱内多狼藉。她看见了舱中浮漂的被褥，肿烂的尸体，缠着床柱的章鱼，还有几米大的螃蟹，壳上背着一丛海葵。

他们匀速下沉。桂下诗往耳中鼓气平衡水压，又往潜水背心的气囊中补入空气，避免体积压小后的浮力损失。她仔细用灯光环照四周，警惕种种危险：癸兽、暗流或是突然的水温跃层。

"那里，我们过去，OK？"黎稷晃了一圈灯光提醒桂下诗注意，然后伸手在光柱中给桂下诗通过打手势发信号。

"OK。"桂下诗挥了挥潜水灯。黎稷指向的位置是高塔外墙的一处平台，平台上建着一座寺庙，海带在庙外丛林杂生。

她记得这座寺庙。在她小的时候，寺庙刚被大海淹没。新年，浮棚区的人们会聚在寺庙上方，隔水遥拜大殿中的佛像。

她望了望寺庙附近的高塔，这里依稀还是她小时候的模样。

突然，黎稷打了一圈手势，但她没看懂。

"什么？"她发出表示不理解的手势。

黎稷又打了一遍，她还是没看懂。这是黎稷事前没和她确认过的手势。

"中性浮力，保持平衡。"黎稷做出手势。然后他从腰边取出记录板，在板上写字，再把板子放在灯光中，给她看。

"完了，我不识字。"桂下诗一愣。黎稷到底想说什么？

"OK？"黎稷收起板子，向寺庙游去。

"什么？"桂下诗疯狂地摇手，但黎稷没看见。

她咬紧二级头，吐出气泡，让肺腔缩小，变成负浮力下沉，再踢踢脚蹼，游向寺庙。

寺庙外，墨绿色的海带随流翻卷，一臂宽的叶片上缀着白斑。她跟着黎稷在海带丛间游过，向高塔外墙前进。

忽然，她左腿上一紧，被什么东西缠住了。

是海带？她放松左腿，右脚勾起脚背，用脚蹼的阻力停住身子，再小心划水后退，想解开缠绕——

缠绕突然变紧！

缠着她的不是海带，而是某种生物。她的潜水衣被这个生物的尖刺刺破了，深海接近零度的海水灌入衣中，挤出用于保温的空气。

突入的寒水冻得桂下诗一激灵，她忙给浮力背心充气对抗浮力损失，再拔出潜水刀，敲了敲背上的气瓶发出声音——她需要黎稷的帮助。


五


"放轻松，保持深度。"黎稷打着手势，停浮在桂下诗面前。

海水冰冷彻骨，桂下诗抱紧上身，打着哆嗦。她周身的热量正快速流失，用不多久，她就会失温冻死。

黎稷漂到她身后，用刀处理缠着她左腿的东西，他腰边的铁皮罐子正漂在桂下诗面前。桂下诗抬起左手，看了眼深度和瓶中的气压，又举灯四照，检查四周。

在左前方的寺庙外墙前，有什么东西在动。

桂下诗扭过光柱，不见异常。就在她疑惑时，一道黑影突然从光柱中滑过。

一头癸兽！

她大惊，立刻拍了拍黎稷，在光柱中向他打最高等级的危险手势：癸兽来了。

黎稷从侧面游上来，浮在桂下诗面前，按着她的肩膀。"OK，冷静。"他用灯照亮他们之间的空间，在灯前比画。"OK？"

桂下诗看着老人的脸。黎稷的脸上爬满皱纹，海水正从皱纹和面镜之间的缝隙渗入面镜后，面镜内已经积了一半的水。

"OK。"她抱紧身子，勉强打了个手势。

黎稷又游到后面。十几秒后，桂下诗左腿一轻，缠绕解开了。

"我们走，你前面，我后面，OK？"黎稷一边打手势，一边从后背气瓶旁取下了标枪。

"OK。"桂下诗赶忙游过去。

她向前游动，来到高塔外墙前。后面传来一阵闷响，可能是黎稷和癸兽在搏斗。

她一下一下奋力踢水，冰冷的海水在潜水衣内翻搅。她的肚子痉挛着，四肢不受控制地颤抖。

"走，快点。前面。"黎稷游到她身边，拉着她的气瓶往前冲。

一扇圆形闸门横贯高塔外墙。黎稷一指闸门两侧的扳手，示意他们一人一个。

桂下诗游到扳手前，踩住墙壁，下拉扳手。在后面，癸兽正飞速扑来。

"砰"的一声闷响，闸门弹开。黎稷拽着桂下诗从门缝中游入，再反手一拉，将闸门关死了。

# 六

"姜汤。"

桂下诗裹紧毛巾，捧过姜汤。热气让她缓过一口气，只是她感觉地面似乎在摇晃，有些眩晕。

"我差点死了。"她心想。在浮棚上摸爬滚打，刚才是她离死亡最近的一次。

这里是高塔中的潜水站，调查团潜水作业水下补给的位置。进入闸门后，黎稷用高压空气压出过渡仓的水，再带着桂下诗走出过渡仓，来到站中。

"你已经很强了。"黎稷说。高压空气有些黏稠，他的声音听上音调怪异。"比调查团大部分初学的潜水员都强。但你为什么没看到海带鱼？我写字提醒你了。"

"我不识字。"桂下诗说。她全身皮肤麻木而刺痛，寒冷、痉挛、眩晕、口渴和呕吐感压迫着她的意识。

一阵沉默。

黎稷坐在桂下诗身边，"……对不起。"

桂下诗默默喝着姜汤。越到下面，危险越多。也许她应该放弃任务。

眩晕和呕吐感再次袭来。胃液逆上，破出喉间，她被迫呕出黄白色的鱼糜，吐在姜汤杯子和身上了。

腥臭弥散。

"怎么了？"黎稷赶忙找出一个塑料袋递给桂下诗，又给她一条新毛巾。

"头晕，感觉周围在摇——"桂下诗一口吐在袋中。看着没消化完的鱼肉，她心疼起来，这一下子吐掉了她好几天送信才换回来的食物。

"可能你一直生活在浮棚上，前庭适应了摇晃的环境。来到高塔，也就是稳定的大地上，就觉得四周在晃，就吐了。"

吐得差不多后，桂下诗咳咳嗓子，将灼辣的胃液咽下去。"你到底要打捞什么上去？"

"下面是我们调查团的农业实验室，海水暴涨太快没来得及转移。我想带走最重要的，那种可以种在海面上的稻苗。"

"种在海面上？"桂下诗一震，"它能种出吃的？让大家吃上饭？"

"暂时还不能。"黎稷将一杯新姜汤递给桂下诗，"浮海稻的研究还没完成，它目前只是个希望。"

桂下诗默默喝了口姜汤。

"你在这里等我。"黎稷拍拍桂下诗的肩膀，"你吐了这么多，身子虚弱……而且，这次大海暴涨毁了原来去实验室的路，备用的路好多年前就被淹了，癸兽很多，要杀下去。"

桂下诗摇摇头，"不，我们一起去。"


## 七


桂下诗咬着二级头，缓缓呼吸。下到这个深度，潜水用的是氮氧氦三混气体。高水压之下，普通空气的氧氮溶入血液足以致命。

三混气黏稠而微甜，缺水、眩晕和寒冷依然侵蚀着她。她和黎稷正在高塔的一条竖直井道中向下沉去。井道中心两条粗壮铁缆贯通上下，缆上缠附着藻丝、贻贝。

据黎稷说，这个井道以前叫电梯，是往上往下运货用的。

桂下诗听见敲气瓶的声音。她稍稍侧回头，黎稷浮在她上方，握着标枪，同时打手势：有癸兽，你先下去，我去解决，OK？

"还是来了。"桂下诗心跳加速，呼吸变浅。她回了个OK的手势，扶着铁缆开始下沉。

黎稷正和癸兽在上方缠斗。黑暗中他的光柱照亮了一圈锥形区域，癸兽修长的身躯在光柱中只有小小一截。老人身手异常敏捷，像条一辈子活在水中的游鱼。他用长枪一刺，在癸兽皮上划过一道，癸兽却一扭身子，直接下游，向桂下诗扑来！

桂下诗慌忙一拉铁缆，移到一边。黑暗中，癸兽的巨口贴着她冲过，兽躯将她挤撞一旁。冲力之下，潜水灯脱手而出，二级头也不慎脱嘴，咸冷的海水呛入喉头。

她连忙往后划一大圈摸到二级头，咬紧，咳出积水，再吸一口气。她的潜水灯浮在几米上方，光柱不停旋转着。

顾不得了。桂下诗稍稍排了一阵子气，加速下沉。她也想反身上去帮助黎稷，但理智警告她，她最好别给黎稷添麻烦。

打开备用潜水灯，桂下诗来到三十几米下方的井道底部。上方井道中一片混乱，光柱四扫，积尘飞卷浮起，井道壁上的一条长长黏液反着光，像是海兔爬过时留下的卵带。光柱、浮尘和光带混成晕晃晃的黄绿色，让她看不清这里发生过什么。

井道下方闭着一道闸门。闸门上是键盘密码锁，她无法打开，必须等黎稷下来。如果黎稷死在上面，她将毫无退路。

她把浮力背心的气放去大半，以减小浮力，一屁股坐在闸门上。上方，暗绿的光柱逐渐稳定、清晰，片刻，黎稷沉了下来，打出了OK的手势。

桂下诗松了一口气。


## 八


通过过渡仓后，桂下诗跟着黎稷进入农业实验室，走入一间狭长的房屋。屋中摆着一条长桌，桌上玻璃罩中列着一排苗圃。

黎稷顺着苗圃走过去。玻璃罩中的绿苗有一掌高，浮在水面上，叶片边缘发红。

"这就是浮海稻。"黎稷指着稻苗，"我们用红蓬草的基因修饰水稻，让水稻的根可以生长浮力气囊；还检测到了一些抗渗透压的成分，嗯……"他停顿了小会儿。"如果不是海水暴涨，调查团抽走了实验室的人去救灾，现在应该已经研究出来了。"

桂下诗说："我们把这些稻苗带走？"

"就带走这一棵，带上去之后还要继续育种。现在的浮海稻在生长阶段需要灌很多淡水，还不能推广。"黎稷指着玻璃罩，"你看这株，叶片发紫，就是泡了海水的对照组，要灌淡水才能救活。"

"怎么带走？"桂下诗问。

"你去那边拿个小号的抗压箱过来。"

桂下诗拿来抗压箱。

"这些是数据资料，你一并带走。"黎稷在桌上整理纸页。"记住，这个禾苗千万不能泡海水，否则要浇很多淡水才能救活。待会你拿着抗压箱浮上去，记得要在五十米深度做减压停留。还有，刚才的癸兽我没杀死，只是捅伤了，你要小心。"

"等等。"桂下诗感觉有些不对劲，"什么意思？你……你不上去？"

黎稷笑了笑，"我被癸兽咬中，已经上不去了。"

"那赶快截肢——"

"咬的是腹部。"黎稷挥挥手，"壬虫已经在我肚子里乱窜了。"

桂下诗抱着抗压箱，一时没说话。

"别难过。"黎稷说，"在井道中战斗本来就很危险，被咬到很正常。"

"……我不想你就这么死了。"桂下诗小声说。

黎稷拍了拍她的肩膀，"我活得够久的了，我小时候大海才两千米。而且，研究成了浮海稻，这一生，我也没什么好后悔的。"

桂下诗抿抿嘴唇。

"唯一的遗憾是，我看不到大海退去的那一天了。"黎稷慨叹。他取下腰边的铁皮罐子，扣开盖子，摸出一小块黑乎乎的东西，递给桂下诗。

"这是什么？"桂下诗问。黑块在她指尖裂成小块，散落手心。

"这是我爷爷传给我的，大地上的泥土。"黎稷说。

"啊……"

"小时候，爷爷总是喊我过年回家看看。他住在东蒙古群岛，我十岁时那儿被淹了……"黎稷语气有些飘忽，"过几天就要过年了，但我们这辈人的故乡都被淹了。"

"唉……"桂下诗摇摇头。她最小的时候生活在虹山塔第648层的铁舱子中，那时海面只有两千五百多米。

648层被淹没后，她流落浮棚。故乡对她来说，只是深海下无法返回的童年。

黎稷笑了。"大家的故乡都在高塔被淹没的某一层上。年龄越大的人故乡越深。海水还在涨，所有人的故乡都回不去了。"

最早的时候，人们的故乡还在大地上。桂下诗想象着。大地被淹没，不同时代人的故乡在不同时刻被大海淹没，人们的故乡越来越高，垒成一条从大地沿着高塔上爬的线。

当这条线垒到尽头，人类将失去所有的高塔、陆地与故土，只剩下茫茫的大海。

"未来会变好的。我们调查团的目标，就是查清大海上涨的真相，让人类可以回到故乡，回到大地。"黎稷说，"人类不可能一直在方舟上苟活，我们会回家的。浮海稻只是第一步，让我们可以在离乡的漂泊之路上吃饱饭而已……我已经看不到祖辈脚踩过的大地了，但你还有机会。"

桂下诗终于哭了出来。

"好了，别哭。你还要带着浮海稻上去。那头癸兽还在，要小心。"黎稷拍拍桂下诗。"等我失去意识，你把泥土撒我身上，权当土葬在大地上了。"

# 九

没有人知道壬虫和癸兽是从哪儿来的，也没人知道使大海疯涨的那些巨量海水又是从哪儿来的——地球上的水理论上是淹不到三千米的高度的。然而，到了这个时代，已经没人在乎这些疑问了，活着才是最重要的。

被癸兽咬中的人，会被注入壬虫卵，十二小时内壬虫就会填满亡者的肉身。处理壬虫感染最好的方式就是立刻截肢——但被咬在肚子上，基本是死路一条。

黎稷很快就陷入高热、失语状态，"牦牛酸奶……我要回拉萨……"他反复念叨着，像个大孩子，"老师……别踢我下水了！我……我下次一定不会算错余氮时间了……"

下潜深度五百米，停留时间两小时。桂下诗在黎稷的潜水日志上画出深度图。这是这位老人的最后一次下潜，深度图的曲线将永远停留在五百米。

桂下诗合上日志，放在黎稷胸口，再把泥土捏碎成尘土，一点点撒在日志与他身上。

# 十

桂下诗挂着抗压箱原路上浮，游出高塔，来到寺庙旁。

她稳住浮力，漂着休息了一小会儿，同时将吸气的气瓶换成侧挂在大腿旁的普通压缩空气。到了低压浅海，三混气中的氧分压过低，会让人缺氧。

一路上来，她总觉得后面有什么东西在追她，可能是那头被黎稷重伤的癸兽。但每次打光下照，下方一片虚空，只有荧光小鱼闪过。

周围突然传来敲气瓶的声音，一道灯光从上方照来。她向上举起潜水灯，一个男孩正浮在她上方，手中比画着一个手势：打劫。

桂下诗从背后解下标枪，握在手中。她盯着男孩，发现他就是几小时前在37船区想打劫自己的那个男孩。男孩身上挂着口袋，口袋里装着他从水下捡的可以卖钱的东西——海水这两周快速上涨，让许多值钱的东西留在了水面下。

他居然在下水打捞的同时还来抢别人东西？桂下诗晃了晃灯光，打出让男孩离开的手势。

"打劫！"男孩用力重复着手势。

"够了。"桂下诗举着灯光，正想重复"请你离开"手势时，男孩上方有什么东西正从光中游过。

是那头受伤的癸兽，它正在悄悄靠近男孩。

桂下诗心里"咯噔"一下。她本能地想悄悄游开，在癸兽吞咬男孩时逃走。但一念之间，她又定住了。

如果黎稷在这里，他肯定会上去拦住癸兽。

桂下诗咬紧软胶咬嘴，深吸一口气。"有癸兽，你走开，我来应对。"她打出了手势。这些手势水下通用，男孩应该能懂。

男孩愣了愣，往上一望，霎时吓得向旁边游去。癸兽一摆长尾，追向男孩，桂下诗见机抛出标枪——在水中投出标枪不可能命中癸兽，她只想吸引癸兽的注意力。

标枪从癸兽身旁飘过。癸兽一缩身子，盯向桂下诗。

"冷静，冷静。"桂下诗用灯光追着癸兽的位置，从背后取下备用标枪，游向寺庙。寺庙附近的水下结构她小时候见过，比较熟悉，在那里战斗，胜算会大一些。而且，她记得寺庙是有水下灯光的——为了方便人们看清深水下的佛像。当年浮棚区新年庙会前，都有人先潜下去开灯。

癸兽已追到她身后。她奋力踢水，躲开癸兽的撕咬，斜冲到大殿一角。身旁传来暗闷的柱子折断声，可能是癸兽撞上了庙柱。

桂下诗照着潜水灯，找到寺庙灯光的开关，拨下。须臾，灯光照亮了寺庙。骤然的亮光让癸兽全身一颤，盘挂到佛像上。


## 十一


大殿还是几年前的样子。

佛像上披着一抹抹绿藻，屋顶吊下的经幡悬漂在水中，和从地面往上漂的海带上下交错。一鼎铜香炉放在佛像前，炉体大半锈成空松的棕绿，炉中长着一簇暗红色珊瑚。

桂下诗没想到自己还能在新年前来到寺庙，还和一头癸兽在庙中对峙。癸兽似乎对光明有些恐惧，它盘在佛像颈部，六对眼睛盯着桂下诗，长尾从佛像颈侧滑下，搭在莲花手印上。

桂下诗缓缓吐气。气泡一串漂起，聚成一层贴着天花板的空气扁泡。她的目标是一枪捅中癸兽的白喉，这是唯一制胜的方法。

她观察四周，很快发现了可利用的东西——在左前方的一簇海带中，混着一条海带鱼。这种几米长的鱼竖在水中，伪装成海带，会缠住任何路过的生物。在进入高塔前，她就是被庙外的这种鱼缠住了左腿。

桂下诗握紧标枪，朝左游到海带后。

癸兽一弹尾巴，冲向桂下诗。在滑过海带丛的一瞬间，海带鱼蓦地弹起，缠上癸兽，一圈圈收紧，癸兽冲来的方向顿时一歪。

桂下诗看清形势，双脚用力蛙踢，向前一枪刺出！

标枪捅入癸兽的白喉。同时，癸兽扑张的前肢划过桂下诗胸口。剧痛传来，她的潜水衣被划破，输气软管被切断，左胸被利爪滑开口子。4℃的海水从胸口涌入，刷过伤口，灌满潜水衣。

死死压着癸兽，确认它失去行动能力后，桂下诗才松开了标枪。她从腰旁抓出备用气源，塞入口中。她的肌肉冻得有些痉挛，她必须快速上浮，否则会冻死或因失血过多而死。

桂下诗压着伤口，游出寺庙，再一按卡扣抛掉浮力背心上的配重铅块。浮力顶着她的腰上浮，她举光上照，避免自己撞上漂浮物。此时此刻，她已顾不得快速上浮的减压问题了。

冰冷、眩晕和疼痛一浪浪袭来。终于，她浮到了水面上，却无力爬上浮台。

# 十二

桂下诗动了动冻僵的肢体。

上浮带来的快速压力下降使得血液中的氮气迅速溶出，变成微气泡，用不了多久，这些气泡就会堆满血管，让她殒命。

海面暖如热汤，但她的四肢却不听使唤。她勉强解下抗压箱，想推上浮台，却连推出水面都做不到。

一个软软的东西顶着她，将她拱上水面。她歪歪头，面镜边缘看见虎鲸蚌蚌黑白两色的皮肤。

浮台上伸下一只手，把她拽了上去——是那个男孩。

"你没事吧？癸兽呢？"男孩身上还穿着脱了一半的潜水衣，"——你受伤了？"

"哥？你救她干什么？"远处传来一个女孩的声音。桂下诗侧了侧头，女孩站在浮台的那一边，她的一条手臂只剩下一小截，还扎着绷带，应该是刚被壬虫感染后做了截肢。

"你别管！她救了我！"男孩大喊。

"这个……快打开。"桂下诗躺在浮台上。抗压箱的重量变重了，肯定是和癸兽战斗时划破了，进了水。

"啊？——啊。"男孩打开箱子，拿出被泡软的资料纸页和禾苗。禾苗的玻璃容器已经破裂，翠嫩的苗叶正浸泡在海水中，叶片开始发紫。

这是黎稷说的禾苗即将坏死的征兆，必须浇大量淡水才能救活。

"淡水。"桂下诗不知道从哪里来的精神，"在我气瓶旁……"

"好。"男孩取出淡水，打开，送到她嘴前。

"不，浇给它。"桂下诗指着禾苗。

"啊？"

"浇给它！"

"啊……啊，好。"男孩浇了一点点到禾苗上。

"继续浇，全浇了。"看着男孩浇完整瓶淡水，桂下诗松了口气，"帮我个忙。"

"你说。"

"把这些资料，还有这盆浮稻苗，送给调查团。"

"那你呢？你在流血！"

"别管我。"桂下诗说，"照我说的做！"

男孩犹豫了一会儿，抱着禾苗和纸页站起，"好。"

"哥！你疯了！你往那边去干吗？"男孩的妹妹在一旁喊着，"船区外那些人还在抢劫！"

"她救了我！"男孩的声音正在远去。

桂下诗叹了口气，她的视野正逐渐模糊。蚌蚌在浮台边昂着头，嘴里叼着一团红蓬草，蹭着她的手。

她拎着红蓬草，举起，好像这是一只灯笼，正挂在天花板下。

新年快到了。

恍惚中她回到了虹山的 648 层，回到了童年的故乡。新年时，大海已淹到了楼下，时不时听闻有癸兽闯入周围铁舱。子夜，母亲在舱内挂了一只灯笼，抱着只有几岁大的她，热了一碗鱼汤，等待新年的到来……

红蓬草倏然脱手，从她无力的指尖滑落大海，浮沉在波浪间。

# 等待方舟

## 零

等待方舟的人越来越多了。

有能力深潜的人最先来到了小镇，他们从冰层裂缝下海打捞，积攒氦气换取方舟船票。随后到来的是其他流民，流民们弄不到足够多的氦气，只希望在这个新兴的聚居地上谋得一线生机。

人群渐多。为方便交流，人们用小镇正下方四千多米深处被大海淹没的古老城市的名字给小镇取了名：济南。

## 一

用小针挑出破缺漏气的密封胶圈时，黎川听见棚屋外突发吵闹。

"冰层地面又有裂缝了？"他紧张起来。

密封圈跳出气瓶阀的槽环，跌落在地。借着棚屋外昏暗的晨光，气瓶表面映出棚屋内的景象：几根锈铁柱撑着塑料棚顶，棚顶在寒风中猎猎抖动。几平方米的棚顶下只有一张朽木床，四只气瓶插在床头的木架中。

黎川盯着气瓶表面的倒影。倒影画面稳定，地面没有震颤，这说明棚屋周围的冰层还是稳定的。

他松了一口气，拿出新的密封圈，卡入气瓶阀。

屋外的吵闹声骤然变大。

外面大概又有人交不起租金了，黎川默默想着。他给气瓶阀套上调节器，然后打开阀门，发出轻轻的"砰"声，高压氧气顶紧调节器。他侧耳聆听，没有漏气的"嘶嘶"声，密封圈工作状况良好。

吵闹声越来越大，里面混杂着女孩子的哭叫声，拳脚相加的打架声，气瓶砸在冰面上的撞击声。黎川站起身时，这些声音猛地寂静下去，随后，他的棚屋帘门被人猛地掀开。"黎川！该你了！"一个赤膊壮汉站在门口喊道。

黎川乖乖地从床头提起自己的氦气瓶，"今天这么早？"

"呸，宏德公司欺人太甚，我们太平公司必须提高干活效率。"赤膊大汉说。大汉绰号"黑虎鲸"，是这冰原上敢于赤膊的唯一一个人。他全身肥肿，黑色文身爬满胸毛茂盛的肚皮。大汉背上背着一只大号的二十升氦气瓶，胸前挂着两只脚蹼，海水正从脚蹼往下滴。

黎川抬头看向棚屋之外，一个女孩正被太平公司的人捆上铁链，在冰面上拖行。方才的吵架声，应该和女孩有关。

大概是穷到没钱，被卖成奴隶了，黎川默想。这个女孩是自己邻居胡安师的妹妹，看起来，胡安师最近这段时间的打捞大概没有任何收成。

黎川收回视线。类似的事情，在冰原上并不少见。他很同情这个女孩，但自己氦气瓶上的压力指针已经指向了红色的极低压区域，他已穷困到自身难保。

"两升二。"黑虎鲸把交换阀接上黎川的小气瓶，再接上连着他背后气瓶的软管。

黎川伸手压住黑虎鲸的动作，"等等，不是两升吗？"

"涨价了。"黑虎鲸不耐烦地说，"嫌贵就去宏德公司。"

黎川默默地收回手。宏德公司的装备租金是每天 2.8 升氦气。

黑虎鲸熟练地拨动交换阀的表盘，从黎川的气瓶中抽出 2.2 升的氦气。"哼，你最近干的活也不够，小心穷到滚蛋。"

黎川皱起眉头，"我昨天打捞的那件遗迹呢？"

"被定级为四级遗迹，只值两百毫升。"

黎川沉默下去，不愿多言语。昨天打捞的遗迹没换到氦气，现在他基本上是一穷二白，今天再捞不到东西，就得收拾铺盖走人。离开济南，附近已经找不到更好的打捞地了；没有打捞，他多半会在冰原之上和流民一起乞讨，直到饿死。

或者，像那个女孩一样，被卖作奴隶。

他不想再思考这些。海平面还在上涨，浮在海面上的冰层依然不稳定。要想真的活下去，他需要下海打捞，攒够氦气，登上方舟。

# 二

黎川看了眼潜水表。

幽暗的海水中，表盘上的数字发着橙色的亮光：上午九点十分，深度 544 米。

他穿着干式潜水衣，背着浮力背心和一整套循环呼吸器（CCR）。呼吸管从背上的 CCR 左侧绕出，穿过他胸前，再从右侧绕回 CCR。黎川轻轻咬着呼吸嘴，每次呼吸之时，氮氧氦三种混合气体会沿着呼吸管循环不息，氧气被他吸入，二氧化碳则被 CCR 中的吸附剂吸收掉，如此高效循环下，氦气和氧气不会被浪费。

他继续下沉。随着水压增大，干式潜水衣和浮力背心中的空气正渐渐被压缩，他轻点右侧腰上的阀门，朝背心和干衣中压入空气，补偿浮力损失。

黎川提着潜水灯，照向四周。圆锥形的光柱最多能照亮三十米远的距离，在一片幽暗中，光柱照射到的一切都泛着浓厚的墨绿色。在他右手边，济南高塔向下延伸到极深处的地面。这座高度四千米出头的钢铁高塔是上一个文明所建造的一座垂直城市。

现在，高塔已被大海淹没，除了他们这些下来打捞的人，没人会对这些高塔感兴趣。

高塔内可以打捞到各种前文明遗留的技术遗迹，这些遗迹可以交给冰原上的公司换氦气。

氦气，就是这个时代的硬通货。

黎川决定继续下沉，深度越大，来的人越少，找到值钱东西的可能性也就越高。随着水压增高，他谨慎提高呼吸气体中氦气的含量，降低氧含量。大水压之下高氧和高氮会导致氧中毒与氮醉，严重时足以致命，他必须小心。

一只五六米宽的巨大螃蟹正攀在济南高塔某一层楼的房间中。它的四条绒足从破碎的落地窗中探出，在黎川的潜水灯照到它的一瞬稍稍一缩。

黎川轻打脚蹼，绕开了这个他不敢惹的巨蟹。他看了眼潜水表上的指南针，在一片昏暗中重新确立了自己的方位感。高塔在他的东侧，一片海带丛林盖住了一个突出高塔的正方形平台（听别的潜水员说，这个平台以前叫"停机坪"）。从平台后可以找到进入高塔内部的路，从那里面有可能捞出足够值钱的东西。

深度 630 米。黎川权衡了一会儿，进入高塔内部复杂无光的类洞穴非常危险，且需要时间探索。在这样的深度下，他虽能工作一两个小时，但需要在浅海停留十小时以上以做减压。如果不做减压，高压条件下吸入体内的氮气会在地面的低压环境下释放，变成组织液中的小气泡，要了他的命。

而且，如果今天吸入过多的氮气，明天他就不能下水过狠。他的身体需要足够的时间来排出氮气。

但是，如果再捞不到值钱的东西，付不起租金，他连潜下来赚钱的机会也没有了。

黎川决定冒险捞一把。他举起潜水灯，向着海带丛林轮照几圈，确定没有危险。他慢慢向停机坪游去，同时收拢周身的管线：呼吸管、气压表、备用气源，还有挂在配重带上的遗迹密封袋。他不希望这些管线被大海带缠上。

深海之中冰冷无声。海带丛林之中只有少量的食腐鱼类在活动，大片的海带已经枯死。也许两年前这里还属于浅海区，有适宜的阳光，但现在，海水疯涨，这片无光的世界只剩下海带们十几米长的尸身，像是飘荡在暗墨色中的幽灵。

突然，他的右脚脚蹼好像被海带缠住了。

黎川缓缓呼气，左脚勾起，利用脚蹼的阻力停住身体。被缠住的情况很常见，他只需小心回退就能解开纠缠；再不济，他还有潜水刀。

他左脚倒旋脚蹼，试着后退身子，但右脚的纠缠却越来越紧。就在他准备小心团身动用潜水刀时，一个黑影忽然从他左侧滑过。他的呼吸管进气端被猛地割断了，冰冷的海水瞬间呛入喉咙！

"抢劫的！"黎川猛地反应了过来。他立刻拔出潜水刀，同时咳出呛入肺中的海水。他还有备用气源，上去不是问题——

抢劫者按住他的头，绕到他的右侧，一转身打开他备用气源的放气阀。大量气泡"咕哝咕哝"泄出，带走了黎川最后的希望。

三

很久以前，黎川就听说过这些水下打劫者，他们身手敏捷，却从不自己打捞，而是从其他打捞者那儿掠夺遗迹。打劫者会割断目标的呼吸管，放掉备用气源。如果目标不交出手中的遗迹和身上携带的氦气，打劫者就会直接划破他们的干衣与背心，卸掉提供浮力的空气。

失去浮力的打捞者会因为窒息而沉入深海。

黎川拔出潜水刀，和打劫者陷入僵持。他还憋着一口气，备用气源仍在泄气。潜水灯扫过打捞者的面部时，隔着面镜，他看清了打捞者的脸。

是他的邻居，那个妹妹刚刚被卖作奴隶的胡安师。

穷困走投无路，然后一路跟踪我下来的？黎川心中默默想着。

交出所有东西，否则捅烂你的干衣／背心——胡安师借着潜水灯的光向黎川比画了一个打捞者通用的手势。

"等一等，等一等。"黎川回应了一个手势，同时试着伸手去关闭备用气源正在泄气的阀门。

胡安师立刻作势向黎川的浮力背心举刀划来。

黎川停手。他已经快坚持不住了。——东西全给你。他被迫打出投降的手势，同时松开手指，让对胡安师有威胁的潜水刀脱手沉入下方。

胡安师取走黎川的遗迹密封袋和氦气瓶，向上浮去。

我又一贫如洗了，黎川心想。从小到大在冰原上流浪时，他曾经很多次一贫如洗，又多次积攒下家当。

等他上去了，一定会让胡安师付出代价。

他伸手关上备用气瓶的阀门，抽出备用呼吸嘴，咬住。咳出呼吸嘴内的海水后，他终于吸了一口新鲜的空气。

备用气瓶大小只有一升，里面是普通压缩空气。在他这个深度，根本无法呼吸到高氧高氮的空气，这个气瓶只能供他紧急上浮。

他吸了几口，吸气感有些滞涩，他猛地意识到有些不对劲。

黎川将气压表接上备用气源，"砰"地一震，气体冲入表内，无力地抬起表针。表针艰难地往上跳了跳，最终停在了 10 巴（巴：一个大气压）的位置，没有超过 50 巴的安全红线。

一升的小气瓶，只有 10 巴的气……黎川身子战栗着。刚才备用气瓶泄气太多，这点气不够他浮上去。

甚至随着他慢节奏的呼吸，表针还在下沉——现在气瓶中的气压只有 8 巴了。

黎川轻轻吐着气，珍贵的空气随之逸出呼吸嘴，化为气泡，"咕噜"着上浮。他想给背心和干衣中充气，加大浮力好上浮，但备用气源中这一点空气，不够上浮六百米。

在冰原之上挣扎了这么久，方舟就快来了，他竟然要死在深海之中？

黎川焦急起来，他抓起气压表，用潜水灯照去。

只剩 5 巴的气了。

不行，这么点气，不可能上去。他举灯四照，想找到一线希望。

四周没有任何可资利用的资源，没有废弃气瓶，没有废弃的潜水工具。他轻旋光柱，扫过海带林顶端的高塔表面。

有一个地方反光，看起来不太对劲。

黎川定住潜水灯，往那照去。那是高塔横出的一个管道口，管道伸出高塔后弯折 90°向下。在这个向下的开口中，海水的反射光泛着澜光，像是某种水气界面。

这个开口里面，有密封空间，有空气！

黎川一踢脚蹼，向管道口游去。

# 四

管道口内确实有空气。

空气应是当年海水上涨没过这里封进去的。黎川浮出管道内的水面，谨慎地用 CCR 呼吸嘴上的探测器测了测空气的成分，是标准大气。由于气压极高，这里的空气已经超过了高氧中毒/氮醉的上限，探测器全屏泛红，表示氮、氧成分不宜呼吸。

在这种深度，本应混入氦气以降低氮氧的毒性，但黎川没有选择。

他爬上管道内的钢铁地面，潜水灯仔细转过一圈，检查周围。片刻，他的心就凉了。

这是一个密闭空间，不知道在百年前的前文明时代是干什么用的，但现在，这里没有通路。虽然有氧气，他一时不会死亡，但他也无法修补自己的 CCR，或是向备用气瓶中压入空气。

他被困在这里了。

一旦密闭空间中的氧气耗尽，或是氮醉和氧中毒，他会死在这里。

"呸。"黎川吐出口腔中咸腥的海水，坐在地上，解下全身上下近三十公斤重的潜水装备及配重。

密闭空间中没有任何人类活动过的痕迹——除了墙上贴着的一句不知所云的标语："为了人类的荣耀为了世界的美好"。看着斑驳的字迹，黎川不知这是何年何人所书，不知标语写下的时代，海水是否已开始暴涨，淹没了世界？

他叹了口气，缩紧身子，努力思索逃生的方法。在很小的时候，他就常常面对此等危机，但大都幸运逃脱了。那时，全球海平面只涨到三千六百米，济南高塔还露在水面上；后来，大海越涨越高，气温剧烈下降①，冰层从两极向赤道蔓延。先是东西蒙古群岛和天山群岛一线被冰层覆盖，接着是北京高塔，最近几年，冰层刚刚漫过济南、东京等纬度。

冰封的大地没有食物。想要食物，人们只能追着南移的冰海岸线南迁。上海和香港两座浮城是大部分人心中的逃难目的地，但对于黎川来说，那时的他，根本想不了那么远。

他一个人在冰原上流浪。偶尔遇到裂开的冰缝且正下方有被淹没的前文明高塔，他也会哀求那些人放自己下去打捞。从用压缩空气的"泡泡鱼（因呼气时会在水下吐泡泡而得名）"开始，到用高氧，最后到使用三混气体深入几百米，黎川慢慢成了资深潜水员。

他以为自己已经能在冰原上可以有尊严地生活了。

他遇见了一个女孩，和她一起流浪。一路南移，黎川依靠打捞能力艰难养活着自己和女孩。在北京的七千米高塔之下，他们定居了大概三个月，最终被城外的流民打劫，失去了所有氦气，被逼入绝路。

女孩卖掉了自己，将黎川从危机中解救了出来。

黎川叹了口气。管道中的高压空气有些黏稠，叹气声音调升高，怪异而阴柔。他关闭潜水灯，省掉了这不必要的能源消耗。周围黑暗，只剩下 CCR 呼吸嘴上的荧光，标识着空气的组成情况。

---

① 因地球表面水面增多，反射率升高，以阳光形式输入的热量变少，导致全球温度下降。

忽然，黎川看见前方的铁皮壁面上似乎有一道亮光。

五

亮光来自一道缝隙。

黎川伸手摸索到了裂隙，又反复打开、关闭潜水灯，确认裂隙后的情况——后面好像是一片新的空间。可能是房间，也可能是通向这个高塔内部的通路。

他的呼吸急促起来。如果能进入高塔，意味着更多的空气，以及求生的希望。

他在墙壁上摸索、检查。片刻，他找到一个锈蚀的闸门把手。他用全身力气下压把手后，裂隙左侧的壁面轰然滑开，露出后面的空间。

黎川顾不得喘气，连忙抬起潜水灯，照向暗门后。门后是十几平方米的房间，房间内堆放着前文明的遗弃物：书架、衣柜、破碎的纸张，还有用处不明的机械结构。地面上有不少干枯的海藻绿痕，这个房间，可能以前有潜水员来过。

一屋子遗迹。黎川激动起来。他视线转过整个房间，没有额外的通路或出口，这个房间，是一条死路。

他内心立时黯然。这一屋遗迹虽然值钱，甚至能换到回方舟的船票，但他已经没有能力带走了。

他关闭潜水灯。突然，房间角落的一片蓝白色光芒引起了他的注意。

"新的出路？门口？"他心中又激动起来。小心地走几步靠近光芒，他看清光芒所在，不由得哂笑了一声。

这是一件特级遗迹，前文明的"棺材"。如果把棺材带上去，绝对能换回方舟船票。然而对现在的黎川而言，棺材一点用处都没有。

他小心地扫开棺材上表面的杂物。这是一个一人高的宽大长方体，上盖板为透明玻璃类材质，其余五面是某种金属材料。棺材内有某种神秘科技制造的蓝白色冷光，从透明盖板看下去，里面躺着一个青年女子，女子身边放着脚蹼、一些潜水装备，还有一柄奇异的长杆机械。

这种机械黎川在济南城见过，他所在的太平公司和对头德宏公司的老板身边都有这种东西，名字似乎叫"枪"，功能未知；但大人物都很看重这类遗迹。

这也是最值钱的特级遗迹之一。

棺材在高塔中偶尔可以看见。据说，棺材这个词是指前文明装死人的东西。黎川不理解前文明为什么要把死人随随便便放在这些棺材中，放在高塔内部奇奇怪怪的地方。而且，他听说这些棺材旁边常常可以看见潜水器具、刀具，还有这种名叫"枪"的罕见遗迹。

黎川看着棺材内躺着的女子。女子面容姣好，颈上挂着一串贝壳项链，身穿一件宽松的大衣袍。衣袍从小腹处被撩起，可以看见小腹上有一道粗长的伤疤，似是被深海的巨型鳌蟹类生物的巨刺所伤。

自己死定了。黎川坐在棺材旁边。也许几百年后有人来此考古，看见他的枯骨坐在这棺材之外，会好奇他和棺材中女人的关系。然而，他们只是机缘巧合而相遇的路人。

要想离开，他需要足够的氧气。气瓶中的氧气已耗干，房间内没有充气设备，也找不到通往高塔深处的通路。或者，他需要想别的方法储存氧气，而不是用气瓶……

对了。他突然想起，棺材中的空间是密封的，可以储存空气且不进水。

黎川站起身，抬了抬棺材。很轻。估算一下棺材的体积，这浮力足够他上升了。

他有了个大胆的想法。他可以躺进这个棺材，坐着这具棺材作为潜水器上浮。


# 六


黎川躺在棺材中，侧向一滚，将棺材滚入水中。凭着初始速度，棺材翻出管道口，开始上浮。

"抱歉。"他伸手扶住棺材中躺着的女子。棺材中空间虽然宽敞，但放下他们两人已有些拥挤。之所以带上了这个女子，是因为前文明的死者尸体作为遗迹，也能换不少氦气。

棺材在黑暗的海水中加速上浮，幽蓝的内灯照亮了周围六七米。深海中只有一些有机物碎屑如同雪花般飘来荡去，还有偶尔一晃而过的荧光生物。

棺材有很好的密封性。以前很多潜水员打捞棺材都是直接挂上配重让其自由上浮而不用担心进水，唯一担心的问题是水平方向的暗流，这些暗流会把棺材推离垂直上升的方向。济南小镇冰层上最大的裂口在高塔的正上方，歪到一边的棺材只会撞到冰层的底部，黎川还是无法回到地面。

但这已经不是他能控制的了。好在高塔正上方的裂口足够大，可以容许少量偏倚；剩下的，只能听天由命。

棺材的浮力和阻力进入平衡状态，开始匀速上浮。黎川看着外面黑暗无声的深海，无法判断现在深度如何。

忽然，他感觉到有点异常。

躺在他身边的女子似乎有体温。

他悚然一惊，伸手攀上女子的肩膀。女子的皮肤微凉，但并不是深海中几摄氏度的温度，起码有十几度。他又探手搭上女子的颈动脉，感觉片刻。

有极微弱的跳动。

## 七

"好小子，今天收成不错。"从棺材中爬出来时，黎川听见黑虎鲸的声音。

"我被人打劫了。"黎川把断了呼吸管的CCR从棺材中搬出来。他不想报出打劫者胡安师的名字，说出来意义也不大，公司从来不会管他们这些人的私人恩怨。

公司只管收遗迹，收氦气租金。

"好几件特级遗迹，还有具尸体。"黑虎鲸清点着黎川的战果，"可以，很不错。"

"值多少？"

"起码一张船票。"黑虎鲸犹豫了一会儿，才说，"可能更多。这得等公司鉴定。"

黎川松了一口气。"先预定一张船票。"他望向周围，半径百米的冰层裂口四周停泊着一条条铁桶扎成的浮码头，太平和宏德两家公司的人就在这里派潜水员下去，在这里签收遗迹。裂口中央停着几艘小船，船下带着炸药，时刻准备引爆以炸开冰碴，防止裂口冻上。

"你先去休息。两个小时后公司总部有人要见你。"黑虎鲸把一条干毛巾扔给黎川。

黎川接过毛巾，擦了擦头发，"见我？"

"他们想问你捡到棺材时的具体情形。"

黎川皱起眉头，"你们想要这些遗迹做什么？"

"那还用说？当然是干翻宏德那帮孙子。"黑虎鲸说，"别废话，你先去镇子。"

黎川指了指自己的装备，"那这些东西？"

"我找几个奴隶帮你收拾。"黑虎鲸说。

黎川看了眼棺材中的女子。女子还没苏醒，死活未知。想了想，他没有把女人可能还活着的事情说出来。

"多谢。"黎川将毛巾抛给黑虎鲸，转身走入济南镇。


济南镇内的房屋大多是废弃的船舶。

十几年前冰层尚未南移、冻结至济南时，这些浮船是锚挂在济南高塔上的水上浮城。海水上涨没过高塔，冰层南移，浮城被冻在冰面上，成了现在的小镇。

废船是荒原上最好的居所。海水时刻在上涨，冰层常被海水顶裂；平原上的棚屋常常因此落入海中，而船屋则不会。船屋会浮在水上，水面在几日内结冰，又变成陆地。

黎川沿着济南镇最繁华的街道走到了太平公司的船屋前。这是一条甲板上有着三层楼的大船，是附近最气派的船屋。

他爬着舷梯登上甲板，走入一个房间。房间中放置着他打捞上来的那一批遗迹，过会儿太平公司的人会来向他问话。

黎川在房间中看了一圈，大部分遗迹还在，但是那件叫"枪"的遗迹，还有少量的罕见潜水装备已经被拿走了。

他走到一件潜水面镜前。面镜玻璃下亮着荧光，像是一片小屏幕。他见过这种面镜，屏幕上可以实时显示当前潜水的环境信息，只有那些顶级的打捞者才拥有这种遗迹装备。

要是我也能有一批遗迹装备就好了。黎川默默想着——

"砰。"

他身后一声轻响。黎川立马转身，棺材的玻璃上盖弹了起来，那名女子正从棺材中坐起。她看了看周围，最后视线落在黎川身上，"我是深渊调查官苏羽。你是什么执照的调查员？"

# 八

"什么？"黎川一愣。

"嗯？"名叫苏羽的女子从棺材中缓缓站起，扫视四周。她目光坚定，仿佛对自己苏醒后周围的景象并不感到惊异，"你不是调查员？"

"不……"黎川摇摇头，"我不知道你在说什么。"

苏羽盯着黎川，又把目光转向窗外，"这是哪里？"

"济南。"

"外面是雪地？海水……退去了？"苏羽的声音有些发颤。

"不……下面还是海水，只是上面结了冰而已。"

苏羽沉默下去。几秒后，她又问道："现在海水多深了？"

"四千多米。"

"还在往上涨？"

"每年涨一两百米吧。"

沉默。苏羽走出棺材，伸手轻轻按在颈上的贝壳项链上。"那么，济南高塔已经被淹掉了。"

黎川点点头。这个女子究竟是什么来历？她为什么能从棺材中复活？

"那么……"苏羽的语气低沉下去，"你知道方舟吗？"

黎川思考了一会儿，才说，"我正在等待方舟。"

"哼。"苏羽又沉默了一小会儿，"调查团输了？"

"什么调查团？"

"你真的不知道调查团？"

黎川摇摇头。

苏羽叹了口气。"看来我们调查团输了。输给了拉萨那些一心想造方舟的老古董。"

黎川摇了摇头，"你是谁？你没死？"

"我？我是调查团深渊调查官。"苏羽说，"我只是重伤了而已。"

她伸手拂过腹部。黎川记得在那个位置，有一块巨大的伤疤。

"那你为什么睡在棺材里？"

苏羽一指棺材，"棺材？这个？"

黎川点点头。

"这个是前文明的医疗休眠舱。"苏羽说，"这不是什么棺材。"她顿了顿，"方舟现在什么情况？"

"传说方舟会在一个月后到济南。有票的人可以上船。"

"哼。"苏羽一声冷笑，"方舟上有多少人？"

黎川摇摇头，"我不知道。"

"大部分人还生活在大海上吧？"

"一些人生活在冰原上，一些人生活在南边的高塔浮城里。"黎川解释着。

"那好，我的使命还没有结束。"苏羽向门口走去。

"等等，你要干什么？"黎川立刻拦住苏羽。

"帮助大家，帮助穷人。"苏羽盯着黎川，"只要调查团还有一个人在，我们的宗旨永不改变。我们会查清大海上涨的真相，保护所有人。方舟那破玩意儿，就是议会那些老不死的造的续命浮岛而已。人类的希望，还在大地上。"

"就你一个人，你要怎么办——"

"重建调查团。"苏羽直接打断了黎川的话，"海下还有不少被淹没的调查站，只要一个个打捞，我们就能恢复当时的科技。至于怎么让海水退去，那是以后的事了。——你也是潜水员？想不想帮我？"

好幼稚的想法。黎川想笑，却笑不出来。这个刚苏醒的女人，她孤身能干些什么？她为什么这么单纯、天真，甚至有点傻气？

他不可能帮助苏羽。他现在只想登上方舟，远离这担惊受怕的日子。

"不。"他说。

"那我自己走。"

"不。"黎川不能放苏羽离开。不管怎么说，她是黎川打捞上来的遗迹，哪怕是个活人。他必须等太平公司接管苏羽，等自己拿到方舟船票。"我救了你，你不能走。"

"什么？"苏羽冷冷地看着黎川。

"原来人已经醒了？很好。"屋外传来一位老人的声音。房门打开，老人拄着拐杖走入房间，身后跟着壮汉黑虎鲸。

九

老人显然是太平公司的头头。

"你是调查团的？"进屋后，老人直接问。

太平公司的人原来知道所谓的调查团？知道这些东西不是棺材，里面都是活人？黎川想着。

"你知道调查团？"苏羽问，"调查团还有别人？"

老人双手按到拐杖上，"你是什么级别的调查官？"

苏羽沉默着，似乎在等老人先回答她的问题。几秒后，她才说：

"深渊。"

"深渊……最高的那一等级？"老人声调放轻，有些难以置信。

"是。"苏羽点点头，"是可以下到两千五百米水深的等级。"

两千五百米。黎川一惊。这是他不敢想象的潜水深度。

"……很好。"老人点点头，"调查团确实还有别人活着。但是……"

"有话直说。"

老人点点头，"这个组织，已经不存在了。"

"只要我在，调查团就还在。"苏羽没有任何迟疑。

"我不怀疑您的能力。现在已经是四千米时代了，方舟浮于沧海，人类衰败……您的能力，也需要平台才能发挥。"老人说。

"你什么意思？"苏羽问。

太平公司想招揽苏羽。黎川听出了老人的言外之意。

老人说："我希望你能加入我们太平公司，您的能力、知识，都是我们急需之物。"

"我拒绝。"

"我们是冰原上最强大的公司，不管你想要什么，我们都能提供。"

"最强大的？你们难道只想变强大？"苏羽皱起眉头。

老人撑住拐杖，一挺胸膛，"我们确实有志一统冰原，重振人类的荣光。到时候，财富、技术、奴隶、资源，你想要什么就有什么。"

"财富？奴隶？资源？我对这些不感兴趣。"苏羽一声冷笑，"让我离开！"

"如果你对我们不感兴趣，我也不敢让随意你离开。"老人淡然说。

"你应该知道济南高塔上当年调查团的遗产所在的位置，只要你说出这些东西，我可以放你走。"

苏羽一挥手，"那是人类的遗产，不是你们的。"

"你是不愿意帮助我们了？"

"请让我离开。"

"黎川。"老人忽然说。

黎川一愣神，"什么？"

"船票已经给你准备好了。"老人一打响指，"你现在走吧，这里没你的事了。"


十


方舟出现了。

这是黎川第二次在冰原上遇见需要抬头仰视的巨物，上一次仰头，是遥望北京的七千米高塔。

方舟从东方遥遥远行而来，碾过冰层，靠近济南。在距离济南还有两三千米时，它巨大的阴影已经遮住了整个大地，黎川甚至觉得气温都下降了几度。

他缩了缩身子，裹紧了衣服。

方舟起码有一千米高。从黎川仰视的视角望去，无法估计方舟的长宽，只大致看出它是一条圆形巨船。随着方舟迫近济南，它排开的海水从冰缝中一浪浪涌出，漫过冰原，灌入船屋之间的街道。

与方舟相比，济南镇渺小得像是摊在冰原上的一张薄饼。

太平公司和宏德公司搭好了登上方舟的巨大舷梯。黎川随着有船票的人一起上了舷梯，来到方舟"船舷"低处的登船口。往下回望，他看见一群难民正在冲击冰原上的舷梯入口，但被太平公司的人拦下了。

在方才登上舷梯的途中，黎川看见了怂恿难民冲击舷梯的带头者似乎是胡安师，前几天在深海打劫他的邻居。从深海活着回来后，他曾想着向胡安师复仇，现在却不再执念于此了。

他登上了方舟，胡安师留在了地面上。

黎川收回目光，看向方舟内部。冰原上那个漂浮不定，随时可能死亡的生活，终于离他而去。无论在方舟中面临着什么，他都下定决心好好面对。

"为什么不放我们进去！"

黎川突然听见前面传来大吼声。接着，他听见了黑虎鲸的声音："门票涨价了！"

"什么情况？"黎川往人群前挤去。在进入方舟的闸门入口处，黑虎鲸拦住了一位登船者。闸门之后，方舟内的护卫默然排成一排，手中都拿着那种叫作"枪"的特级遗迹。

"凭什么要多交一百升氦气才能上船？你们太平就这么言而无信？"登船者说。

太平公司的头头，那位老人正从黑虎鲸身旁走进闸门，老人一拄拐杖，回过头来说："宏德公司要多收一百五十升才放你们这些有船票的进去。"

"你们出尔反尔！"那名登船者拔出潜水刀冲向闸门，"让我进去！"

黑虎鲸侧身让开闸门，不与登船者纠缠。登船者愣了愣神，有些意外，犹豫了一会儿，进入闸门。

闸门后方舟的护卫举起枪，黎川只听见一声巨响，接着闯入闸门的登船者跪倒在地，身子委顿下去。他的腰上出现了一个巨大的血洞，鲜血"汩汩"涌出。

这就是特级遗迹。黎川身子往后缩了缩，他甚至没看懂枪是怎么隔空伤到闯闸的登船者的。

黑虎鲸将死去的登船者拖出闸门，说："方舟年久失修，需要补充氦气下海深潜打捞，济南高塔中有维修方舟所需的遗迹。如果没有足够的氦气，各位请回——有船票也不行。"

人群骚动。黎川摸了摸腰旁挂着的氦气瓶，里面的氦气根本不够一百升——连十升都没有。

"你们卖了船票不管事，就不怕我们拆了太平的船屋吗？"有几个人叫嚷着。接着，有人试图再次闯关，又被护卫击杀在了闸门前。

"太平公司愿意追随方舟。"黑虎鲸拖走尸体，从墙角摸出拖把，若无其事地抹掉了闸门前的血迹，"想与我们为敌，就是与方舟为敌。"

人群沉默。有两三个人取出气瓶，乖乖交出一百升氦气通过了闸门，剩下的十几个人尴尬地站着，不敢前进，也不愿意后退。

黎川犹豫着不愿离开。那些威力巨大的遗迹"枪"正隔着闸门指向人群，他不敢乱闯。一道闸门之后就是方舟内的美好世界，但这美好世界，他无法进入。

太平公司出尔反尔了。在为船票努力时，他想到过换到了船票却无法登上方舟的可能，却没想到，直到站在方舟入口前的最后一刻，这种可能突然变成了现实。

黎川往后退了两步。来到济南这几个月，他拼死拼活下去打捞，最后却只落得一场空……他全身都在颤抖。他失去了一切。

他转过身，向方舟外走去。


## 十一


济南小镇已经乱成了一团。

黎川茫然走在街道上。难民们从四周涌向方舟，又被太平与宏德两家公司的人拦在舷梯下。他听见镇外舷梯的方向传来激烈的械斗声，可能是人群与两家公司的人打起来了。

方才走下舷梯时，胡安师正在高喊口号，呼吁难民们冲上方舟。一群人围着黎川询问方舟上的情况，他只能赶快挤入人群溜走——就算他说方舟已经进不去了，这些人也是不会相信的。

街道上的冰面滑漉漉的。方舟还在靠近济南小镇，冰面被压裂，裂缝在镇中蔓延，海水从裂缝下涌出，拍在街道上，打湿了黎川的潜水靴。

前方街道传来叫喊声。黎川一愣，只见一位女子从街道口冲出，接着，她一闪身躲在一条船屋的舷下。船舷上挂着大片干海带，像门帘一般遮住了女子。

是苏羽，那名黎川从深海带上来的深渊调查官。

几名太平公司的打手追着苏羽冲出了街道。他们四下一望，大声问黎川："那个女人呢？"

黎川指了指方舟的方向。

打手们跑远了。等他们消失在街道尽头，苏羽才从干海带中钻出，站起。"你不去方舟了？"她看了眼黎川，"多谢你帮忙岔开那些人。"

黎川盯着苏羽，沉默着不想回答。苏羽身子看上去有些虚弱，手上握着一把潜水刀，刀刃上泛红，是干涸的血迹。

她可能是从太平公司逃出来的，黎川想着。"方舟上不去。"

"当然上不去。"苏羽平和地说，"方舟当年建成之时聚变核心就有问题。济南高塔是氦提纯中心，方舟过来，自然只是为了打捞聚变燃料。……方舟内名额有限，那些人怎么可能来特地接你们上船？"

黎川叹了口气。

"方舟会碾过整个镇子的。它需要将船体中心对准济南高塔的正上方。"苏羽说，"好了，我准备离开了……好不容易逃出来，我不想被方舟压死。"

镇外传来了枪声，接着，流民们爆发出慌乱的叫喊声。黎川猜测是方舟上的人下来镇压流民暴乱了。"等一下。"他说，"你要去哪里？"

"南方，上海。"苏羽说，"重建调查团。"

"你……你为什么这么想恢复这个调查团？"

"为了人类的荣耀。"

"这口号可真是尴尬。"

"虽然尴尬，但我们的所作所为从未辜负口号。"

黎川叹了口气，"可是就剩下你一个人了，你又能怎么办？"

"找几套装备，找到新的团员，下去打捞；更新装备，教育学生……一点点来。"

"这肯定会失败。"黎川摇头。

方舟正缓缓朝整个镇子碾来。

苏羽忽然笑了，"你恐怕不知道，调查团一直在失败。当年大海中还有一种叫癸兽的怪兽——现在好像没了——癸兽杀来，我们丢了北京、丢了武汉，差点丢了南京和上海。每一次战斗，我们都会失败。"

"那这还有什么意义？"

"希望永不泯灭。"苏羽往前走去，"人类迟早要重回大地。"

黎川一时默然。沉思良久，他看着苏羽的背影，喊道："我跟你走吧。离开这里，往南，找条船，去上海。"

# 十二

方舟来了。等待方舟的人却散了。

黎川看了眼身后，济南镇正被方舟压在身下，活着的流民们散落四方。方舟遮住了半个天空，影蔽大地，与之相比，冰面上的流民仿佛是爬行在黑色鹅卵石旁的蚂蚁。

漫天飞雪。黎川和苏羽拖着装备，向南走去。

"你要想好了。"苏羽说，"跟着我，会很辛苦。"

"我习惯了。"黎川说，"我已经失去了很多东西，除了我的命。"

沉默许久，苏羽才说："那么……我是深渊调查官苏羽，欢迎你与我同行。"

"我很荣幸。"

# 尘海之澜

## 一

标准历 2633 年 7 月 2 日
帝国，太平星域，海瑟里安，行星环区 3 道 7 扇区

世界又在疯狂旋转。

屈望醒来，睁眼，看见旋转的星空、太阳、扁平的行星环，以及海瑟里安那隐隐泛青的晨昏线。

自从隔壁岩块搬来新邻居后，每天早晨，他所居住的小行星的自转总会被弄乱。今天早晨也不例外。

屈望平躺摸索着新的氧烛片，盯着头顶透明的天花板。天花板下绑着一截红绸。

小行星岩块正以大概一秒多的周期稳定旋转着。天花板外，海瑟

里安巨大的行星表面一轮轮晃过，晨昏线两侧云层翳影错织流转，令他头晕。海瑟里安的行星环像一圈扁平的沙环，追着海瑟里安一同向他绕圈。

屈望收回视线，将氧烛片插入义体腰一侧的插槽，为自己供氧。他深吸一口气——自己专为太空行动设计的义体没有人工肺作为呼吸系统，但仍然保留了呼吸的感觉上行——冷静下来。

住在隔壁小行星上的新邻居是名叫荆红绡的少女，几天前搬来。红绡总在屈望睡觉时向他的小行星添加角动量，让它高速自转，以此恶心屈望。

"唉……"屈望站起身，解下吊着的红绸，系在右臂上。空中点着好几面投影屏幕，各种欠款催还信息逐一闪过。他一挥手拍灭所有屏幕，摇摇桌上的酒杯。

杯中只有酒渍。

宿醉的头疼阵阵涌上，屈望捏出一支香烟，在腰侧氧烛片的插槽上划过点燃。

事情的起因可以说是他的错。红绡搬来的第一个晚间（红绡作息的晚间）是屈望作息的早晨，起床伸懒腰的屈望无意间看见了睡前裸身洗浴的红绡。那时红绡用本地（本小行星）的重力控制系统造出了一个高出地表两米的球域重力势阱，在势阱中灌了个水球做浮空浴池。由于调节过岩块的角动量使其自转和海瑟里安及其行星环保持潮汐锁定，水球的位置在整个行星环区大部分居民的视角盲区。

可惜不是屈望的视角盲区。

当时屈望正起床休整，准备出门。跨坐上骆驼艇时，他一抬头看见了头顶岩块上的水球。阳光正从水球中折散而出，勾抚出少女柔嫩的身姿。一块艳红的浴巾逐游在她身形上下，阳光穿过，赤色绚烂，让他想起了十万大山 [①] 上赤红的血月。

他轻咳一声，尴尬地低下了头。

轻咳声顺畅地从他们两星之间维生力场所束缚的空气中穿过。"变态！"屈望很快听见水球散溢落地的声音，还有少女惊慌的嗔骂，"变态大叔！"

"喂！"屈望抬起头，看见红绡裹上湿漉漉的浴巾钻入棚屋，"喂！我不是故意的！"

"哼！变态！"回应他的是一枚从窗口抛出的大号废弃零件。零件减速飞行，穿过两个小行星之间的重力势脊后，加速下落，砸在屈望脚边。它附带的角动量使屈望家的自转周期稍稍增加了十几秒。

从那之后，每次看见红绡，屈望都要被骂几声"变态大叔"。每个晚上，他家都会被红绡精细计算抛来的杂物添上大量角动量，最终达到两三秒一周的高速自转，使他头晕。

屈望试着向红绡道歉、理论、讲道理，但回应他的只有冷冰冰的一声"哼"！运气好的时候，还能听见额外的一声"变态"！

是时候和那个蛮不讲理的少女摊牌解决这个问题了。屈望盯着手中燃烧的香烟。嘴中昨夜残余的烟渣气味还没散去，他想了想，将香烟摁灭，走出了房间。

空气中弥漫着机油的气味。屈望展开一面内向屏，唤出自己小行

---

① 一颗行星。

星上安装的重力控制系统的控制面板。瞄了眼各项参数，他打开了平衡角动量的程序。这个程序会自行计算本地的角动量大小，随后为埋在小行星表面的各处喷射引擎提供力矩值，将角动量修正到默认的一标准日（24 标准小时）的自转周期上。

随着地面一阵震颤，星空的旋转速度慢了下来。太阳、海瑟里安，折散出白光的宽广行星环终于缓缓停下了，最后静止。红绡的小行星正停在屈望的头顶，和他间隔不过十多米。他们两人的小行星现在处于"邻居模式"，这种模式下双方的重力控制系统会同步计算，维生力场也会覆盖两星之间的虚空。在自己小行星的地面上，零零散散铺着一地骆驼艇的零件和高密度配重块，这就是红绡向他转移角动量的工具。

回头，他还得耐心把这些"工具"送回去（以不附带角动量的方式）。

屈望仰起头。红绡的小行星比他的略小一圈，半径有三四米，外形勉强算球形。她的棚屋在这几日又扩建了一圈，多了间停骆驼艇的库房。从屈望的角度看去，棚屋里陈设简陋，一张床，一台半埋入地的小聚变堆，堆体旁的水盆正接着冷却水。角落，一把破敝琵琶躺在墙角，断弦蒙尘。

红绡正蹲在库房外，检修她那艘老旧的二手骆驼艇，现在正在加注润滑油。

"喂。"屈望喊了一声。

海瑟里安的行星环中密布砂砾、尘埃及冰屑。密布的尘埃厚实得像一片沙海，他们的小行星则是这片沙尘之海上的一片小小的绿洲。这些从毫米到米级别的尘粒四处飘荡，频频撞入他们重力控制系统范围，屡屡被反弹的势阱拦截、弹飞。

屈望看着一粒被弹飞的冰粒飞向远方，静待红绡的反应。

红绡没有回答。

"喂！"屈望将安全钩带穿在腰间，再环挂钉在小行星地表的安全绳上。这是防止自己在重力控制系统失效时飞离小行星的保护措施。

红绡打开了一台老旧的外向投影，在面前展开骆驼艇的修理文档。海瑟里安白昼半球反射的阳光折照在红绡身上，映出她雪白的侧颜。

外向投影 ① 泛起阵阵波纹，闪过微淡的"噼啪"电火花，随后屈望闻见了电离而出的臭氧味。

他看着红绡。红绡根本没在修骆驼艇，只是把弄着管线发呆。她身边挂着的辐射计显示骆驼艇上的残余辐射超标。"喂，你真的会修吗？"他忍不住讥讽道，"先放一会儿，骆驼艇沾上辐射源了。"

"你没看最新的公告吗？"红绡突然站起来，抬头看着屈望。他们两人的本地重力方向刚好相反，从屈望的角度看过去，她像是倒立在天花板上。

"公告？"

一阵突然的地动向屈望袭来。脚下的地面猛地向斜右下方向移动，他失重了骤飞而起，同时也听见红绡的惨叫。幸有安全绳扯在他的腰间，拽着他"砰"地摔回硅酸盐泥土中，没有飞离小行星。

---

① 外向投影 / 屏，投影在空气等介质中生成，所有人可见；内向投影 / 屏，义体运算中枢生成的直接叠加在视觉信号上的投影，通常仅义体控制者可见。

屈望咬牙爬起。红绡和他一样扑倒在地，趴在他头顶，周围骆驼艇零件不少被冲击振出岩块，漂浮在弱重力场中。几枚零件滑过了他们两家之间的重力势脊，像某些稠密大气星球的雨滴一样缓缓下降，"滴落"在屈望脚边。

"重力场波动？"屈望猜测着说。只有环区的重力场控制出了问题，才能让他和红绡的小行星同时发生剧烈的位移。

他往远方看去。一道黑线正在行星环上呈圆弧形传播开去，然后消逝在远处。这就是方才掠过他们时带来冲激的重力波动的痕迹。

"看那则公告。"红绡默默爬起身，"环区重力控制系统调整，刚刚出来的那则。"

## 二

屈望是五年前来到环区的。

在这之前，他在十万大山当佣兵。在群峦与丛林间湿厚的雾气中鏖战数月，拿到大笔佣金后，他来到海瑟里安环区，弄了艘骆驼艇，开始当信使。

前往十万大山时，他孤身一人。离开之时，他还是孤身一人，只多了一笔佣金，还有右肩上系绑的红绡——那是他带回来的唯一纪念物。

这五年里，他从来没有碰到过环区这么粗暴地调整重力系统。

环区的重力控制系统由所有小行星上各自的系统联网而成，统一计算调配。按照环区管理公司的这条通知，在接下来的一段时间内，重力系统会进行"大规模调试"，"冲激和重力动荡不可避免"，"所有私人的出行出于安全将被禁止"。具体而言，矿工前往海瑟里安的交通将由公共穿梭机接驳，信使则全面停工了。除了接取 A 级以上的重要 / 紧急任务，其他所有信使禁止驾驶骆驼艇离开小行星表面。

"疯了？"屈望冷哼一声，"他们要干什么？"

"不知道。"红绡说。

环区的居住者大部分是矿工，有少量像他这样的信使，还有其他的一些信息黑产从业者（义体破解、漏洞挖掘等）。信使们包揽了环区物流、治安，还有日常琐事：抓贼、小行星角动量维护、GG① 设备的维修，等等。禁止信使跨上骆驼艇，无疑就是切断环区的血脉流通。

平日里屈望并不常接任务，他只有在穷到没钱时才会去领取任务接济生活，但这个疯狂的通知阻断了他想出去接几个简单任务还钱的念头。

屈望心中有些疑惑。这通知太过仓促、草率、粗暴，甚至有些荒唐。即使是重力控制系统检修，按照检修标准流程，也不需要所有人停止出行。

这么荒唐的事情后面，一定有隐情。

红绡叹了口气，"我看这几天有很多人来找你催债。"

"我只是懒，懒得去接活挣钱。"屈望忽然想到了什么，"你是不是才当上信使？"

---

① General Gravity，通用重力，帝国最大的重力控制系统制造商。

"嗯……"红绡轻轻应了一声。

"你想让我帮忙。"屈望猜到了红绡今天一反常态没骂他"变态"的原因。交通限制公告下来后，信使只允许因 A 级以上的任务而出行，红绡作为新信使，是没有能力完成这些任务的。接不到任务，就意味着付不起小行星的租金和重力控制系统的维护费。

她需要屈望这个老油条作为搭档。

红绡抬头看看屈望，又低头望向海瑟里安，"我不想回到那种生活。"她抬起手，指了指远方，"挖矿，没日没夜的挖矿。"

屈望顺着红绡手指的方向望去，那是海瑟里安和行星环区之间的一个灰淡的椭圆。椭圆由一架架穿梭机衔序而成，圆弧相切在海瑟里安的晨线、昏线以及环区的内环上，是往来环区和行星地面最经济的航线。

这些穿梭机上运载的是矿工，他们在圆弧移到他们所居住的扇区时起床，乘坐穿梭机来到海瑟里安的晨线前，工作一天后再从昏线处起飞离开海瑟里安，回到环区过夜。海瑟里安地面的夜晚并不适合过夜。晶矿的夜光辐射高且致命，整个夜半球的夜幕都因此染上了青莹的华光。

"你以前是矿工？"屈望问。

"嗯。母亲攒了点钱后……帮我赎了身，买了这小岩块，"红绡轻轻踩了踩脚下的硅酸盐尘地，又一踢身边的骆驼艇，"交了信使的份子钱，弄了条小艇。"

"你一个人？"屈望问，"你母亲呢？"

"死了。"红绡说。

屈望沉默了。

他不想帮红绡。这是她的私事，和他一点关系也没有。他早就厌倦了那种被道德和正义绑架的生活。自从前往十万大山当佣兵后，他就是个懒人了。除了和钱相关的事情，能不关心就不关心，能不劳神就不劳神。

人生已经够累的了。他已经厌倦了麻烦，厌倦了那种热情洋溢的生活。

"抱歉。"屈望摇摇头，扯了扯腰旁的安全绳，转身向屋里走去。

"谢谢。"他听见红绡的声音轻飘飘的。"还有……那个……"红绡继续说，"对不起。这几天，是我不对。"

屈望站定。

红绡的声音柔而恬淡。他忽然想起红绡在阳光下裸身浸在水球中的场景，赤红的浴巾犹如血月的烟气，冥冥杳杳，邃通幽玄。在十万大山的雾气中，他就是头顶这轮血月在模糊的光华中战斗的。

他心中忽然一痛，想起了什么似的。一些影影绰绰的记忆涌入脑海，他似乎以前在某地见过红绡，但这些记忆全都模糊不清，只剩下朦朦胧胧的悸动。

屈望转身，抬头，看向红绡。

红绡比自己矮了整整一个头多，看起来年龄不大，可能只有十四五岁——虽然通过儿童义体来判断年龄在环区向来都是不靠谱的事情。环区的孩子就没有按帝国法规按时换上成人义体的。她的面容皎白，容颜之间流淌着一种洌澈的霜华，恍若月华倾泻。

屈望叹了口气，"你想执行什么任务？"

"你答应帮我了？"

"我欠的钱快到期限了，需要还钱。"屈望摇摇头，"就这一次，以后不准再烦我。"

"这个。"红绡把任务发给屈望。

S级的赏金缉拿，推荐至少两人参与。缉拿的目标名叫蓝穆，是暴乱分子，藏匿在9道11扇区的殖民种舰残骸区。

"你怎么已经接取了？"屈望着看任务状态皱起了眉。

"如果你不帮我，我也得自己去。"红绡说，"我再也不想下矿洞了。……再也不想。"

屈望在内向屏中也确认了任务的接取。"准备吧。调整一下作息，我们俩的作息时钟得同步……"他看了眼他们所在的3道7扇区和目标所在的9道11扇区的相对位置，在七个小时后，是前往目标位置的最经济航线的出发窗口。"七个小时后出发。"他把计划航线发给了红绡。

"哼，知道了！"红绡一撇嘴，"变态大叔，先说好，路上不准有乱七八糟的想法！"

"喂。"屈望苦笑一声，"我不变态，也不是大叔。"

"哼！"

三

标准历 2633 年 7 月 3 日

帝国，太平星域，海瑟里安，行星环区 9 道 11 扇区

"加速。加 0.013 的比机械能。"屈望调整着骆驼艇的速度。

"收到。"他听见红绡的声音在自己脑海中响起。

骆驼艇加速，切入绕海瑟里安的第9环道公转轨道。骆驼艇这种廉价交通工具来自金陵星，在当地叫捷艇，卖到环区这片大沙海后加装了星际航行的设备，俗称骆驼艇。

屈望和红绡贴着沙海表面十米高度处航行，一块块小行星正从沙海中探出头，在群沙间翻滚、浮沉。这片行星环的内径有一万千米，外径两万千米有余，环尘埃密布。海瑟里安共有大大小小十颗主要卫星，它们游弋、拉扯着行星环中的尘埃与岩块，振出八条环缝。在 -150℃的背景温度下，尘埃的构成包括几微米到几百米不等的硅酸盐岩块、冰，还有少量的氨晶体。

阳光从远方斜照过来，照在沙海表面，在海瑟里安的地面上投出细长的黑影。尘埃的折散光多为全频谱的白色，整个行星环像是一圈薄而宽的莹白沙环。当卫星们从环缝中游过之时，引力的潮汐恍若沙漠中的风涌，会在环缝两侧扯起一浪浪的锯齿波，在沙丘顶端削出莹白的泡沫状小浪花。

屈望很喜欢海瑟里安行星环这种莹白的质感。这总能让他想起自己在金陵星千鹤群岛的沙滩上度假的时光。那是他人生中为数不多的安稳时日。每次行驶在行星环之上，他总觉得行星环像是一圈沙尘之海，而变动的重力场则是汪洋之上的风浪，扯起尘海的波澜。

他们驶入目的地9道11扇区。几年前，殖民种舰"敦煌"意外靠近行星环区，在这附近失控、坠毁、解体，种舰的残骸逐渐散开，密布于整个扇区。由于坠毁事故权责不明确，环区管理公司迟迟不愿意清扫这些残骸，任其漂荡在太空之中。随后，管理公司将9道11扇区划为禁区，此事便没了下文。

划为禁区的 9 道 11 扇区没有统一的重力管理，本不宜居住，但很快，钻漏子的黑色产业、交不起房租或小行星租金的人们一拥而入，在此地定居。种舰残骸区虽然危险且混乱，但对这些人来说，至少还能活下去。

"你是不是欠了很多钱？"红绡问。

"不关你事。"

"我听说他们对欠钱不还的人特别狠。"

"到期之前我都能还清。"屈望说，"查到了，蓝穆的位置。"

"在哪儿？"

屈望把这次任务目标的位置坐标发给了红绡。四周的星空绝对寂静，在暗幕般的夜空之中，屈望只听见通信频道的背景噪声和自己义体运行的细弱声响。他稍稍调大了骆驼艇自带的重力控制系统的输出功率，提高环包自己的椭球形重力势脊区的能量值。这些势脊区能弹飞那些乱窜的岩块或残骸，避免碰撞伤害。

"我们下去。"红绡降低俯仰角，冲入沙海之中。

屈望紧随其后。

他们在残骸和尘埃之间穿行。深入沙海十几米后，四周阳光开始黯淡下来，各种奇形异状的金属破片飘荡左右，有库房墙板、管道、小碎片、玻璃渣滓，等等。除此以外，由于这片禁区没有垃圾回收设施，四周也飘荡着不少生活和工业垃圾。阳光从侧方几米宽的岩块后射来，在尘霾间留下粗大的影柱。

他们在这些影柱之间滑翔前进。每当进入阳光辐照较强的区域，恒星风总会在骆驼艇展开的保护性磁场上留下辉辉荧光，像是缩小版的极光。

在靠近残骸区的核心后，四周逐渐出现了住人的岩块或钢铁残骸。巨大的投影广告在它们外面喧嚣：GG 设备破解、出租义体、二手义体、环区外垃圾分销，等等。厚密的沙尘滚裹着这些广告，只留下粗糙模糊的像素光影。

他们很快到达了目的地：一块巨大的种舰残骸。

屈望根据任务简报上附带的蓝穆的信息在网络中搜查蓝穆的踪迹，最终将他定位在了眼前这块大型种舰残骸上。

地图库中对这块残骸的注释非常孱弱。残骸的尺寸大小有一百多米，据说是殖民种舰的生物实验室库房，也是种舰到达目标殖民星球之后做地球化改造与生态展开的遗传种子库。种子库的残骸中还有残余的重力控制系统在工作，远远看去，整块残骸上部吸附了大量的尘埃、冰粒与铁屑。

种子库残骸看上去像扁平的长方体盒子，正缓缓自转。它的外表密布种舰解体时所遗留的崎岖伤疤与裂口。库房的天花板裂开了大半，上顶的尘埃沙漠被残余的重力拉扯着下泄，在库房中汇成厚实的沙堆。库房的裂口流出了均匀的光照，显示这个库房残骸内部能源和照明系统依然在工作。

"巡视两圈。"屈望说。他扫描库房内部的情况，没有明显异常。"红绡？"

"啊，啊？好。"红绡追上他。

屈望把扫描结果发给红绡，"你有点儿心不在焉？"

"没什么。"

屈望转头看着红绡，她的身子在轻轻发抖，全封闭的头盔面镜后蒙着一层雾气。"别紧张。"

"我不紧张！"红绡哼了一声。

屈望把注意力重新放在库房上，"进去吧。"

库房内部高五米多，近百平方米，天花板下吊的无影灯将周围照得通亮。地面上稀稀拉拉立着十几个货架，架底堆放着密封种子箱，架子上是一排排封装遗传信息的试管。数个巨大沙堆湮没了大部分货架，莹白的尘埃与冰晶在无影灯下荡漾出片片光华。

屈望把骆驼艇停在沙堆一侧，然后打开一面内向屏，监测周围的环境信息。库房内的重力大约为 0.5G，有极稀薄的空气，温度在零下一百多度，比外太空的背景温度稍高一些。义体和骆驼艇所携带的简陋传感器显示库房暂时没有威胁。

不过屈望是不会相信这些传感器的。他的骆驼艇是二手货，义体是中低配置，都不靠谱，有无数物理或信息手段可以绕开这些传感器。他更相信自己在佣兵生涯中锻炼出来的战斗直觉。

屈望锁好骆驼艇，一个跨步翻下，同时掏出右腿边挂着的左轮手枪。"小心点。"他解开左轮保险。

"你怎么还用左轮这种老东西？"红绡摸出手枪。

屈望打了个向前搜索的手势。"可靠，便宜。"他在通信频道中回应着，"看见目标告诉我。"

他的左轮手枪是化学火药驱动方式，照门和准星等瞄准设备对零重力环境做了调整，子弹的装药也可以轻松自定义。和现代的那些信息化枪械相比，小左轮的威力仿若蚊鸣；不过在技术落后的帝国核心星球好几十年的环区，这把皮实易用的左轮足以保证屈望安全完成各种信使任务。

屈望又确认了一眼通信频道的安全，保证网络没人潜入或是窃听。不知道为什么，一开始，他一直觉得自己和红绡在被人跟踪——可能是现实，也可能是在网络。但无论他如何检查，都没有发现异常。自己和红绡所组建的局域网中没有被入侵的迹象，所有外联的端口都被他私改的防火墙和入侵检测系统层层保护了起来，没有异常行为。

"哼。"红绡举起手枪，"我肯定会抓住那个坏蛋的。"

屈望看看四周，"坏蛋？"

"蓝穆啊。破坏别人的义体和GG设备，谁知道有多少人因为他死了。"

"这和我们没关系。"屈望摇摇头，"抓到他领赏就行了。"

库房中四处有各种打斗的痕迹：弹坑、散落一地的电磁钉刺、斜倒的货架、溅落一地蔓延成冰的胚胎培养液。红绡穿着一身紧身的防护服，头戴全封闭保护盔，正大步前进，四处搜索。

"情况不对。"屈望捡起一枚电磁钉刺。这枚钉刺长八厘米左右，应该是一枚步枪弹。从钉刺上炭黑的灼烧痕判断，距离这枚钉刺被电磁加速发射出膛的那个瞬间到现在，可能不过一小时。

"怎么不对？"红绡扶了扶头盔，解除了手枪锁定。

"这里发生过战斗。就在几个小时内。"屈望放下钉刺，眉头轻锁，谨慎四望。

他们身边的货架上空空荡荡，只有少数试管浮在半空。试管悬浮的位置是由种子库依然在运行的重力控制系统所规划的势阱所限制的。

由于气温过低，这些试管内携带的遗传信息的溶液结冰了，不少橡胶封口被撑裂开来。

这些试管前浮着一面面鲜红色的外向投影，标示着它们的异常。

"这是什么？"红绡往前走了一步，蹲了下去。

屈望顺着红绡的视线看过去，倒在货架边的是一只小狐狸，浑身皮毛雪白，看着应该是一具失能的宠物义体。

红绡顺手把小狐狸拎起来，轻轻抚摸着它颈后的毛发，又晃了晃。"这东西是活的……我的意思是，曾经是活的动物？"

"义体。要么是电气构架的，要么是抗冻型循环系统。"屈望说。在这么低的气温下没有被冻成冰渣的东西，显然不是天然动物。

"义体？"

"宠物。"屈望解释着。

"哦……"

屈望盯着狐狸，"你喜欢？带回去，我给你刷个 AI。"

"……没有。"红绡把小狐狸扔到地上，小声咕哝着，"我已经不是小孩了。"她继续向前走，忽然全身一颤，大喝一声："蓝穆！"

红绡举枪射击，枪口闪过火光。

屈望一惊，连忙大步跟上。一位穿黑大衣的男子正从货架后一闪而过，屈望瞥见的面容和蓝穆最新的照片一致。

"包抄。"屈望贴着这边的货架向前奔去。在追上蓝穆的一瞬，他稳定地抬手，射击。

子弹击中了蓝穆的衣角，似乎擦伤了他的义体。蓝穆反手向屈望射击，屈望一缩身子，祈祷身后的货架板能挡住子弹。在视野余光里，他看见蓝穆的子弹却斜飞出去，击碎货架上的一个试剂。

突然间，天花板上亮起四五点红光，稀薄的空气中传来细弱变形的警报声。种子库的安保系统！屈望瞬间明白蓝穆干了什么。蓝穆击毁了试剂，触发种子库尚在运行的安保系统。"小心。"他在通信频道中说，"安保系统触发了，你先自保，我去追蓝穆。"

他继续追着蓝穆前进。在侧方，一辆安保机器人驶出，正向他身后的红绡驶去。"红绡？"

红绡没有回话。

屈望猛地刹住，转身回望。红绡正蹲缩在一排货架后，用手枪瞄着四周，枪口不住的颤抖。

"危险！别发呆！"屈望大喊着跑向红绡，往前一扑，将她按倒在地。在她的身后，种子库的三辆安保机器人已经鱼贯而出，用黑洞洞的枪口指向他们。


## 四


左轮的六发子弹之内，屈望永远能解决战斗。

现在，他已用去两发。

他背靠沙堆，轻轻抚摸着缠于右臂的红绡，让自己冷静下来。红绡似乎是用十万大山的某种神秘技术织成，色调介于浅红与正红之间，从未脏过。

他已经不记得是在佣兵生涯的什么时候得到这块红绡的，他只是觉得这块红绸对自己非常重要，带着它能让自己冷静思考。

"左后两个，右后一个。"屈望说。面对这些防护能力极强的半履带式机器人，他的左轮威力不足。

守卫种子库的机器人可能是殖民种舰安保力量的一部分。在种舰解体的过程中，这些安保力量随着种子库的保存而保存了下来，且持续运行至今。这个种子库肯定也被人光顾过。还有些物资没被搜走，说明这里的安保力量还在尽职尽责地防卫他们这些外来者。

红绸在他右侧的另一排货架下蹲坐着，双手发抖。"我解决右边这个。"

她的声音在颤抖。屈望看了她一眼，"你还在紧张？"

"没有。"红绸连连摇头。

"别冲动，冷静。"屈望深吸一口气。义体从氯酸钠制成的氧烛片中抽出了更多的氧气，上供他的大脑皮层。"没什么好怕的，我们先撤。先不急着抓蓝穆。"

"我没有害怕。"红绸抱怨一声，探头射击。"——哇！"

一串电磁钉刺射来，擦着她的全封闭头盔掠过。钉刺发射在稀薄的空气中没有声音，只有钉刺被加速时灼烧起的微淡火光一闪一闪的。

红绸缩在货架之后，身子抖得更厉害了，"我——我……我不怕！"

"冷静，别动。"屈望说，"你有多少弹药？"

"啊……啊，什么？"

"弹药。"屈望加重语气，"报数目。"

"弹药……弹匣满着。但只有这一个弹匣。"红绸呼吸急促，声音断断续续。

天花板上裂着一道长缝，布满密密麻麻的尘埃与石粒，太阳在沙海之上只有一个虚淡的红影。沙尘时不时被种子库残余的重力所捕获，下坠，砸在天花板之上。偶尔有一些会从长缝中滚落，跌入下方的沙堆。

冰、氨晶、石粒、小铁屑，屈望盯着沙堆中的物质，说："交叉掩护，我们赶快撤回骆驼艇，先离开。"

"啊？好。"几秒后红绡才从呆愣中反应过来。

屈望皱起眉。他瞄了眼内向屏上的雷达信息，三台机器人正在朝他们合围过来。又是一连串的钉刺射来，红绡吓得一缩身子。

"唉，没上过战场的小屁孩。"屈望叹了口气。他嗅到了氨的臭味，可能是高热的钉刺射入沙堆后汽化出来的氨分子。"我掩护你。我开枪后你换掩体。"屈望指了指前往他们骆驼艇道路上的一个沙堆，"那个。"

"……好。"

"三二一——"屈望马上探出头，端平手枪，朝机器人点射过去。他连开两枪，命中了机器人前身的传感器天线。

机器人晃了晃，稍稍迟疑，随后瞄向屈望。屈望立马缩回身子，凭着身后的沙堆抗击着钉刺的攻击。

他回头看去，红绡却依然蹲在原地，全身发抖，不敢动。"快动！"他大吼一声。

红绡犹豫着站起来，膝盖在不住打战。她刚想向前冲，一串钉刺又封锁住了她的道路。

迟了一步。屈望看着雷达，他们被包围了，现在已经无路可退。

"停，别动。"他尽量控制自己，语气平稳，在意识中对红绡说。"停——我们行动慢了。"

"我……"红绡背靠着货架，"……对不起。"

"冷静。"屈望轻抚着手枪扳机一侧的防滑纹，视线在右臂上的红绡稍作停留，思索着对策。

在物理空间干不过这些机器人，又没法逃跑，那就换网络空间。屈望思考着。他看着雷达视场下的地图，同时检查网络通信情况。

常规扫描程序没有在电磁频谱上发现机器人之间通信的痕迹。屈望又展开几面内向屏，他的 COS[①] 中装有一组备用的扫查程序，都是他当佣兵时向那些老兵油子换的。

"待在掩体后别动。"屈望瞄了眼红绡，又把注意力放在内向屏上。他的意识在屏幕上滑过，把这一堆扫查程序注入命令行，启动。

"我们……我们要怎么办？"红绡声线细弱发颤。机器人正在围向她。

"别动，冷静。"

扫查结果出来了。不同策略的程序给出了不同的结果，综合来看，这些机器人是在一个 GHz 频段的几千个信道内来回跳频，其中还隐藏了上百个虚假的欺骗通信信道。每一条信道都在借着行星环区的电磁背景辐射隐藏自己的频谱特征，以防被发现。

虽然查不到这些机器人所使用的真正的通信信道，但在得到上千个可能的信道的频谱特征后，屈望找到了种子库和机器人之间保持连接的通信节点——一面隐藏在天花板上的天线基元阵列。

只要摧毁这面阵列，这种被动型的机器人就会失去命令来源，进

---

① Cyborg OS，义体操作系统。

入自律休眠。

"要不我再试一次冲过去?"红绡说。此时她的语气稍稍平缓,但隐约还能觉察到她的恐惧。

"稳住,我有办法了。"屈望看了眼天花板上埋设天线阵列的位置,那里的钢铁蒙皮刚好裂开,露出了内里的阵列板。

屈望瞄了眼地图,他还有半分钟的空闲。他选了个不会被机器人干扰的视角,举起手枪,瞄向阵列——

"哇——!"红绡叫喊起来。

两台机器人突然直冲红绡。红绡慌忙翻滚躲到沙堆一侧,但机器人履带急转,在布满尘埃的地面上微微打滑,转身瞄向红绡!

"快闪开!"屈望大喊道。如果他在红绡的位置,此时只要一个侧闪扑地更换掩体即可立刻还击,而红绡反应慢了一拍,已经来不及了。

"糟糕!"屈望举枪射出倒数第二发子弹,以期吸引机器人们的注意。机器人们只是稍稍迟疑,继续瞄向红绡。

"来不及了。"屈望立刻远程唤起自己的骆驼艇,让它向机器人们疾冲而来!

老旧的骆驼艇几乎是一瞬之间砸至沙堆之前,撞开机器人。骤然的加速甚至在稀薄的空气中激发出能量极强的声波,传来极为怪异的加速声。骆驼艇的重力控制系统激发的重力场和种子库本地的重力场混合在一起,整个空间的重力场陷入了混乱。尘堆轰然浮起,机器人、骆驼艇、红绡、屈望还有周围所有的货物一时间纷纷漂浮,碰在了一起。

在自己身子一轻的一瞬,屈望立刻屏息凝神,脚尖在地面上一点,给自己身躯一个恰当的角动量。零点几秒后,他的身子浮在半空,转过一个角度，直面天花板上的天线阵列。

屈望举枪，扣下扳机，射出最后一发子弹。


五


屈望沉默着检查自己的骆驼艇。

骆驼艇损坏大半，需要大修，好在还能开启。

大修又是一笔钱。他现在必须完成这个任务拿到赏金，不然没有骆驼艇的他在环区将没有立锥之地。

屈望摸过骆驼艇的仪表盘，陷入了沉思。

他不知道自己为什么当时一时脑热要帮红绡完成信使的任务。恍惚中觉得似乎有种莫名冲动驱使着他，哪怕红绡在战斗时表现极差，哪怕他的骆驼艇因此损坏，他竟然没有生气。

难道我以前认识她？屈望又盯着红绡看了一会儿，却没有一点头绪。但红绡的身影却在他脑海中幻灭变化，似曾相识。

他的手指从仪表盘的裂缝上滑过，"你还好吧？"

红绡闷坐着，不说话。

"你的嘴角是什么？"屈望忽然皱起眉头。

"没什么。"红绡扭过头。

屈望走到红绡身边。红绡的嘴唇上挂着红色的液体，他愣了一会，才意识到这是血。

"你……"屈望一时有些语塞，"你没有义体化。难怪你要穿这种全头盔的防护服。"

"为什么要义体化？环区的那些医生，各个都喜欢卖劣质的儿童义体骗医保。"

"那你居然还敢在环区做信使。"屈望苦笑一声，在红绡对面坐下。在环区活动的信使大部分全身义体化，且大部分是电气或混合架构的义体，以便在温差极大的真空与零 / 低重力环境中活动。

"要你管。"

"你几岁了？"

红绡瞪了屈望一眼，"什么意思？"

"我看你身高都不到一米六，真的是在环区长大的孩子？"屈望说。

红绡站起来，俯视着他。"哈？我——我已经……快成年了。"她小声吐出那个"快"字，而把重音放在"成年"上。

"低重力环境下不都是长到一米九的吗？"屈望想了想他早上为了和红绡摊牌而私下扒库弄到的她的身份信息，"虽然你才十四岁。"

"变态大叔，你想干什么？"红绡紧张得跳了起来，"你连我多大都知道了！"

"家边来了个莫名其妙的邻居，自然是要弄清楚才行。"屈望摸了摸自己的一下巴胡茬，"还有，我不是大叔，这个大叔外貌的义体只是当时战场情况紧迫，紧急换上的。"

"哼！你是不是为了和我同乘一条骆驼艇才把你自己的骆驼艇撞坏的？"

"哈？"屈望一愣，"喂，我是要救你，而且我的骆驼艇也没完全坏。"

"我不要你管。我已经不是小孩了。"

"你刚才差点死了。"屈望不紧不慢地给自己的左轮填上新的子弹。"你刚才的表现就是个小屁孩，听到枪声就尿裤子的那种。"

"哼……"红绡噘起嘴，"……对不起。"她声如蚊蚋。"骆驼艇的钱，我会还你，算在我的赏金里。"

"头疼。"屈望摸索着从腰侧的槽中拔出用光的氧烛片，插入新的。不知道为什么，他此时却一点生不起气，只是苦笑。

难道是那血月一般的洗浴身姿让他着了魔？屈望有点不敢相信。

"大叔，你在傻笑什么？"

"咳……"屈望感觉自己有了脸红的反应——虽然他这个义体不会脸红，"咳，查到了。"

"什么？"

"蓝穆可能的位置。"屈望把坐标发给红绡，"在扇区的更深处。"他突然看见地上躺着的小狐狸义体，弯腰提起狐狸尾巴，走向骆驼艇。

"你带这个干吗……"红绡小声问。

"嗯？你不是喜欢这个吗？"屈望把小狐狸塞入艇后的侧挂箱。

"哈？……我——我怎么可能喜欢这种小女孩才喜欢的东西……"她的声音越来越低。

"等一下。"屈望忽然觉得有些不对头。刚才他的 COS 内置的侵入检测系统有一个一闪而过的警告。他打开日志，日志记录上是一次误报，是一个通过重力控制系统测算重力场信息交互接口的意外越权放行。

屈望查了一遍所有的日志，没有发现端倪。但直觉告诉他，这是有预谋的一次信息入侵。"我们……"他提高了防火墙的安全等级，开启了更多极端性的安全策略，"好像被跟踪了。"

"谁？在哪儿？"

"不知道。在网络中。但现实中可能也在被跟踪。可能是。"屈望关掉浮在视线前的内向屏，跨上了骆驼艇。

"但也有可能是别人。"他心中暗想。


## 六


屈望陷入了梦境中。

他想起了武汉星的大学时光。片刻，梦境幻灭，他又沉陷自己在十万大山的回忆。他和小队的成员穿行在密林之中。夜幕下的密林像是巨大的活物，不住出汗，渗出露水和雾气。那名敌方土著的狙击手依然不见踪影，但身边战友的减员从未停止。

日沉月升，雾气渐厚，只有头顶血月赤红的晕华恒在。

他握紧手中的"拉梅夫人"——一把古老的冲锋枪，警惕地盯着四周的雾气。雾气似乎造成了极宽频带的电磁散射，雷达上没有任何敌对信号。

他现在只能凭听觉和敌人周旋。

雾气中传来低沉的晃动声。屈望举枪、瞄准。等待他的不是敌人，而是晃动的大地。剧烈的晃动让他摔倒在地，俄尔苏醒。

他猛地清醒过来。

地面正在剧烈摇晃。几秒后，屈望才意识到这是旁边的行星环缝隙刚刚有卫星驰过，引力的"风"引发的锯齿样波动。种舰残骸区不在环区整体重力控制网络的保护中，锯齿波直接传到所有大质量物体上，将他晃醒了。

他看了下时间，只睡了两个小时。按约定，现在应该是红绡守夜。

"喂？"屈望轻声呼唤一声，"你还好吧？"

黏滞的梦境让屈望的思绪有些混乱。他下意识地握紧身旁的左轮，左手抚过右臂上的红绡，努力让自己保持清醒。但倦意还是一浪浪涌起，将他拖回雾气与回忆之中。

在大学毕业之后，屈望在武汉星的通用重力公司总部工作。那时他在安全部门，负责中小型 AGCD[①] 安全模块的开发。这些 AGCD 常常用于百米到千米级的重力控制，价格昂贵，不少客户签的是以租代售的协议。

海瑟里安环区就是这些设备的最大的出售方向之一。

环区的每一个小行星都需要 AGCD。环区管理公司将 AGCD 植入各个小行星岩块的内核后，再租给居住者——他们大部分是住集体宿舍的矿工——并层层收取押金。

这些押金最后算到矿工头上时，已经高得有些离谱。矿工们都是从比环区更落后的边缘行星骗来的，环区管理公司把海瑟里安吹嘘成天堂，矿工们则签了不平等协议，卖掉肉体，租上劣质的矿工义体，住在环区的集体宿舍，承受义体、房租、交通和重力控制系统的

---

① Area Gravity Control System，区域重力控制系统。

租金。

他们中的大部分人，将在海瑟里安表面的矿洞中工作一辈子。

矿工挖到的可以激引非线性引力波的"海瑟里安晶石"，正是GG公司生产重力控制设备的核心材料。而比起那些专业的，符合"帝国法规"的采矿机械，矿工的成本甚至比机械耗费的电费还便宜。

于是，GG公司也就睁一只眼闭一只眼，无视环区十几万奴隶般的矿工的存在。环区被环区管理公司把持控制，本行星系唯一的超光通信节点被控制后，这里就成了法外之地。管理公司的防火墙控制着一切。偶尔有游客和考古学家来到海瑟里安，带走一点真相，也被管理公司一一摆平，在帝国内部掀不起任何波澜。

屈望第一次离开武汉星出差就来到了海瑟里安，协助处理晶石生产事宜。在这里，他中途遇见了一位耐不住租金剥削的矿工。矿工祈求他帮忙破解AGCD最新安全模块。出于年轻时的同情和善良，屈望帮了这个小忙。

这是他这辈子最后悔的决定。

屈望帮那位矿工破解了系统，让他可以免租金使用AGCD，并多次嘱咐他不要外泄。但那位矿工很快将他编写的破解程序四处售卖，大肆赚钱；GG公司发现大批AGCD被破解，遂报警。帝国信安（信息安全局）一路追查，很快查到那名矿工和屈望的头上。

屈望本想认错，那名矿工却倒打一耙，把所有罪名甩给屈望，咬定是他一人兜售漏洞和破解程序。GG公司负责此事的高管也顺水推舟，把所有责任一并甩给屈望，冀以不被免职。至于GG公司本身，也是乐于见此，免得自身卷入舆论的旋涡之中。

如果说环区管理公司是统治十万矿工的地狱恶魔，那么 GG 公司的高层和它背后的帝国错综复杂的门阀宗族结成的势力网络，则是比这恶魔更可怕的存在。帝国是沧海一片，环区管理公司不过是想渡过大海的小小浮虫。

被甩上罪名的屈望，连浮虫都不如。

屈望第一次见识到了世界的不公正。百口莫辩的他逃跑了——虽然逃跑更加坐实了他的罪名。

他一路逃到十万大山，当上了佣兵，随后就是三年的鏖战。在五年前，他赚够了佣金，离开了十万大山，隐姓埋名回到帝国核心星球。他在那些信安所无法触及的肮脏角落流浪：金陵安都城寨、东京废海，最后是海瑟里安行星环区。

屈望回来了，但他早就不再善良、不再单纯。他看见了无数矿工的生生死死，却不动一丝一毫恻隐之心。他不想管任何和自己不相干的事情，不想浪费一丝一毫力气，人世间的所有不公不义都与他无关。他只想一个人活着。

一个人活着——终日买醉，偶尔骑着骆驼艇当当信使，欠债是屈望的常态。

就像不公是世界的常态一样。

"呼……"梦境中压抑的血月意象依然在视野中萦绕不散。"喂。"屈望呼唤着红绡。

没得到回应。

地面又晃了一下，是环区重力系统的冲激波动。自环区管理公司发出那个通知以来，这种冲激愈发频繁，听说有人被甩出了小行星地面，惨死在了真空。

屈望擤擤鼻子。他和红绡两条骆驼艇展开的维生力场还在工作，周围有空气，声音可以传播。"喂。"他切换到和红绡约定的通信频道，在意识中呼唤着。

红绡没在守夜。

屈望浑身一紧，翻身坐起。他正坐在一枚殖民种舰所遗存的探针的散热鳍上，他们的骆驼艇停在一边，联合为整个探针展开 1G 的局域重力和维生力场。

这枚探针是种舰用于跃迁／电磁／重力空间扫描的综合设备，长三四十米，外形呈针状，中间的鼓起部半径达十米，像是被探针主体的细针穿刺而过的圆盘。圆盘的核心是探针的运算中枢和超光通信节点，核心外的圆盘则是一片片散热鳍，这些散热鳍负责抽出核心产生的热量，以热辐射的形式送出。

屈望和红绡是追着蓝穆在网络中留下的踪迹来到这枚探针的位置的，却没有发现蓝穆的踪影。于是，他们决定在此地先休息。

种舰残骸区正运行在海瑟里安的背阳面，四周没有任何光，只有海瑟里安夜半球青莹莹的晶石夜光。屈望借着投射过沙海的微淡夜光四处搜索着红绡的踪迹，义体也自动启动了夜光下的视觉增强，却一无所获。

难道是那些跟踪自己和红绡的人来了？屈望皱起了眉，仔细检查自己所接入的网络，并握紧左轮。

他走上散热鳍片末端，离开骆驼艇维生力场的范围，步入无重力的浮沙海洋中。在他后面的探针一侧，隐隐有灯光传来。

那边有人。屈望翻身走回探针核心，跨到对面的散热鳍上，躬身向发出亮光的位置走去。

亮光的位置在隔壁散热鳍。屈望背贴着自己这面散热鳍逐渐卷曲的弧度，走到边缘处。随着重力逐渐变小，他的动作越来越轻柔，最后稳稳蹲靠在散热鳍的边缘。

两束火光从黑暗的太空中飘荡滑过。他花了点时间才看清这是一颗几米大的小行星，被挖成了半空，里面刻着关公和莱特船长的塑像，两鼎香烛在维生力场所束缚的空气中缓缓燃烧，香烟雾气在这颗小行星的重力场无规飘荡。

可能是残骸区谁挖的小庙。屈望把注意力转移开。灯光是从他身后的那片散热鳍上衍射过来的。他蹲下身子，摸出左轮，将枪管下的一小块金属平面区域擦亮，作为小镜子探出散热鳍，观察后面的情况。

后面的那片散热鳍旁停着一架穿梭机，穿梭机舱门大开，光亮照出。舱门伸出一块踏板至散热鳍上，附近的区域被重力控制场覆盖着，同时也隔断了内外电磁通信。

红绡正和一位青年男子在散热鳍上相对而坐，似乎是在交谈。她没有戴头盔，那里应该是有维生力场提供可呼吸的空气。

屈望打开重力镜（重力传感器），把附近的重力场图叠加在视觉信号中。待看清重力的分布后，立刻一翻身跃出散热鳍，同时跃入穿梭机提供的重力场范围，借力站稳。"喂。"他举起枪瞄准青年男子，同时朝红绡说："我们约好了，有意外一定第一时间喊我。"

"不准对涂先生无礼。"忽然舱门处传来一个阴柔的男声。屈望侧头看去，一名男子正倚着舱门站立，腰侧倚着一把巨大的狙击枪。

"晨星。"屈望立刻认出了枪的名字，恐惧顿生。

"晨星摇曳之刻"，他永远记得这把枪的名字。这名字无比张狂，仿佛枪一响就会星摇地动，晨曦吐华，以至于屈望总觉得这名字像是一件艺术品的名称，而不是帝国的顶级狙击平台。

在十万大山战斗最艰苦的阶段，当地土著的那名狙击手少女用的就是这种武器，杀伤了他们小队过半的成员。

"昆吾，没事。"坐在红绡对面的青年男子站起身，伸手示意倚枪男子无须防范，"这位一定是屈先生了。"

"你是谁？"屈望将目光从狙击枪晨星上移开，稍稍低下左轮的枪口。

青年男子面容俊朗，身披花纹奇异的古制长袍。一团团细沙浮在他的周身，这些细沙汇成沙流，从他的宽袍袖口进出，结成种种不同的流动图案：真人骑鹿，力士执节；神女裙拖泽畔，仙人琴鼓云中；粒粟之间，细沙汇聚变化，竟涌滚出无数的风物景致。

"鄙人涂山禹，沙画家一名，路过此地采风。"青年朝屈望稍稍躬身。"荆姑娘天生丽质，和她一翻闲聊，令人心清气爽。"

屈望看了眼重力镜的数据，这些沙粒都是被局域的重力势阱镶操纵控制的。想要在如此狭小的范围内排出如此精细的图案，需要极强的运算能力。

"荆姑娘，三日之后，东君再会，在下会想办法修好你的琵琶的。"涂山禹说。

红绡点点头，"一定。"

涂山禹朝屈望和红绡作一个揖，转身登上穿梭机，关门离开。随着维生力场的撤除，红绡也迅速戴上头盔，然后在通信频道中说："你干吗？"

随着穿梭机离开，这片散热鳍的重力正在快速下降。屈望拉着红绡往散热鳍深处探针核心的方向一飘，落入他们骆驼艇展开的重力场的范围内，站稳。"别拉我！"红绡说。

"刚才卫星经过，我一醒来看见你不在，就赶快找你。"屈望冷哼一声，"我希望你认真一点。S级信使的工作从不是儿戏，我们可能还在被人跟踪，你怎么就大大咧咧和这个不知道哪里来的怪人勾搭上了？东君？你们要干什么？"

"他不是什么怪人，只是路过的艺术家而已。"红绡一撇嘴，"任务结束我去东君星找他修琵琶。"

"够了，接下来的行动，你必须听我指挥。"屈望加重了语气，"刚才在种子库，你的慌张差点要了你自己的命。"

"不要你管！我也不是天生想紧张的！"红绡侧过脸，后退一步。

屈望盯着红绡，"你想说你的紧张有原因？哼，谁还没点创伤！"

红绡没有回应。她只是站着，思考，像是尘封的泥像。

"算了。"屈望收回目光，"你去睡觉吧，我守夜。"

"……我时常会想起母亲。"红绡声音低下去，"惨死的母亲。被一群暴徒杀死，琵琶被砸碎，只为了那一块黑晶。"

屈望默然半晌，"你去睡吧，我想抽根烟。"

红绡倔强地昂起头，瞪着屈望，"你批评这么多，你找到蓝穆的踪迹了？"

"……暂时没有。"屈望实话实说。他们本是追查蓝穆来到此地，这枚废弃探针似乎被蓝穆入侵过，挂入了后门，但是屈望确实没找到更多关于蓝穆的踪迹。

"我找到了。"

屈望一愣神，"我不信。"

"涂先生给我的。"

"他？"屈望哂笑一声，"他能查到一个通缉犯的踪迹？"

"不信你验证啊。"红绡把一个文件发给屈望。

屈望查看文件中的信息。这个文件是关于蓝穆位置的一份简要报告，上面给出了蓝穆在过去二十四小时的行踪，以及分析出其行踪所使用的所有信息情报及技术日志。屈望匆匆一扫，整个报告严密清晰，可信度极高，像是帝国信安那些 A 级以上分析官出具的报告。

这份报告预测了蓝穆的下一个位置。屈望沉吟半晌，调用程序反复核实这份报告中的信息，竟然找不出任何破绽。

这份报告预测的蓝穆位置，恐怕是真的。

他把这个位置的坐标发给红绡。"我们立刻出发。"

"哼，怎么样？"红绡骄傲地一手叉腰。

屈望不理会红绡，而是沉思起来。当务之急是捉拿蓝穆，结束这次任务。但他觉得事情有什么地方不对，无论是那些从未露面、目标不明的跟踪者，还是这个神秘的艺术家。

屈望又想起了涂山禹用重力场驱使周身沙尘画图时那恐怖的计算量。如果真的只是一位普通艺术家，不可能拥有如此丰富的计算资源，也不可能轻松交给红绡这样一份严密的报告。

# 七

几小时后，他们在一片金属残骸间发现了蓝穆的踪迹。

"我打不中他！"红绡喊道。

屈望驾驶着骆驼艇向前疾追。骆驼艇在种子库撞坏了后外壳坍陷，破烂不堪，加速到极致时艇身剧烈颤动，似欲散架。

艇前灯照亮了尘海。太阳被厚厚的尘埃遮蔽，只能看见一圈昏黄重影。随着骆驼艇速度的加快，仪表盘的玻璃正震颤着崩开，外露的线头疯狂得一颤一颤，原本黏合玻璃裂痕的几条胶带已被崩飞。

"那就先别开枪，速度太快，危险。"屈望一翻骆驼艇，躲过一块扑面而来的金属板。长波雷达锁定了蓝穆骆驼艇的大概位置，在前方千米外。

骆驼艇冲出浓密的尘埃云，前方的行星环中沙尘密度大降。阳光彻照，一片冰晶丛林悬浮在疏淡的尘海之中。蓝穆驾驶着骆驼艇在冰晶的枝丫中一绕，像是野鹿进入了森林一般消失了。电磁长波在冰晶复杂的散射结构中也追踪不到蓝穆的散射信号。

"喂，减速。"屈望呼唤红绡。

他盯着可疑的冰晶森林看了一会儿，猛地意识到这是当年殖民种舰的压载水。种舰的压载水舱解体时，上千吨由于调配种舰质心平衡和生态循环备用的水一瞬四散洒开。急剧降温后，压载水凝成上千米的复杂冰块，完美保存水舱爆开那一瞬大量水在无重力下四溢流溅的动态景象。

这块冰块乍一看像是枝丫复杂分叉而密布的巨型大树，看了一会更觉得像一个复杂的溶洞系统，在阳光下折射出奇妙的虹光，让人更看不清冰晶区域内部的结构。

"怎么办？"红绡稍稍减速，和屈望并齐滑行。

"大胆行动，小心应对。"屈望钻入丛林，朝蓝穆消失的方向前进，"这个地方估计传感器不好使，不能跟丢了。"

"好！"红绡将骆驼艇往右拐了拐，"我们的视野稍稍错开。"

他们一左一右在冰晶丛林间航行。前进不过百米，屈望视野中的冰晶越来越多，他们正在迫近冰晶区域的核心，周围也从冰晶丛林变成了冰晶海绵。空泡圆润的四壁上开着十几个洞口，和四周复杂的空洞连接在一起。小的空洞中还包含有更小的空洞，如此层层嵌套，直到微米级的小气泡——那是压舱水进入太空时压强骤降后内部溶气逸散膨开的气泡。

整个冰晶内部的结构像是某种巨兽的心血管系统，复杂的管道、空洞的系统由大到小层层嵌套、分叉、互连，最后纠缠在一起。四处全是水在结冰前的景象，冰柱、相互连通的孔隙密布，四周的冰壁上交叉叠映着屈望的身影，灰淡的光线是从冰晶内曲折传来的恒星光。

他们穿过冰柱，向前搜索。随着逐渐深入，屈望发现冰晶深处竟然有人工的痕迹。各处的冰穴中建有简陋的棚屋，屋内的事物全都捆扎、固定在冰壁上，防止在失重环境下飘起；周围空气的密度和温度在逐渐上升，似乎有密布整个冰晶内核区域的维生力场和空气循环。

在一些大的洞穴中，四壁密布大大小小的窟窿或冰穴，全都是一户户的人家。冰穴之间有细长的绳索相互连接，似是为了方便无重力条件下的移动。绳索上系着电线，挂着一两盏全向的灯，照亮了整个洞穴。

洞壁的一侧埋设着一个很大的能源堆，冷却水从管道流出，和电线并行，接通各个冰穴房间。屈望往一处冰穴看。冰穴内四壁平整，一个孩子裹着大衣，正浮在洞穴门口阅读投影屏幕，可能在看书。冰穴的更深处，他看见了一位义体破破烂烂的矿工，蒙皮皲裂露出机械骨骼，脸也是矿工的通用脸型，只能从额头上文刺的姓名和编号来区分是谁。

"这里……"屈望稍稍减速。

"……也许，"红绡驶向一处冰洞通道，"是贫民窟。"

"因为不用交租金？"屈望明白了。这片冰晶区域多孔隙洞穴，可以不依赖重力控制设备生存——在洞穴的壁面上系好绳子，足以避免物体逃逸。去掉小行星和重力控制系统的租金后，矿工的生活成本会下降许多。

"可能吧。"红绡声调中有些压抑，"他们……很可怜。"

两人之间一时陷入沉默。他们驶出洞穴，继续深入。随着空气温度逐渐上升到零下十余度，周围有人生活的痕迹也越来越明显，空中飘荡着食物和水的冰碴、各种废弃的义体零件，偶尔也有其他骆驼艇驶过。

"蓝穆呢？"红绡问。

屈望看了眼内向屏，"没有发现他的踪迹。"

他们驶入一个几百米见方的巨大空洞中。千万根冰柱上下左右交叉连贯，排成丛林。洞穴四周还连通若干次级小洞穴，冰穴房屋和各种线缆密布四处。

"搜一下？"红绡小声提醒，"我去那边——啊！"

突然，红绡的骆驼艇一歪，撞向冰墙！

红绡尖叫一声，勉强拉起方向，骆驼艇擦上冰墙滑行了几十米才停下来，破裂成大段的残片。骆驼艇上破碎下来的零件在无重力环境下漂浮而起，形成一条显示坠毁轨迹的线。

"红绡！"屈望打开重力镜，看见红绡刚才经过的路径上有异常的重力场，正是这个重力场给了红绡坠毁的加速度。

蓝穆在利用他的骆驼艇重力控制系统伏击屈望和红绡。

"伏击——"屈望还没说完，视野中标示重力场的箭头突然一一缩短，如潮汐般退下，然后在他的航线前方涨起！

屈望立刻感受到微弱的重力轻轻拉了他一下，让他迎面撞上冰柱。他紧急减速、侧滑，躲过冰柱，然后一个回环驶向红绡漂浮的位置。"红绡！起来！"

阳光从外侧照在冰晶上再一路折射进来，和大洞穴内的人工光源一起，为这里添上均匀而明亮的照明。零重力的环境加上没有方向感的光照，让屈望一时分不清上下左右。

"我……"红绡浮在半空中，似乎是受了轻伤，"还好。"

屈望捞起红绡，让她跨坐到自己的背后。

"我们被伏击了。"屈望说。他仔细观察着重力镜叠加在视觉中的场信号，飞快地完成了新环境下重力镜的校准（主要是把来自海瑟里安的引力视为零重力参考基准），检查空间的重力异常分布，以此来搜索蓝穆的踪迹。"他很熟悉这块空间。这里是他给我们准备的狩猎场。"

"伏击?"

"利用骆驼艇的重力控制系统控制周围的重力,给你额外的加速度。"屈望说。

"哼!卑鄙小人!"红绡嘟囔起来。

"危险的敌人。"屈望谨慎地驾驶着骆驼艇。在环区这么久,他还是第一次遇见会调用重力场辅助作战的敌人。但他无所畏惧,他大学的专业方向就是重力控制,毕业后又在 GG 公司工作了许多年,对重力控制非常熟悉。在十万大山打仗的日子里,围绕 AGCD 控制下的战场环境,他也打过不少攻坚战。

在操作重力场之上,他勉强算个大师。

"喂,"屈望说,"我会把重力镜的信号同步给你,你加载到……"他想起红绡没有义体化,"头盔的显示屏上。"

"然后呢?"

"子弹上膛,开始作战。"

# 八

屈望从冰柱后探出头,朝蓝穆开火了。

子弹在射中蓝穆前的一瞬之时,蓝穆在身前二十米远展开了横向的重力场,试图稍稍偏转子弹的路径。屈望立刻跟进,意识控制着骆驼艇的重力控制系统,在同样的位置展开反向重力场,试图抵消蓝穆的重力场。

两个重力场叠加在一起，混合成重力加速度的箭头，构成了扭曲而混乱的场。子弹在其中稍受影响，打在蓝穆作为掩体的冰柱上。四处立刻响起被突变的重力场搅乱生活的贫民的尖叫和呼喊声，各色杂物立时坠向当前重力场的方向。

战斗同时在物理（现实）空间、网络（信息）空间和重力场空间再次展开。

在现实空间中屈望和蓝穆相互射击，更换掩体；在网络空间中他们在 COS 的上千个端口间相互攻防、入侵、反入侵；在重力场空间，他们所控制的两艘骆驼艇的重力控制范围相互重叠了大半，这片区域的重力分布，将由两人所测算施行的重力场共同决定。

"棋逢对手。"屈望如此评价蓝穆的实力。"兄弟，"他切换到公共通信频道，"你有这种身手，为什么要在环区混？"

没有回答，蓝穆沉默着。屈望似乎在通信频道中听见了蓝穆低微的叹息，又好像只是电磁底噪和风噪混合出的幻觉。

屈望给左轮填满了子弹，轻摸红绸，稳定心态。他不认为这次战斗可以在六发子弹内结束。

所有的重力控制系统都是以海瑟里安晶石的非线性特性作为工作起点的。海瑟里安晶石作为晶体结构，其内部嵌有某种来源不明的有机长链大分子。这些有机大分子排列成五次旋转对称的准周期结构，并和晶石耦联成晶体—准晶体的联合体。屈望以前曾经把玩过这些矿工挖出的晶石，想不明白这些介观的晶格结构何以能对引力波产生非线性作用。

到目前为止，物理学家们也没搞清楚。谁能弄清楚这个问题，立刻能拿到当年的莱特基础科学奖。

当引力波以特定角度经过这些晶体时，会产生非线性的分频波。通过多次分频，重力控制系统可以得到一个频率极低，逼近零赫兹的近直流成分的引力波。将这样的波的不同相位的成分在时域上稍加组合，就能得到一个近似的纯直流引力波——也就是稳定的重力场。

由于经过多轮非线性效应的修饰，重力控制系统生成的重力场并不是线性的，无法相互叠加。两个重力控制场直接叠加在一起，也并不等于两者的简单相加——而是会得到一个乱七八糟，无法预测的重力矢量场，这也是环区所有 AGCD 需用统一控制、统一调配的原因。

在这块大冰晶区域，屈望和蓝穆各自控制的重力场区域的交叉地带已乱成一片。他们一面相互射击，一面相互计算着重力场。变幻莫测的重力场扭曲了子弹的轨道，也使得屈望的身子常常漂浮起来，"大地"——即重力场下指的方向也在不断变化。

红绡已经无法适应这种快速变化的环境了。她抱紧一根细冰凌，身子发颤，在竭力抵抗变化重力场的拉扯。

大冰晶复杂的孔洞结构和混乱的光场也加大了战斗的难度。交手几轮之后，屈望站在一个洞穴房间的壁面上，蓝穆则站在冰洞外大厅的天花板上，他们两人正相互仰视着，各自喘气。

洞穴房间住着的矿工的女人惊慌得一拉绳索，飞身滑到房间角落。她从墙上钉着的系物缆上解下一把矿镐，握在手中，警惕地盯着屈望。

屈望伸脚勾住墙上的绳索，控制住漂浮的身体。他悄悄在腰边一摸，换上全新的氧烛片，然后在公共频道中说："我猜你以前是军人。"

蓝穆摇了摇头，只是举枪射击。屈望一缩身子，展开重力场把自己锁定在墙上，躲过了子弹。屋里的女人随着重力场摔在屈望脚下的"地面"上，一身闷哼，义体发出"咔嚓咔嚓"的杂音。

"抱歉。"屈望瞄了眼女人。他又看了眼红绡，冲蓝穆大声喊："最近信使的活不好接，我们必须抓到你。"

"看看这里的居民，看看他们所承受的不公正。"蓝穆终于说话了，他举枪向屈望射击，同时将自己的重力场延伸到屈望附近，干扰屈望的重力场，"你为什么要帮环区管理公司？"

屈望早有预料，一面还击，一面跳出冰洞，让自己的重力场转向，整个重力场转过180°，也站在蓝穆所在的冰面上。而后他单手抬枪，点射两发。"不公正与我何干？"他觉得蓝穆的话幼稚到有些滑稽可笑。

蓝穆控制重力场稍稍偏开子弹的方向，而后转身下跳，回到这间冰晶大厅的冰柱丛林，四处躲藏，"人人都应追求正义！"

"不公才是世界的常态。"屈望说。他追上蓝穆，切换到私密的通信频道，对红绡说："喂。你小心躲好，我会实时把战场情报传给你。"

"我……我会尽力帮忙的！"

"不，不用。"屈望听出了红绡声线中的恐惧。

战斗在冰柱丛林中继续。这片冰柱丛林全是水体在无重力环境下四处逸散后瞬间凝固留下的，像是一团海绵絮被放大十多倍后留下的多孔结构。屈望顺着孔洞四望，洞穴内外大大小小的冰穴房间有不少矿工探着头在看他们战斗，他甚至可以听见这些矿工的私语：

"蓝穆回来了？"

"另一个人是谁？"

"是抓他的信使吧。"

"蓝穆会输吗？"

......

屈望深吸一口气，继续追击蓝穆。如有默契一般，他和蓝穆都将战斗的重点从直接消灭对手转移到搜出对面骆驼艇的踪迹上——大家都是此等环境下作战的老手，混乱的重力场对新手来说足以致命，但对他们来说，却是一个如鱼得水的环境，很难被子弹击中。

屈望减弱、停止了对重力场操作的频度，同时开始记录、搜集对面操作重力场时留下的所有痕迹。从尺度上来说，骆驼艇所携带的重力控制系统是个点源，其控制强度随距离的扩大而平方反比下降。只要能搜集到足够多的信息，他就能判断出蓝穆骆驼艇的所在位置。

蓝穆几乎和屈望同时削减了对重力场的操作。两人开始在丛林中进行试探性的相互攻击，逼迫对手操作重力场，暴露更多的信息。

屈望脚尖挂在一根细冰柱上，身体浮在半空。他不敢再多操作重力场，一旦骆驼艇的位置暴露，自己就会陷入被动。

他现在已经有些被动。他必须时刻维持住红绡附近的重力场，保证她的安全；这无疑会让他在重力场控制上暴露更多的信息——比蓝穆更早暴露。

唯一幸运的事情是，蓝穆没有攻击红绡。

"兄弟，你犯了什么事，被管理公司通缉了？"屈望调侃着问道。

"调查一件事情。决定十万矿工生死的事情。"蓝穆在通信频道中说。他的语气缓慢而干涩，像是好几年没说话一般。

太阳的晕华散布在冰晶中，照亮了屈望面前悬浮着的一片尘埃。这些尘埃是他子弹中填充的火药反应后的残余。"我不关心你做了什么。"他说，"我们——"

他突然发现了异常。骆驼艇的雷达显示，有个两米的可疑目标正在靠近骆驼艇。

是蓝穆！屈望立刻意识到自己暴露了。他不顾暴露，立刻再次展开大规模的重力场，连跑带跳，冲向骆驼艇。

"哼。"屈望突然听见蓝穆讥讽的笑声。

屈望雷达上显示的信号消失了，一连串的电磁钉刺从另一个方向射来。配合着射击路径上适当展开的重力场，钉刺飞过留下一道弧线，命中了骆驼艇，附带的 EMP 冲击瞬间烧毁了骆驼艇上所有的电子信息设备。

那个信号只是蓝穆入侵他的防火墙时留下的误导信号而已。在屈望大肆使用重力场的一瞬，他的骆驼艇位置才被不知道躲在什么地方的蓝穆发现，而后被击毁了。

"嗡"的一声，屈望周围的重力场变成了零，他身子一轻，因惯性向前飘去。"喂，红绡。"屈望叹了口气，"我们危险了。"

他在靠近一根冰柱时奋力团身，勾住，强行停住自己的身体。

"怎么办？"红绡在三十几米外抱着冰柱，身子浮在半空。

屈望没有说话。他往前一飘，试着回到红绡身边；但蓝穆操纵着重力场拉扯着他砸向红绡，而后重力场又一变向，稳定，使他们两人一齐砸向地面。

"对不起！"蓝穆也站在了新的稳定重力场所指向的地面上。

他举起枪，换上新的一匣钉刺，走向屈望和红绡。


## 九


"实在不行，"屈望在通信频道中对红绡说，"我留下来，我让他放你走。你拿上我这笔钱，会有人来这个冰块上救你。"

"……不要。"红绡靠在屈望身边，身体因恐惧而颤抖着。

蓝穆正在冰柱后面向他们走来。屈望和红绡身后的冰柱直径有两米左右，他们和蓝穆之间，只有这根冰柱做间隔。四周有不少矿工探出头打量着这片"临时地面"上的情况，整齐划一的义体仿佛一群机器人一般。"蓝穆赢了！""这些肮脏的信使，就知道拿钱干坏事。"屈望听见了矿工们的低语。

"这个蓝穆，看起来在矿工中的声誉很好。"他默默想着。

"放弃抵抗，自锁义体。"蓝穆沙哑变形的声音从冰柱后传来。

"这个蓝穆不是坏人吗？"红绡忽然小声问，"我看任务简报上写着，他破坏他人义体设备、破坏重力设备、抢劫、杀人。"

"管理公司的一面之词，没必要相信。"屈望说。

红绡靠着冰柱，愕然半响。"那这些矿工……为啥都支持他？"

屈望碰了一下红绡，"不要管这些。"他在私密频道中对红绡说，"他是任务目标。你如果要活下去，不再下到海瑟里安去挖矿，就不能同情他。"

他顿了顿。"我们，还没认输。"

红绡沉默了。

屈望开始仔细思考现在的情况。突然，周围空间的重力场出现了一阵轻微的涟漪，像是一个一个小球嵌在原本均匀的 1G 重力场。他看了眼时间，行星环最外侧的卫星"咸池"刚好在十万米外飞掠而过，这些涟漪是咸池带来的干扰。

"重复，放弃抵抗，锁定义体。"蓝穆继续靠近，"我不会杀了你们。从此以后，我们两不相欠。"

"我拒绝。"屈望观察着这些重力场的涟漪。他忽然看见一个球形的重力势阱位于冰柱的外侧，这个势阱半径有两三米，重力加速度指向球形，平均强度从重力镜测算的结果来看，可能有七八个 G。

屈望忽然有了个玄妙的想法。他可以立刻装填一发特制的子弹，让它以极低的初速度朝着球形重力势阱射出去。在进入势阱区后子弹会受到指向球心的巨大加速作用而做抛物线运动，绕着球心旋转大概半个圆周，然后转向蓝穆的方向。

整个子弹的轨迹，就是一个绕过冰柱的 U 形线。

趁着咸池运行而过的影响还未散去，蓝穆也没有重算重力控制系统并抹平这些重力场的涟漪，屈望立刻展开一个运算程序。他将重力镜测量得到的重力场的实时数据输入程序，计算朝蓝穆做这种奇异射击所需要的子弹填药方式和发射角度与时间窗口。

"放下你的枪！"蓝穆提高声调，警告着。

计算结果很快就出来了。屈望从腰边的小包中摸出一枚弹壳，按计算好的装药量填入小半管火药，然后是半管延时药剂（缓慢反应，不释放气体提供动能），再用一层浅浅的火药封底。[①]

"你在干什么？"红绡小声问。

屈望飞速将这枚子弹填入左轮，抬手，瞄向那片尚未消退的重力势阱球，并将自己握枪的义体右手从大脑直接控制变成义体运算中枢完全参数化的控制。设定好枪口角度和射击窗口后，他将控制权限彻底下放给义体运算中枢。

"再不投降，我就要采取强制措施了。"蓝穆走近屈望所预定的射击位置。屈望的义体自动下令扣下扳机，改装子弹射出了枪管。

子弹缓慢地以一个抛物线飘入重力势阱区，被七八倍的重力加速度拉扯着转过半个圆弧，瞄向蓝穆。随后后继的火药开始反应，加速，直射而下！

蓝穆惨叫一声，身子一顿。屈望立刻冲出冰柱，趁他还没有反应过来扭转重力场前掏出手枪，朝着蓝穆的胸口连续点射三发。这三枪将他击倒在地，也击毁了他的义体运算中枢。

"结束了。"屈望说。火药反应后的余烬正缓缓下沉。"别乱动，别想着操作重力场。否则——"

他瞄准蓝穆的脑门，手指在扳机上轻轻抚过。

"坏蛋！不准伤害蓝穆哥哥！"突然，一个女孩冲到屈望身前。

---

① 这种自定义填药子弹的结构和现实世界中的弹壳＋弹头结构不同。这种弹药更像是小火箭。末端的浅层火药最先"燃烧"，提供一个很小的初速度射入势阱区。随后延时药剂将持续匀速反应，但不提供动力，保证子弹能转过来。最后的小半管火药则提供了最终的攻击动能。

# 十

女孩伸开双手，挡住枪口。她看上去十岁上下，破旧的棉布大衣，面色菜黄，脖子有些水肿。

屈望持枪瞄着女孩，"让开。"

他向四周望了望。周侧围起了一圈矿工和小孩，矿工们都是统一的义体，孩子则多是古典人类肉身，也有少数换上儿童义体的。这些矿工拿着一些简陋的镐棍武器，似乎是要"招呼"屈望；却没有一个人靠近自己二十米内。"小月，回来！"人群中有人呼唤女孩。

"世界上没有坏蛋，也没有好人。"屈望对女孩说，"我不会打死你。但打断你的一条腿，在环区，你可就活不下去了。"

女孩身子一抖，往后退了一步，却又一咬牙站直身子，往前一步，死死抵在屈望身前。"他救了我爸妈，你要打断我的腿，就打吧！"

屈望沉默着微微下调枪口，瞄准女孩膝盖的位置。

"小月，让开。"蓝穆的声音从后面传来。义体运算中枢被摧毁后，他只能躺倒在地，无法行动。

"不！"

"我认输。"蓝穆说，"不要为难她，带我一个人走。"

"红绡，准备把他绑上。义体锁还在吗？"屈望说。

没有回应。

"红绡？"屈望稍稍回头。

红绡站在他身后，低着头，头盔面罩开启。

"——来绑我。"蓝穆沙哑地干咳了几声。

"……蓝穆。"红绡说，"你破坏他人义体、抢劫、杀人、破坏重力控制设备，是不是？"

"也许是。"蓝穆说。

红绡冷冷地盯着蓝穆，"那你该死。"

"不过，我破坏的是义体和 GG 设备收租金的安全模块，抢杀的是东君的那些不仁不义的人。"蓝穆说，"你们这些信使，也不过是一群舔些腐肉的猎狗罢了。环区管理公司想要所有矿工的命，你们却只知道接任务苟活。——快来绑我！"

蓝穆的语调逐渐变得怪异而急促，似乎是很久没有说这么多的话了。屈望斜眼看着红绡，说："我不关心矿工的命。"

屈望不在乎这些。矿工的命，管理公司的肮脏，什么公平正义，他全都厌倦了。无论蓝穆到底干了什么事情，是正义的骑士还是地狱的魔鬼，他都不在乎。

屈望只想完成任务，帮红绡渡过难关，然后回家继续混日子。

"你们自己的命呢？"蓝穆冷笑一声，"管理公司想在几天后——"

"够了。红绡，去锁上他的义体。"屈望说。

"我想放弃这次任务。"红绡突然说。

"红绡，别管他。"屈望说，"你必须要完成这次任务，你的骆驼艇已经毁了，没有这次的赏金，你交不起租金，不管是重力场管理费，还是信使的份子钱，你都交不起。"

"我相信他。"红绡说。

"我能理解你的善心，但别愚蠢。愚蠢的善良会让你死。"

"我相信他！"

"喂。"屈望拉住红绡的手腕，"你——"

红绡甩开屈望的手，目光从挡在蓝穆身前的女孩身上移过，扫向周围的矿工，"我宁愿要这愚蠢的善良。"

"那你的赏金怎么办？你怎么办？"屈望说，"现在就带着他去东君！"

"这对他，他们，"红绡指指蓝穆，指指周围的矿工，"不公平。"

"不公是世界的常态。"屈望说。

"对不起……"红绡的声音低弱而无力，"我……我已经放弃这个任务了。"

屈望身子一僵。红绡是任务的接领者，她主动放弃任务，一段时间内这个任务将对他们暂时冷却，此时抓捕蓝穆，已经毫无意义。"你疯了？你这么意气用事，连十二岁的小孩都不如。"

红绡身子发抖。"是……是！"她低着头，声调中涌起哭腔，"我幼稚。我长不大。我愚蠢。我傻。我太善良。我没能力。我无法战斗。我老是害怕——那你呢？"她走出几步，捡起从屈望毁坏的骆驼艇中掉落出来的那条小狐狸义体，"你——冷血！没良心！心理变态！"

她猛地丢出小狐狸，砸到屈望身上。"任务结束了。如果有违约金我自己付。你的骆驼艇我也会赔。"

她冷哼一声，转身离去。

# 十一

标准历 2633 年 7 月 6 日

帝国，太平星域，海瑟里安，行星环区 3 道 7 扇区

苏醒之时，屈望闭紧眼睛，期望睁眼能看见一个疯狂旋转的世界。

他睁开眼。这一次，他看见天花板玻璃窗之后稳定不动的海瑟里安，还有悬系在天花板下的红绡。

这是从种舰残骸区回来后的第二天。红绡再没在他睡觉时报复性地向他的家转移角动量，他和红绡也没再说过一句话。偶尔在家外相见，红绡的目光也从不在他身上停留。

屈望从床上坐起身，将红绡缠在右手上，再换上新的氧烛片。他的身边响着微弱的呼噜声，是那条捡来的小狐狸。他为小狐狸义体刷入了一套破解的宠物用 AI，并把主人设定为了红绡。

屈望决定先和红绡搞好关系。他不认为自己面对蓝穆时的决策有错，也不觉得红绡的行为有什么不对。世界上本就没有什么善恶分明的事情，只是他和红绡走到了人生的不同阶段，持着不同的善恶态度而已。

他又想起了那个坑害自己的矿工。如果当年没有同情那个矿工，他现在可能还在武汉光谷市安心上班，调试着 GG 设备的安全模块。也许娶了个老婆，也许还有了孩子，甚至有可能带着孩子在武汉高重

力的野外踏青远足。

而现在的屈望，是帝国通缉犯，是佣兵老油条，是寄居在海瑟里安行星环区的心死之人。

他点上一支烟，穿戴上安全绳，走出屋子。小狐狸轻轻地"嗷"了一声，目送他出屋。

屈望侧头望向正悬浮在他家左侧的红绡的那颗小行星。红绡的屋子在小行星的另一面，从屈望的视角看过去，只能看见一截露在"地平线"上的天线。不知为何，他忽然又想起了红绡洗浴的画面，心中一时有些悸动，仿佛触动了他某些深藏的记忆。那画面总能让他回忆起十万大山血红的月色、浓密的丛林，以及永不散去的雾气。

忽然，他感觉红绡的那颗小行星表面似乎有些不对劲。在阳光下，小行星的表面闪着一种怪异的光华，而不是硅酸盐晦涩的质感。屈望皱起眉目光四下扫过，忽然发现自己的小行星地面上也是这种质感。

"嗯？"他弯下腰伸手抚过地面。地面上盖着一层薄薄的膜，这是一种可编程的反光材料，可以对阳光（白光）做滤波性的反射，反射出特定色彩的光。屈望以前在 GG 公司的舞会上经常可以见到这种材料，用于实体的舞台布景，通常和虚拟投影相互配合，营造舞台氛围。

这是昨晚被人包上来的。屈望心中立刻警惕起来，他用目光扫了一下四周，并调整义体视觉信号的处理方式，很快看见周围尘海中体积稍大的小行星上都被盖上了这种可编程的反光膜。

"情况不对。"屈望立刻登上环区的网络，发现环区管理公司在十几个小时前发布了一则公告：为了迎接帝国百年国庆，环区所有的小行星将身披"彩衣"，也就是可编程的这种反光膜。

"国庆?"屈望眉头一皱。现在才七月，国庆在十二月。而且给小行星披上这些反光膜，又有什么用?

难道是把整个环区当成大舞台，把小行星当成布景的道具?他忽然涌出一个荒诞的想法。

一定另有原因，屈望沉思着，国庆只是个借口。他又想起环区前几天那个调试重力场的禁行通知。管理公司最近的行动，怎么看怎么不对劲。

"喂!"他决定立刻和红绡聊聊。

"红绡!"他张嘴大喊，让声波传出去。单纯在意识中通过通信频道呼唤红绡，她是不可能理会自己的。

"我有事找你。"屈望说。

没人回答。屈望查了下红绡所隶属的信使组织最近的任务接取记录，红绡没有接取任何任务。在环区日趋严格的交通管制下，她应该没有离开家。

"喂，"屈望走了十几步，绕着自己的小行星走了个小半圆弧，来到红绡的小行星之下，仰头上望，"你不回答，我就跳到你家上面了!"

一片寂静，只有沙尘撞上维生力场后"扑簌"粉碎的声音。

"出事了。"屈望立刻解开自己的安全绳，后撤几步，大步前冲，上跳。他穿过自己和红绡两颗小行星之间的重力势脊区，一个团身反转，下坠落到红绡的小行星上。

他将安全绳勾上红绡的小行星地表的绳索，沿着绳索向红绡家中走去。红绡的家还是那个小小的棚屋，旁边的骆驼艇库房中空空如也，只有一地零件。

一面破旧帘巾遮盖着棚屋的门。屈望解开安全绳，靠上棚屋门口，深吸一口气，掀开帘巾，进入屋内。

屋内只有一张锈迹斑斑的铁皮床、几个氧气瓶、其他杂物。氧气瓶翻滚在地，靠墙的小聚变堆下积了一摊水，是冷却水管出水口没有拧上。在床边，那把老旧琵琶摔得粉碎，蒙着枯漆的碎木和尼龙弦纠缠在一起，碎木片上甚至还有新鲜的血迹。

"红绡不在。"

屈望立刻调出自己布设在家附近的监控——那是几颗被重力势阱固定在小行星外面的光隐身摄像设备。他取出所有的全息视频信号，将视角锁定在红绡的棚屋，按时间逆序搜查相关的信息。

他很快查到了结果。在五个小时前，一架小穿梭机悄悄停在红绡的小行星上。从穿梭机上下来了五个黑衣人，将睡梦中的红绡强行带上了穿梭机，离开了。在红绡挣扎时，他们扭打时摔碎了琵琶，十几秒后，黑衣人直接在红绡脖颈上注入了什么药剂，红绡立刻软绵倒下。

"红绡出事了！"

屈望立刻启动自己积蓄许久的一大批黑客程序，侵入环区网络，搜索这架穿梭机的动向。他顾不得高强度的入侵会被防火墙和入侵检测系统反扑，一味快速而粗暴地调查这架穿梭机的来历。

几分钟后，他拿到了自己想要的信息：这架穿梭机带着红绡前往环区最大的卫星东君，并停在了东君表面最大的城市扶桑城。

"哼。"屈望站起身，深吸一口气。他返回自己家中，稍稍收拾，整理装备。在出门前，他想了想，把小狐狸提起来，放在肩头。"你的主人出事了。"他说。

屈望决定要救出红绡，无论会遇到什么困难。


# 十二

标准历 2633 年 7 月 7 日

帝国，太平星域，海瑟里安，东君


屈望驾驶着新买的骆驼艇，向海瑟里安的卫星东君疾驰而去。

东君绕行在行星环的第六条环缝上。近万米的环缝中不见一丝尘埃或者小行星的痕迹，这些质量体全都被东君的引力扫到了相邻的两条环道中。

屈望看了眼雷达。由于自己在交通管制期内违规起航，一路上被几名负责治安的信使穷追不舍。买这艘新骆驼艇他又借了一大笔新债，算是下了血本。这艘骆驼艇性能极强，根本不会被那些在温饱线挣扎只能接接治安任务的信使追上。

至于这一大笔钱回头怎么还，他无暇考虑。

他一扭骆驼艇，加速提高自己的轨道半径，冲出沙海进入环缝区。东君莹白的球形身影和海瑟里安、太阳分站星空的三隅，由于距离的关系，海瑟里安和东君遮蔽了大半的视角。

东君的半径有两百多千米，是海瑟里安最大的一颗卫星。其组成一半是冰，一半是硅酸盐，还有极少量的铁沉在地核中。因人口大量涌入，东君已经是环区实际上的首府，也是整个环区重力控制的统筹超算核心的所在地。东君这点质量本来没有大气层，但现在其表面笼罩着 1G 的人工重力场，聚拢着稀薄的大气与云层。

屈望朝东君赤道的方向冲去，让自己进入东君的椭圆轨道。在东君的冰雪表面沿着赤道裂开了一条大峡谷，长度足有 1/4 赤道周长。在大峡谷的一段谷壁上建有东君最大，也是海瑟里安整个行星系最大的城市——扶桑城。

切入东君大气后，屈望直接飞入大峡谷。绕开尾随的信使，他悄悄潜入了扶桑城，四处调查红绡的信息。

一连十个小时，他一无所获。

屈望在停放骆驼艇的峭壁洞穴内小睡了两个小时，而后起身继续调查。虽然自己的调查如同大海捞针，但他还是平静地分析情况，未曾放弃。

他驾驶着骆驼艇向上飞行，驶出峡谷，来到峡谷一旁的地表。地表上分布着十余条错列的断层，断层间夹着大片的城市废墟，显示着一场惨烈的地质运动。这场地震的结果，就是被断层切割、撕裂、搅碎的扶桑旧城。

扶桑城原本是建立在大峡谷两侧地表的普通城市。六十多年前，由于重力控制系统长时间在地表施加 1G 的重力加速度，地表的冰地层积累了大量的应力，并和下方深处没有施加重力控制的地层产生了错位和紧张。随着应力越积越大，扶桑旧城爆发了威力巨大的地震，摧毁了扶桑旧城。

震后环区管理公司没有在原址上重建扶桑城，而是将扶桑城重建在峡谷的峭壁上，变成一座垂直分布的城市。扶桑旧城则成了无人管理的法外之地。

屈望驾驶着骆驼艇，压低航行高度，行驶在一片楼宇废墟之中。片刻，他降落于地，停在一栋侧倒的小楼边。这片区域是扶桑旧城的情报集散地，酒吧、黑巷，各种倒卖优质晶石或黑产的门道都能在此找到。

"安静。"屈望拍拍缩在自己怀中躁动的小狐狸，向街道深处走去。

在街道尽头的冰雪地平线上，海瑟里安正缓缓升上东君的天空，整个星球的昼半球形若上弦，占据了将近3/4的天宇。太阳正被海瑟里安缓缓遮住，在上弦（月）的球顶留下赤黄的环带。

中夜 ① 降临，风雪渐生。

屈望拐入一条小巷，随性走到一栋半塌楼宇前。这栋楼宇是非常古老的砖石建筑，折断倒塌的位置位于二楼。一楼临街有一扇小木门，门侧浮着一块像素点不断闪动的投影广告——贝尔石海岸酒吧——主营义体回收修理。

屈望推开木门，一股闷湿的气息扑面而来。他瞄了眼内向屏，这里的温度只有 -30℃～ 40℃，和失去广域维生力场保护的扶桑旧城差不多。

酒吧内有些阴暗。海瑟里安返照的"月光"从天花板的缝隙注入，照亮四周。吧内的桌椅物件全是冰块做成的，冰块之间堆满了各式义

---

① 卫星上由于公转中心的行星掩蔽太阳的短期日食所带来的黑夜，区别于自转产生的自然夜晚。

体零件。一排矿工义体堆在墙角，地上摊开十几条采矿用的机械臂。酒吧的吧台就是一块义体维修的平台，吧台前现在只坐着一个顾客，是一名黑衣男子。

"新义体还适应吗？"酒吧老板收拾着吧台上的义体零件，转身给黑衣男子端上一杯酒。

"同步率26%……现在管不了这些了。"黑衣男子声音有些怪异，似乎是还不能适应新的发声结构，"管理公司好像预备在几天后对所有的小行星做大规模的运动，原因还不清楚。"

"欢迎，来点什么？"老板招呼着屈望，又转向黑衣男子，"大规模的运动？"

"用重力控制系统让每个小行星在千米尺度上运动。"黑衣男子说。

"那些矿工岂不是会被甩飞？"老板说。

屈望走到吧台前，坐下。老板向他发送了一条信息，他在内向屏上展开，是酒的单子。

"会死，没错。"黑衣男子点点头。

"东君呢？"老板问。

"东君当然没事。"

"那就无所谓。"老板轻哼一声，"你想去当救世英雄，我也管不着。只要每次修义体乖乖付钱就行——难得你会这么健谈，多来几杯？"

"一杯禅星。"屈望关闭内向屏。

"是你。"黑衣男子忽然低声说。

屈望身子一紧，他侧头瞄了眼黑衣男子，猛地意识到了什么，拔出左轮向后站起。"蓝穆？"

## 十三

"是我。"黑衣男子点点头，举起酒杯，轻舔一口，"老板，这杯大跃迁味道不错。"

老板看看屈望，又看看蓝穆，说："是你新义体的味觉系统比原来的好。"

蓝穆是来这里修理、更换义体的。屈望心中默想。他刚才没认出蓝穆，是因为蓝穆换新义体后声音、体格都有了变化。

屈望见蓝穆没有明显敌意，缓缓把左轮插回腰侧，坐了回去。

"你怎么称呼？"蓝穆轻敲吧台，"老板，他的禅星我请。"

"屈望。"屈望说。他打开了几组网络防御程序，监控进出 COS 的网络信息，避免被蓝穆突然攻击。

"屈先生，"蓝穆说，"我想请你帮忙。"

屈望沉默了半分钟，看着老板在吧台后调酒，"我曾经差点杀了你。"

"环区很难找到身手像你这么好的人。"蓝穆说，"你是佣兵？还是退役军人？"

老板将酒液倒入杯子，递给屈望。

"佣兵。"屈望轻轻喝了口禅星，"我早就不想战斗了。"

"环区管理公司最近的行动越来越诡异了。"蓝穆说，"想必你也发现了，他们在所有的小行星上披上了反光材料。环区的重力系统正在被莫名调试，交通管制也越来越严格……大事即将发生。我想邀请你一同调查这件事情。报酬好说，我不缺钱。"

"你为什么要做这种事情？"屈望问，"这对你没好处。"

"正义感。"蓝穆平静地说。

"哼……"屈望微微一笑，"我以为这三个字只有故事中那些幼稚的主角才会挂在嘴边。"

"我宁愿自己的生命停止在幼稚阶段，也不愿正义被践踏。"蓝穆的语气并不像是在说玩笑话。

屈望忽然想起了红绡，她和蓝穆一样，都善良得有些过分纯洁。"正义只是个过时的名词。公平和正义从来不是世界的常态。"

"所以我们之间是一笔交易，你帮我，我给钱。"

"我拒绝。"

"实话实说，我查过你的资料。"蓝穆停顿了一会儿，"为了买新骆驼艇，你欠了很多钱。"

"钱不是问题。"屈望将禅星一饮而尽，站起身来，缓缓说，"我有别的事，关乎生死的事。"

"不要钱，也不追求正义。"蓝穆也站起身，"你被什么事缠上了？"

屈望没有回答。

"爱情。"蓝穆说。

"只是找人。"屈望轻轻抚过右臂的红绡，心中又闪过血月与红绡洗浴的身影，"……找人而已。"

两人沉默了一会儿。蓝穆一口一口喝着酒，没有说话。

屈望轻轻哼了一声。他坐回吧台边，伸手擦过吧台上的冰渣和义体循环液的渍迹。"老板，再来一杯，要烈的，什么都行。"

"你在找那个和你同行的小姑娘。"等屈望新要一杯酒端上来，蓝穆才说。

屈望闷头喝酒。他的义体味觉系统极为低配，方才的那杯禅星的味道细腻玄微，他根本分辨不出味道的微妙之处；这杯烈酒则味道刚猛无俦，直刺脑门。"这酒叫什么？"他问。

老板点点头。屈望面前弹开一面内向屏，接收老板传来的信息：惜红衣。

"真是个温柔的名字。"屈望苦笑一声，"……真是温柔的女孩。"

"我能帮你找到那个小姑娘。"蓝穆忽然说。

屈望摇头，又猛喝一口惜红衣。"我不想帮你，也不想被你帮。"

"你只需要帮我解决环区管理公司的这个可能大阴谋，我就帮你找到你的朋友。"蓝穆说，"我有这个能力。"

"阴谋。"屈望心中默默思考着这个词。无论环区管理公司想干什么，都和他没关系。无论这些旷工在将来会面对怎样的命运，都和他没关系。他一想起自己十几年前被那个旷工欺骗、出卖，被迫四处逃亡，躲藏在世界的阴暗角落，心就颤抖、滴血。

"不管管理公司想干什么，都和我无关。"屈望说。烈酒入口，苦涩渐生，自喉及胸，充盈心房。

"十万矿工的命，和你无关？"蓝穆不理会屈望继续说道，"就我目前掌握的情况来看，环区管理公司似乎在策划一次重力控制系统的某种大规模实验，目标可能是统一控制所有小行星的运动轨迹。虽然我现在还不知道他们的目标是什么，但是毫无疑问的是，他们没有关心过小行星上面居住的矿工们。他们的实验一旦开始，所有小行星就会失控、剧烈摇晃，所有矿工将会无家可归。"

蓝穆缓缓放下酒杯，"在环区没有家，那就是死亡。"

屈望的内心稍稍抽动一下。他默然喝着酒，不想说话。他很想说十万矿工的命就是与他无关，但仅存的一点廉耻感把这句话压回了他的喉头。

"算了。"蓝穆叹了口气，"那个小姑娘叫什么？"

小狐狸从屈望的怀中爬出，蹿上他的肩头，又顺着手臂爬到吧台上。屈望轻轻抚摸着它颈后的容貌，稍侧酒杯，让它攀上杯沿舔酒水。"红绡……荆红绡。"

"把她的身份信息发给我。"

屈望一愣，"你想干什么？"

"我帮你弄到小姑娘的位置和情况。"

"我没有答应要帮你。"屈望说。

"不用你帮忙。"蓝穆摇摇头，站起身，"她是个好姑娘……你要保护好她。我一旦有她的消息，就发给你。"

"你为什么要帮我？"屈望问。

"正义感。"蓝穆转身走出酒吧，"幼稚的正义感。"

屈望目送着他离开，然后默默一口一口地饮着惜红衣。东君似乎已经离开了海瑟里安夜半球的投影区，天空明亮而灿烂。小狐狸蹲在吧台上打着哈欠，发出"呼噜呼噜"的声音。

一杯酒尽，他把杯子推给老板，"再来一杯，要惜红衣。"

# 十四

屈望很快就收到了来自蓝穆的消息。

一架小无人机随消息而来，附带一个包裹。包裹外观看上去很正常，但内里裹着一圈防扫查的中间层，最内层包着一块小小的违禁品：海瑟里安黑晶。

黑晶也是海瑟里安晶石的一种，是晶石中对引力波的非线性系数最高的晶石。这些黑晶的晶体结构与普通晶石稍有不同，从某些角度入射的可见光将完全落入电磁禁带，若从这个角度观察黑晶，黑晶就会从半透明的晶体变成玄暗的纯黑色。

由于极致的非线性效应，黑晶制造的重力控制设备能量效率极高。这种稀缺晶体是帝国的管制材料，也是顶级重力控制设备的必备材料。黑晶产量极低，所有矿工都梦想着能挖到一块黑晶，并逃过环区管理公司的搜查拿到黑市上卖掉。

黑晶卖来的钱往往能扭转矿工的命运。唯一的问题是，环区管理公司几乎不可能让任何一块黑晶从任何一条私人渠道离开海瑟里安的任何一个矿洞。

在黑市，黑晶有价无市。

屈望手握黑晶，站在赤道大峡谷的一条分支峡谷"虞渊"的悬崖边上。这条纤长的峡谷从太空中看像是依附在大峡谷这条主动脉上的毛细血管，但站在悬崖边上，虞渊两崖之间相隔千米，屈望只觉自己渺如轻尘。

峡谷峭壁之下是千万年玄冰交错削磨的嶙峋冰崖壁，成百上千的小别墅浮在虞渊峡内的半空中，组成一个浮空的城市街区——长鲸街区。长鲸街区是整个环区大部分的上层阶级的居住地，也是整个海瑟里安行星系唯一的浮空街区。

根据蓝穆的情报，抓走红绡的是穆德里克，红绡就被关在长鲸街区穆德里克的宅邸之中。屈望自己也稍加调查，发现那时在种舰残骸区悄悄跟踪他和红绡的人就是穆德里克的手下。

穆德里克是环区的一号风云人物，手下握着无数黑产。屈望很快就领会了蓝穆送来这块小小黑晶的意思。穆德里克的宅邸防卫重重，难以潜入；但据说他正在努力把持、掌握整个环区的非法黑晶交易，屈望只要假装自己手中有一个可以从海瑟里安矿工中拿到黑晶的途径，穆德里克一定非常乐意和他谈谈这笔生意。

只要谈生意，屈望就能进入穆德里克的宅邸。后面的事情，就全看他的发挥了。

很快，屈望收到了穆德里克宅邸管家的消息——邀请他参加东君本地时间下午的"茶会"。他的计划已经成功了一小半。

屈望收起黑晶，目光扫过长鲸街区。街区内的小别墅一栋栋鳞次浮排，全息广告星星闪闪地浮在房屋间的小路上。一条小溪被束缚在重力势阱维持的浮空河道中，蜿蜒绕出，从街区一角下泄，坠入峡谷，化为瀑布。瀑布的末端已经冻结，形成一条从峡谷深处延伸向上的冰刺。

"谢谢。"屈望打开一个私密通信频道，悄悄对蓝穆说。

## 十五

红绡并不知道自己为什么会在战斗时恐惧。

在昏迷之中,她脑海中始终翻滚着自己昏迷前的景象:几名黑衣人压住自己,踩碎地上的琵琶,一针扎进自己的脖子。这些景象被她紧缩、扭曲的意识揉皱、撕碎,变成无数细密的光影碎片,扎入心房。恐惧舔过血脉,她四肢发抖,肌肉一抽一跳,不听使唤。

随着眼前的景象不断地变换,她仿佛又回到了几年前母亲去世时的情景。那时,她缩在矿工集体宿舍的里屋,隔着门缝,看着母亲在外屋被暴徒们活活打死,琵琶也被摔成了几段。

红绡咬紧了衣襟,不让自己的哭声泻出。母亲的鲜血染红了琵琶,泼溅在墙壁上,和暴徒们的影子混成红黑的梦魇。

起因是她的母亲悄悄带上来(从海瑟里安地面上到行星环区)一块黑晶。母亲卖掉黑晶,换来高昂的赎身费,换来了她和红绡的自由。随后,她们就被各色暴民盯上,威逼勒索,只为了赎身后的那一点点余钱。

她忘不掉红与黑的阴影,忘不掉慢慢从门缝下流出的血迹,还有清漆斑驳、木纹渗血的琵琶。红色与黑色慢慢占据了她混乱的意识,压迫她的精神,像是一圈无法挣破的水泡,将她拉向深海幽渊。自此以后,她时常被殷红的梦魇抓牢,总会紧张,全身发软。

尤其是在战斗之时。

红绡醒来了。

她喘着粗气，汗湿重衣，全身肌肉软而无力。

睁眼之时，她首先看见一层厚帘帐。帘帐花纹细腻优雅，环绕成一圈又一圈复杂难明的曲线。她试着动了动身子，自己正躺在一张柔软的卧床上。从小到大，她还从未被如此柔软的卧具包围过。

清醒不过几秒，她突然浑身一紧，想起昏迷前的事情：她被一群黑衣人强行拖上穿梭机，被注射某种药物，而后昏迷。

"你醒来了。"她听见温和而有些枯哑的老人的声音。

她侧头看去，一位白发老人坐在窗前。老人穿着一件棕黑的毛线衣，一脸皱纹，鼻梁上驾着大号的老花镜，乱蓬蓬的白发在额前波折几层。他手中把着一件小木雕，正借着窗外的天光持刀雕刻。

"你是谁？"红绡警惕地往远离老人的方向移去。

"穆德里克。"老人的手臂青筋一抖，从木雕上掉下一些木屑。在他脚边，木屑已堆了一地。"就是个雕木头的糟老头。"

"这是哪儿？"红绡紧张的精神缓了缓。她四处打量一圈，房间的一面墙前列着一排陈列架，上面摆放各色木雕，从山水到人物，各色俱全。"你救了我？"

"不公平的世界里，木头是把握不了自己的命运的。"穆德里克喃喃说着，持刀的手忽然一停，"啊……歪了。"

红绡耐着性子等了一会儿，见老人没有多说话，继续问道："你在雕什么？"

"这一刀歪了。"穆德里克看着手中的木雕，想了一会儿，才侧头看了眼红绡，说，"佛像。"

卧室中再次沉默。穆德里克干咳了几声，把手中的佛像放在地上，又捡起一截木头，"唉，只能重新雕一尊。"

"为什么不修补一下？"红绡问。

"送给贵人的，不敢怠慢。"穆德里克拿起一截木头，用刀柄轻敲两下，听了听声音，"木头，是把握不了自己的命运的。"

他换了把刀，大刀削下，破开木材的纹理。"我已经老了，环区的生意也无所谓了。现在只想努力握着自己这截朽木的命运，雕雕木头，给孙女一个快乐的童年。这尊佛像，虽然只是附带着送给贵人的礼物，但我还是必须雕好。……这关乎命运。"

"礼物？附带？贵人？"红绡感觉这个老头神神道道的。

"啊，对。"穆德里克剜去一个木结疤，"主礼不是这个。"

"那是什么？"

穆德里克举起木材，借着海瑟里安的月光观察它表面的纹理。反复看了几圈后，他才轻轻一吹雕材表面的木屑，继续下刀。"你的内脏。"


十六


"请您稍等，主人马上就来。"管家带领屈望进入会客厅，随后离去。

这里是穆德里克宅邸的会客厅。在进入宅邸之时，屈望被解除了武装——那把他用了多年的左轮。

他扫视四周。这是一间装饰成千年前旧地欧洲风格的房间，繁华的花纹雕饰与厚实的实木家具皆为实物，而非投影所致的虚像。头上悬着一组水晶吊灯，一层层的玻璃雕花瓣叶淋漓，层叠垂落，将光源转射到房间的每一个角落。

屈望不知道穆德里克为什么要抓走红绡。他查过几圈，红绡身上应该没有任何价值值得穆德里克去把她抓来，他总觉得这里面有什么蹊跷。

最近蹊跷的事太多了。环区莫名其妙的重力控制系统调整通知，小行星上的反光膜，手握着惊人计算能力的沙画家（他的随从还提着"晨星摇曳之刻"），还有，穆德里克居然会对红绡这样的小人物下手？

屈望深吸了一口气，握紧右臂上的红绡，让自己冷静下来。

也许像蓝穆所说的那样，环区，有大事要发生了。

管家离开会客厅后，屈望视线流转，确定了几个监控的隐秘摄像头位置。"去。"他小声命令道。

小狐狸从他肩头跳下，潜入监视器视野盲区内的阴暗之地。它悄声爬上墙，来到一个监控摄像头之后，探爪而出，小心地切开摄像头的信号传输模块。屈望将狐狸的五感同步过来，叠加在自己的五感上，并将狐狸的工作模式切换至手工。此时的他，就像是意识寄宿在小狐狸体内一般。

他挥爪扒开摄像头信号传输模块电路外覆的电磁屏蔽膜，观察电路的情况。摄像头的全息音视频信号和控制信号在此汇集，再通过有线和无线两条通路传出，应该是传向了穆德里克宅邸的安全中心。

屈望的探爪搭上音视频信号和控制信号汇总的位置，利用爪尖的微传感器探测信号通路中的信号数量和定义。情况很快就清楚了，这一路通信共 256 位，其中有 192 位串行的高速数据通路，剩下的全是传递控制信号的通路。根据信号传递的特征，屈望很快分析出了这是一个十几年前流行的信号传输协议，现在已经过时了，漏洞百出，尤其是面对物理层面的直接攻击时。

环区的技术永远比帝国核心星域要落后，这一方面大幅压低了环区管理公司驱用矿工的成本，另一方面也放大了面临网络安全攻击的可能。

屈望翻了翻储备的工具库。他选出一个针对这一通信协议的变种病毒，从小狐狸的爪尖一位位写入电路之中。病毒由一组硬件级的命令引导，从物理层开始，这些引导命令会将无意义的白噪声添入视频流中，触发信号传输的缓冲池溢出与系统异常重启。随着重启的进行，病毒将伪装成一次小小的系统更新，将引导命令之后的病毒核心代码段写入这个摄像头系统的内核文件。

这样一来，这个摄像头就归屈望控制了。

屈望如法炮制，控制了房间中剩下的几个摄像头。"您的茶。"管家推开门，走到屈望面前，呈上一盘茶具，为屈望沏上一杯红茶。

"谢谢。"屈望切回体感，将茶杯捧起，以致谢意，"穆德里克先生还要多久才能过来？"

"主人有些私事，但他绝不会怠慢和您的茶话。"管家稍稍躬身，又离开了，"请您耐心等待。"

目送管家离开后，屈望唤回了小狐狸。现在房间内的监控系统已经为他所控制，他可以进行下一步的计划了。

"去找到你的主人。"屈望轻轻抚摸着小狐狸耳后的小小绒毛，并为它写入隐秘搜索的功能模块与指令。

小狐狸"嗷呜"一声，跳下屈望的手掌，攀墙上壁，扒开通风管道的露口，潜了进去。它沿着通风管道在宅邸内四处游走，搜寻红绡的踪迹；同时，屈望也控制着感染摄像头的病毒，让它们在网络内传播，传播感染更多的摄像头。

将宅邸中摄像头和小狐狸搜索到的情报相结合，屈望很快找到了红绡。红绡此时正在一间卧室中。

"哼！"屈望站起身，悄悄走出会客厅。

## 十七

红绡背上像是被一条冰冷而黏腻的蛇信擦过。"你……你说什么？"

"送给贵人的主礼，"穆德里克停下刀，稍稍低头，黄浊的双眼透过老花镜看向红绡，"是你的内脏。"

月光和阳光一同从窗外虞渊峡谷的冰壁上反照进来，整个长鲸街区在冰壁上留下一个绰约的倒影。红绡咬了咬牙，说："你……你想杀了我？"

"我不想杀你。"穆德里克说。

红绡再次被恐惧攥紧。窗外，横贯天宇的行星环此时像是一条暗色的沙尘长带，晦暗的质感仿佛要从天宇之上淋下殷红的血瀑。

她努力控制着颤抖，问道："那你要干什么？"

"金陵那边有个老不死的找上了我，要我给他送份礼物。"穆德里克说，"礼物就是你的肉体。他看上了你的肉体，要用你的器官给他小女儿续命。"

"你们都疯了吗？"红绡腹部抽痛，大动脉在腹腔中激烈地跳动着，"器官？续命？不能换义体？或者打印器官？"

"有些老古董，尤其是那种在冷冻舱里面睡了几百年从旧地来的，都是对新技术不感冒的怪物。"穆德里克耸耸肩，"他们就喜欢纯天然，从食物、衣物，到治病用的器官……"

红绡牙关打战。她忽然幻想屈望能来救她，但一转念，这个念头就被她压了下去。屈望那种冷血佣兵，从来都是只认钱的道德残疾人，那种人早就无可救药，不可能来救自己。

"为什么是我……？"红绡强迫自己冷静下来，也许她还有逃跑的机会。

"这就要问那个老不死的了。可能是你和她女儿医学上的那种器官移植适配性好？"穆德里克说，"他从金陵指定要你，我只是按照他的命令行事。从你接受 S 级的缉拿任务开始，我的人就在跟踪你了。"

红绡瞬间明白了自己和屈望在追踪蓝穆的时候，屈望为什么总说好像有人在跟踪他们。"你不是说不想杀我吗？"

"没错，我不想杀你。"穆德里克放下刻刀，从风衣内侧的口袋摸出一支小小的注射器。

"毒药……？"红绡浑身紧绷，牙关正在打战。只要穆德里克敢靠近她，她就狠狠踢他一脚。

"这里面是一种微纳机器人。它可以阻断你的神经通路，让你产生自杀的念头……"穆德里克说，"唔，那个老怪物的意思是，他信菩萨，不喜欢被'别人'屠宰杀死后取出的内脏——也就是说，他要你自己结束自己生命，这样才符合佛法的牺牲精神。他跟我说什么佛陀割肉喂鹰，我反正不懂。……刚好，我也不想杀你。"

他把注射器扔到红绡面前。

"疯了！你们这些变态！"红绡的声调颤抖着飚高。

"没事。只要注射了这一针，所有的痛苦，所有的一切都和你无关。如果环区是地狱，你将从地狱解脱。"穆德里克叹了口气，又在窗前坐下，"反正，世界这么不公平，你我都是一截木头而已。木头……"

他叹了口气，"是不能掌握自己的命运的。"

"木头是可以掌握自己的命运的！"红绡咬牙抓起注射器，扔到穆德里克身边。

穆德里克默默雕着佛像，没有说话。半分钟后，门口响起了敲门声。"进来。"他捡起注射器，藏进了怀中。

进来的是一位管家和小女孩。"老爷，屈先生已经到了。"管家微微躬身。

"爷爷！"小女孩扑到穆德里克身前，一手按上木雕，"我的小兔呢？你……你怎么还在雕佛像！"

"莉莉乖，"穆德里克小心折回刀锋，朝向自己，然后收起刀，"爷爷雕完这个就给你雕小兔。"

"我要十个小兔！"小女孩攀上穆德里克的脖子。她忽然注意到了坐在床上的红绡，又问："这个姐姐是谁？"

"爷爷请来的朋友。她小兔雕得可好了。"穆德里克温柔地抱紧女孩，"乖，爷爷今晚就雕完佛像，然后给你雕小兔。"

"说好了！"小女孩说。

"说好了。"

小女孩从穆德里克身上滑下来，好奇地看了会红绡，走出房门。穆德里克叹了口气，又摸出注射器，说："给她打了。我去会客厅。你待会儿给她留一颗毒药自杀用，然后也来会客厅。"

"好的，老爷。"管家微微躬身。

走到门口时，穆德里克停下，回头看着红绡："别想着逃跑，卧室里可是有埋伏的。万一触发埋伏打烂了你的身子，我可担待不起。"


## 十八

屈望小心打开门，潜入穆德里克的卧室。

小狐狸从天花板上的通风管道口钻出来，跳至屈望肩头。卧室和整个宅邸的装饰别无二致，全是旧地球的某种屈望叫不出名的风格。这种风格他小时常常在历史纪录片中看到。

房间中央摆设着一张挂着帘帐的雕花木床，墙侧摆着木雕陈列架，窗前的小凳前铺满一地木屑。床帘以丝布构成，隔着半透明的帘帐，屈望看见凌乱的床铺上躺着一个少女。

"喂，红绡？"屈望扫视四方，确认没有危险后才靠近大床，"红绡！"

红绡的身影缓缓动了动，像是涸辙中的脱水鱼在最后挣扎。

屈望撩起帘帐。

红绡正趴在床上，浑身轻颤。她仰起头，面色苍白。"你……"红绡语气细弱，"帮我……"

"你怎么了？"屈望连忙坐在床边，扶起红绡。

"自杀……病毒。"红绡目光中闪过绝望，"活着有什么意思？反正我这辈子都离不开环区，一生卑贱……不如就这样——"

她手中捏着一粒毒丸，轻轻举起，目光落在上面，无法移开。

"够了。"屈望内心一凉，立刻按下红绡捏着毒药的手。虽然不知道自杀病毒是什么，但是他猜到了穆德里克应该是对红绡注射了可以干扰大脑神经活动的化学药物或者 NAG[①]，然后让红绡产生自杀的念头。"别乱想，我们现在就离开。扶桑旧城有个老诊所，那里我熟悉——"

"不。"红绡眼中噙满泪水，"你怎么来了？你快走，不要管我。我……你居然来救我，我……我就是个烂人，一直在连累你……你走。房子中有埋伏。你走！我生于此，死于此。我……我已经长大了！我已经不是孩子了！求死你也要管吗？"

红绡皎白的面容扭曲着，混杂着恐惧、哀切、畏死、喜悦等种种复杂情感。"别说话。"屈望一弯腰，抱起红绡，"你不是烂人。你……"屈望一时不知道该说什么，"你没我烂。"

"哼……"红绡脸上染上红晕，"你别尽说好听的。你别说谎，没有用。我就是个坏女孩。"她声调发软，语无伦次，"放下我，我想死。你不要管我。琵琶也碎了，租金也付不起。我不要去下面挖矿，死了多好，还能救别人的命……"

"我在说心里话。"屈望将小狐狸切换到自动运行的模式，小狐狸从他肩上跳下，偎在红绡怀中。"你知道十万大山吗？那里月亮是血红

---

① Nano Automaton Group，微纳机器人组。

色的。看见你，我总想起那轮月亮。"

"哼！"红绡一嘟嘴，伸手勾上屈望肩膀，将头埋在屈望胸前。

"轰"的一声，房间两侧墙壁忽然滑倒。墙壁后的隔间挂着两条机械大狗，大狗身子一颤，四爪着地，从两边围住屈望和红绡。

"被发现了。"屈望说，"红绡，你跟着小狐狸先走，我殿后。"

"不，你快走……我……"红绡声音颤抖，"我已经……坚持不住了。"

"精彩，精彩。"房门忽然打开，穆德里克缓缓走入房间，"屈先生，为了救这个小姑娘居然以一块黑晶为代价，真是痴情。然而，金陵唐家要她的肉体，她的肉体比一块黑晶还贵。"

屈望看看四周，他现在没有武器，红绡和小狐狸的战斗力几乎就是零。对面两条作战用的机械狗，这场战斗，他处于绝对下风。

"跑！"屈望单手抱着红绡，冲向窗口。同一时间，他伸手从自己的腰侧一扣，取出一片氧烛片和另一片超晶格储氢片，两片稍一摩擦，向后丢去。

这是他进入宅邸后携带的唯一武器了。氧烛片的成分是氯酸钠，在储氢片表面屈望涂了一小层催化剂，可以加速氯酸钠分解释放氧气。氢氧混合之后，就是一枚威力尚可的小炸弹。这种炸弹威力不大，但在进入宅邸之时没人会注意他义体的输氧插槽，可以偷偷带进来。

炸弹轰然炸开，借着气浪的冲劲，屈望冲向窗口。然而突然之间，两条机械大狗一左一右超过了他，横跳上墙，反扑而来！

一瞬之间屈望就被扑倒在了窗前，狗爪压住他的肩膀。"别伤了他们。"穆德里克的声音从后方爆炸的烟尘中传来，"女的肉体有用，男的义体能卖。"

"放了她。"屈望悄悄蓄力想顶开大狗，但大狗四肢上的液压管线泵出铁山一般的压力，死死钳住了他。

"她被金陵唐家的大人物看上了，我也是身不由己。"穆德里克说。随后屈望听见一阵掸灰的声音，穆德里克站在了他的头颅前。"放心，不会有痛苦的，无论是你，还是这个小姑娘。"

"一切都结束了。"屈望的头颅被大狗的铁爪按住，面前是一地木屑，只有一段未刻完的木雕佛像和他对视。他曾经想过自己会怎么样结束自己这一生，就在环区消磨一辈子吗？他不知道。

不过现在，这个问题也不重要了。"喂。"他盯着佛像尚未刻完的双眼。

"……嗯……啊？"红绡的声音越来越虚弱，像是朽坏了灵魂的空洞躯体在往声带喉管鼓风。

"下次别给我的家添角动量了。"屈望说。

"哦。"红绡说。

"带下去，分别关起来。"穆德里克命令着。

"谁敢乱动。"忽然，一个阴柔的男声从房间门口传来，"奉涂先生的命令，我要带走这两个人。"

"涂先生？涂山禹吗？"穆德里克干咳两声，"这个女孩，是金陵唐家的——"

"轰"的一声枪响，打断了穆德里克接下来的话。屈望听见了身子倒地的声音。两条机械大狗立刻从一旁冲上去，又是两声枪响，接着是大狗的金属身躯在地面上摩擦的声音。

"唐家？哼。"来人不屑地说，"涂先生直接对帝宫负责，我昆吾即是女皇的侍卫。国庆在即，唐家的小孙女出了什么事也得给陛下憋着。"

"爷爷！这个兔兔坏了——"门口传来了一个小女孩的声音，"你是谁？"

屈望立刻扶着红绡坐起来。穆德里克已经倒在了血泊之中，两条大狗也成了废铁。

站在门口的是一位青年男子，手持一把化学驱动步枪。屈望想起来了，这是那名沙画家涂山禹身边手持"晨星摇曳之刻"的护卫。

小女孩推开昆吾，跑入房间。"爷爷……爷爷！"她尖叫一声，哭腔骤起，"你……你杀死了——"

"啊，是。"昆吾一把推倒女孩，将长枪捅入女孩嘴中，堵住她的话语，"杀死了你的爷爷。"

"不要！"红绡虚弱地站起来，"她就是个——"

"孩子？"昆吾扣动扳机。枪响之后，地上多出一摊放射状的血与脑浆混合物。小女孩全身一抽搐，手上握着的木雕小兔蹦出掌心，滚入这摊混合物之中。


## 十九


在长鲸街区的最上层，传说是海瑟里安行星总督的府邸，屈望又一次见到了涂山禹。

"屈先生。"涂山禹在书房中踱步，"我们又见面了。请坐。"

涂山禹还是和上次在种舰残骸区的探针上相见时一样的造型：一身宽衣高冠的古服，长袖飘然，周身围绕着一圈细沙。细沙漂流散汇，聚成图景万千。

"红绡呢？"屈望在小桌边坐下。

"我让人去给她治疗了。"涂山禹在小桌另一侧坐下。他轻轻摇了摇茶壶，注入沸水。

"你为什么会来救我们？"屈望问。

涂山禹耐心地泻去头道茶，又换上滚水，摇过三圈，倒出一小盏，推至屈望面前。"第一方舟从旧地球带出的种子库的原味茶，帝宫特供。"

"谢谢。"屈望看着莹澈的茶水，轻轻举杯，却又放下。

"那日我邀请荆姑娘来东君一叙，到了时间昆吾却没有接到荆姑娘，于是我就让他去搜查。"涂山禹给自己倒上一杯茶，慢慢饮了一口，"万幸赶到了。"

出于礼貌，屈望也饮了口茶。这种千年前的风俗他只在 GG 公司上班时在一些高管的办公室见过。这个涂山禹来历不明，住在总督府，身边的那个男人昆吾居然是帝国女皇希纳斯的侍卫。再想到当时在探针上涂山禹能很快给出关于蓝穆的超详尽情报……这个沙画家绝对不是普通人。

他的背后是帝宫，是帝国高层那些盘根错节的世家大族。

这样的人，突然来到海瑟里安环区这个不毛之地干什么？

"你想请红绡干什么？"屈望还是没沉住气，问了出来。

"饮茶，对坐，聊天。"

"……聊天？"

"荆姑娘天性纯真，如九歌所咏之山鬼，幽篁独坐，东风飘荡，万物容容，清淡人心。"涂山禹微微一笑，"能与如此佳人对坐，我作为沙画艺术家，不能拒绝。"

屈望苦笑一声。

"屈先生无须担心，荆姑娘定会治好，你不如在此地闲居三两天，等荆姑娘复原了再一同离开。"

屈望放下茶杯，"好。"

"那闲话少说，我自己还有私事若干，昆吾！"涂山禹站起身，"你先带屈先生去房间休息。"

"是。"昆吾走入房间，向屈望做了个请的手势。屈望站起身随他离开书房，在走廊上才行走不过几步，他忽然感觉头部有点昏沉。

"嗯？"他心中一紧，展开几面内向屏开始检查全身情况。突然之间，大片红色的警告漫过所有的屏幕，他正在失去义体的控制权限！

"你们——"屈望身子一歪，侧倒下去。随着喉舌的失控，他的半截话也僵在了嘴边。

他中病毒了，可能是茶水中的微纳机器人。

"得罪。"昆吾一把抓起屈望，拖着他向前走去。随着病毒逐渐侵入他的义体深处，他的五感也逐渐被屏蔽，周围只剩下一片纯粹而宁静的黑暗。

在这片黑暗之中，他忽然感觉大脑深处像是有什么蠕虫在翻搅，搅起了无数沉眠的记忆。这些病毒好像侵入了他的大脑，破除了压制记忆的封印。

往事如潮水般涌起。屈望仿佛又回到了密林之中，而头顶，十万大山的那轮血月依旧在寒雾之后，模模糊糊。

## 二十

标准历 2628 年 3 月 24 日
帝国边缘，十万大山（屈望的回忆）

五年前，十万大山。

索拉尔重伤回来时，屈望还没有意识到问题的严重性。

"晨星呢？"屈望给索拉尔包扎伤口。

"丢了。"索拉尔咬紧牙，"没事，土著们不会操作这种智能化枪械。"

"你先歇着吧。回去找他们给你换个义体，佣金里扣钱。"屈望拍拍索拉尔的肩膀。

不公是世界的常态。如果什么地方有永恒的公平，那只有战场。生死、赏金，全取决于战斗技术，还有运气。接下来的十天中，每天夜晚十点，屈望都能听见"晨星摇曳之刻"这柄狙击枪那特征明显的枪声。

每一次枪响，他们小队内必然减员。

每晚十点，佣兵小队都在战战兢兢中警戒，然而依然无法阻止那名狙击手的行动，甚至随队 AI 也测算不出狙击手的坐标。佣兵团内部也开始悬赏能解决那名狙击手的人。

屈望开始害怕了，他第一次觉察到了死亡的恐惧。

"这次的攻击距离在两千米以上。"第十一天夜晚，索拉尔在全神贯注检查射击的弹孔，"该死的土著！"

"两千米。"屈望站在弹孔前，默默收拾着队友的尸体。这一枪精确命中头颅，击碎大脑皮层。"如果我死了，"屈望说，"你就把我的抚恤金带走，送你了。"

"这个子弹是晨星根据这次射击的参数定制打印出来的。"索拉尔还在喃喃自语，"那个土著，她真的完全掌握了晨星……他们不是和信息技术格格不入吗……等等，你说什么，抚恤金？"

"没什么。"屈望摇摇头。

他抬起头看着夜空，雾气之后挂着一团血红，那是这颗边缘行星月亮。

第十五天晚上，索拉尔也被他丢失的那把晨星击中。屈望扶着索拉尔被打断的残躯，招呼身后的队友抬来医疗设备。"索拉尔，挺住。"他颤抖着打开内向屏。根据战地指南，索拉尔的伤很重，必须立刻封闭义体功能进行休眠，然后换义体。"回到大队再给你换个义体——"

屈望手臂被索拉尔拽紧。"不……"索拉尔说。

"什么？"

"佣金不够了。"索拉尔捂着自己被打烂的腹腔，循环液从指缝间溢出，染黄了手指，"别换义体，换不起。给我保守治疗。"

"不换你会死的。"屈望把战地指南的相关页面发给索拉尔，"我相信随队 AI 也会如此判断。"

索拉尔没有打开屈望分享的页面。"把我剩下的佣金转交给我的妻子，她还需要，我还有孩子。然后——咳——"他的腹腔随着咳嗽涌出大滩循环液，"这个，是根据这一枪算的那个该死的狙击手的坐标。传给大队，要是干死了那个该死的土著，记得这是我的奖金，也发给我的妻子……不准抢这笔奖金。"

"我不会。"屈望接收了坐标，发给大队。几分钟后，三千米外的一座山头立刻被大队的支援火力犁平。而索拉尔被运到后方，在保守治疗中死亡。

屈望把奖金发给了索拉尔的妻子。

晨星的枪声没有停止，但枪声不再规律，三四天才能听见一次——那名土著狙击手可能受伤了。随着战斗的继续，屈望的恐惧逐渐平息，他也从新兵变成了半个老兵。在被矿工诬陷逃离帝国后，在这颗蛮荒星球上战斗逐渐占据他的身心，让他忘却过去，而沉溺在死生游走的刺激感中。

佣兵小队深入敌后，和土著的小股部队纠缠了两日。在茂密的丛林中，屈望被土著驾驭的野兽冲散。他和大部队走散了，义体似乎沾染了土著奇特生物科技制造的菌孢，失去了通信能力。

屈望在十万大山的群峦与丛林间跋涉，希冀能找到佣兵团的任何一支部队。他的义体状况正急剧下降，若得不到救援，他将倒在丛林之中。

在十万大山生活的土著据说是大航海时代从金陵星出发的殖民种舰的后代。在大航海时代结束后，十万大山这颗行星和人类主文明（共和国／帝国）彻底失联，成为南方星域边陲之外超光通信所不能及的蛮荒之地。几百年的隔离式发展，十万大山的土著发展出一套大概是依赖于生物技术的工业体系，形成了和主文明完全不同的文化圈。

直到最近几年，贝叶斯智能科技集团在帝国边缘的探险队发现了这个失落的文明，这里才逐渐进入帝国的视野。屈望所在的佣兵团，则是贝叶斯智能科技派来的第一个大规模探险与调查团。

探险与调查只是好听的说法，事实则是血腥的战争与殖民奴役。和其他帝国边缘的土著文明一样，除了资源、有价值的新奇技术、少量关在自然文化保护区的土著遗民，这颗星球上将不再留下别的东西，人类主文明将接管、同化这里的一切。

同样的过程，已经在人类历史上重复了无数次，从古代旧地的非洲，到现代的边缘行星，几无差别。

丛林中不缺食物。屈望不缺能量，但义体迟迟无法修复。每日试着调用体内的 NAG 做义体修补，系统总是提醒备用的材料不足。

他的回忆开始模糊。他记不得自己在丛林中游荡了多久；回忆再次清晰时，他站在山巅的一座小庙门口。这座小庙是木质建筑，但他怎么看都觉得不是木料修建的，是土著用他们的黑科技从大地中生长出来的。

站在小庙前的这一刻，他的义体已经到了崩溃边缘。

此时正是十万大山的春天，浓雾稍淡。小庙之后长着一棵桃树，枝干修密，清阴十米方圆。一树桃花正迎风摇荡，如同粉云沉浮。

"终于快结束了？"屈望心中默默想着。时近黄昏，星夜幽暗，抬头之刻，他看见了血月清晰的模样。

屈望走进小庙。庙里破敝无物，只有一堆枯草，枯草堆上躺着一位红衣少女。少女面色苍白，神光涣散，腰上似乎有什么伤口，不断渗血。

"是一个土著。"屈望挣扎着走到少女身边。少女长发畔放着一支花簪，腰旁挂着雕花竹筒和一截骨笛，身上披着所谓的鸟文羽衣——土著的典型装束。她的红衣色调与屋外桃树相类，成一种接近正红的粉红。

看见屈望走近，少女稍稍清醒，挣扎着向枯草堆中摸索，似乎是要掏出武器。

"我也快死了。"屈望坐在少女身边，不在乎少女能从草堆中掏出什么，也不在乎少女能不能听懂他的帝国口音①。他打开一片内向屏，给自己体内的 NAG 写入新的程序，让它们可以治疗人类古典肉体的外伤；随后他咬破指尖，将新编程的 NAG 汇聚在指尖的循环液中。"封闭伤口需要消耗你自己体内的能量和物质，能不能活下去，就看你自己的造化了。"

他将指尖轻轻按在少女的腰侧伤口上，让循环液渗入红布之下的鲜血。如果顺利，微纳机器人们将在少女的血液内繁殖、扩增、分化，按程序执行杀菌消炎和伤口愈合等功能；等到生命体征平稳后，这些机器人会在体液中自动降解，转化为人体可利用的碳链碎片。

眩晕感湮没了屈望，世界开始疯狂旋转，他向后一倒，沉沉睡去。

再次醒来时，他看见少女坐在自己身边。红衣少女手中握刀，架在他的脖颈上。

"你救的我？"少女的口音带着浓烈的土著腔调。

屈望点点头。

少女的刀没有移开，"我们是敌人。"

---

① 十万大山口音为汉语，但语音流变和帝国不同。

"反正……"屈望看了眼内向屏，COS 的日志记录了在自己昏睡的这七个小时中，义体机能又损失了不少，"我已经是死人了。死人是没有敌人的。"

少女收起了刀，"我要回西边的寨子，我是不会救你的。"

屈望笑了，"随你——"

小庙外突然响起一阵"窸窸窣窣"的脚步声。"他们来了！"少女惊慌地站起来。

"谁？"屈望问。

"追我的佣兵团……他们一直在搜查寨子——"少女又举起了小刀，"你休想和他们会合！"

少女忽然闷哼一声，腰侧又渗出鲜血，整个人一软，坐在地上开始喘气。

"你的伤还没好。"屈望挣扎着站起来，努力装作一副没受伤的样子。他缓步走到小庙门口，一队佣兵正围在门外。

"你是哪个小队的？"佣兵队长问屈望，"为什么不开敌我识别？"

"义体坏了。"屈望说，"他们马上来接我。"

队长松了口气，"你走散了？"

屈望点点头，"你们在扫荡？"

"据说西边有个土著村寨，我们要拔掉。"队长说。

"寨子吗？在东边。我前几天一个人路过一次，还和土著交了火。"屈望故意将方向说反。

队长点点头，"有劳，我们会要求上面多铺点侦查机器人，更新地图。上面什么时候来接你？需不需要留个人照应？"

屈望摇摇头，"他们马上就来。"

"好。弟兄们，我们走。"佣兵小队离开了。

屈望目送佣兵小队离开，猛地松了一口气。一时的强撑让他的义体机能再次透支，他靠在庙的门框上，昏沉感猛地升起，将他击倒。

他要死了。


# 二十一

标准历 2633 年 7 月 10 日

帝国，太平星域，海瑟里安，东君，扶桑城


屈望醒来时，首先看见身下惨白的天空。

突然急至的坠落感直冲屈望脑门。他浑身一颤，立刻清醒——他正躺在一片透明的玻璃地板上，下方是风雪弥漫的灰白色天空，上方是东君冰雪覆盖的大地。

天和地倒转了过来。

"屈兄，我们又见面了。"屈望忽然听见一个陌生的声音，"欢迎来到云霄监狱。"

屈望屈起手肘，在透明地面上一撑，坐起身来。他展开了数面内向屏，检查情况：义体仍处于低同步率和紧急状况，循环液内残留着导致他昏迷的恶性微纳机器人，义体本身的 NAG 正在和入侵者搏杀；周围没有无线网络接入，无法确认他目前在什么位置。

检查完毕，屈望抬起头，隔着两层铁栅栏，一个黑风衣男子正和他四目相对。

"你……"屈望还没完全搞清楚当前的情况。他又往四周看了一圈，自己被关了一间囚笼之中。囚笼悬在半空，笼顶以铁链系上，从上方一栋倒生在大地下的建筑顶部垂下。"蓝穆？"

在他这间囚笼附近，还有十余间浮空囚笼上上下下排列在四周。屈望和黑风衣男人的两间囚笼相邻。在这些囚笼中，有近一半关着人。

"是我。"蓝穆说，"我又换了义体。"

剧烈的头痛向屈望袭来，他体内的恶性病毒 NAG 又开始发作，攻击他的义体。针刺感扎入大脑，方才昏迷中翻涌起来的那些十万大山的记忆，又一轮轮在意识中闪过。

他抚摸着一直系在自己右臂的红绸，冷静下来。他从来没有这些记忆的印象，难道是当时自己的记忆被修改了？他皱起了眉。在帝国边缘没有法律管制的战场上，为了解决佣兵的应激反应而修改记忆，似乎不是什么不可能的事。

可是，这段红绸的质感，和回忆中少女那一身鸟文羽衣的质感如出一辙——清淡的粉红色，像是迎风盛放的桃花。

屈望深呼吸几口气。现在不是纠结这些莫须有的回忆的时候，他需要弄清楚自己的处境。"又？"他看着蓝穆。

"我去总督府偷情报，义体被打爆了。"蓝穆耸耸肩。

"总督府……"屈望想起昏晕前的事。他在总督府邸中和涂山禹闲聊，之后在走廊上被病毒感染，昏了过去。

他被涂山禹算计了。

"红绡！"他猛地想起红绡安危未知，"我——"

"呜——嗷——"一只白色的小东西钻入他怀中，是那只小狐狸。

"你怎么也和我在一起？"屈望捧起小狐狸，伸指轻轻犁过它脊背上的绒毛，开始检查小狐狸的记忆。

记忆显示，从离开穆德里克的卧室开始，小狐狸就一直跟着屈望，到总督府，到涂山禹的书房，再到从书房离开。在离开书房的廊道上，小狐狸看见屈望倒地，被昆吾拖走；随后自己也被另一人抓起来，和屈望一同扭送到了这座云霄监狱。

"这里，是监狱？"屈望再次确认着四周的情况。

蓝穆盘腿坐好，点点头，"云霄监狱，环区关十恶不赦的政治犯的地方。"

屈望拍了拍身下的透明玻璃地板，打开重力镜看了一眼——整个监狱区域的重力场指向天空的方向，和星球表面的重力场完全相反。"所以，这是故意营造的天地颠倒的感觉，来吓唬囚犯？"

"也许？"蓝穆悠然躺下，斜觑着下方的云海。

两人陷入沉默。几秒后，他们几乎一同张嘴，异口同声地说："你怎么在这儿？"

屈望愣了半晌，随后哈哈一笑，"停，你先答还是我先答？"

"你。"

"被坑了。"屈望言简意赅地抛出结论，"嗯，被两个人坑了。"

"荆姑娘呢？"

"应该没危险。"屈望觉得涂山禹应该不会伤害红绡。但是涂山禹为什么要把自己关进监狱？他想不明白。他甚至不知道涂山禹这个人的目标是什么，但毫无疑问，这个背后是帝宫，住在海瑟里安总督府的艺术家，恐怕是目前海瑟里安环区最强的政治力量。

"你把她救了出来，然后自己牺牲了？"蓝穆面露微笑，"英雄救美，英雄救美。"

"不……不是的。"屈望摇了摇头，慢慢讲述了自己前几个小时的经历。

风声从囚笼间呼啸而过，间杂少许飞雪。在下方①四五十米深的半空中，正常重力场和监狱区的倒向重力场再次形成一个分界面。分界面为重力势能最小的势阱区，大量飞雪从势阱面的上下分别落向势阱面，悬停其中，形成一片雪白的积层。

此时正是东君的夜晚，海瑟里安正缓缓升上天空，青芒月光洒落在白雪积层上，折映素白一片。

听屈望讲述完后，蓝穆叹了口气，"你居然认识涂山禹。想不到，想不到。"

"你也知道他？"屈望眉头一锁，"不，你去总督府偷情报……和涂山禹有关？"

"嗯……"蓝穆沉吟了一会儿，"简单地说，涂山禹的阴谋。我搞清楚了环区管理公司最近究竟在干什么。他们限制交通，调试重力控制系统，限制网络通信，为所有的小行星披上反光膜，还有，带走荆姑娘……究竟在干什么。"

---

① 若无额外说明，在重力场混乱环境下，上下均指主角所在重力场中主观感受之上下，亦称为"相对上下"。"绝对上下"通常用于称呼行星表面的上下方向，即外太空指向地面为"绝对向下"。此处之下方为屈望的相对下方，东君的绝对上方。

一念及红绡，屈望呼吸逐渐加速，"他们……在干什么？"

"这一切，都要从半个月前说起。那时，环区来了一位沙画艺术家——"

## 二十二

"——半个月前，我来到了环区。"

"我不关心你的屁事！"红绡猛地站起来，"你把屈望怎么了？"

总督府宽广的落地窗外，风雪突然一滞。

海瑟里安正从大峡谷的两座悬崖之间缓缓升起，以一种绝对的威压之势横霸半个天空。矿工往来的飞船从月牙的内弧线上升起，形成一个椭圆，切上行星环的内环。行星环在苍蓝的天宇上只是窄窄的一条白线，在海瑟里安灰黄的大地上留下一条窄影。

"这是第一次有人重视我。"涂山禹站在落地窗前，声音萧索，"自从人类离开旧地之后，艺术就走上了歧途。人们在虚拟的数字世界中寻找真实，在技术构建的虚伪中寻找艺术的真谛，并美其名曰'虚拟实境'，'数字艺术'等，不一而足。"

他缓缓踱步，周身的沙流随之摇晃变幻，人物山水如潮汐般生灭起落，轮转不息。

"我不关心你，我只关心屈望。告诉我他的下落。"红绡咬紧牙关，身子又开始颤抖。她依然无法控制自己内心的恐惧，恐惧紧紧缠裹着她，像是无声无息的冰冷触手。

"然而，技术永远只是艺术的工具。当虚拟成为真实，人类也就被虚幻蒙蔽了双眼，再也看不见真正的真实。"涂山禹转过身来，"艺术应该是天然的，不加修饰的。'击石拊石，百兽率舞'，感统自然，协动神人，这才是真正的艺术。在虚拟的数字海洋中搭建的那种基于对五感采样所形成的世界，永远只是对真实世界的一个剖面式的模拟。这种模拟失去了艺术的本真精神，变得愚昧而笨拙。而且……"他忽然一顿，"这些数字的东西居然还能被复制，传播！艺术就应该是在时空的坐标中的某一刻泛起的与众不同的涟漪，是一瞬间的灵感与创造的轮舞。能复制和传播的东西，永远都不是艺术。"

"够了。"红绡缓步走向涂山禹。她不关心什么艺术，不关心涂山禹想干什么。"涂山禹，请回答我的问题。"

红绡在距离涂山禹十米远的位置停下，声音轻轻颤抖。

"荆姑娘。"涂山禹转过身，面带柔和的微笑，"耐心，耐心。只要这次事情完美结束，我保证屈先生和你都安全无事。"

"这次事情？"

"一次史无前例的艺术实践。"

红绡感觉脊柱上窜过凉意。"对不起，我不关心你的艺术。请让我和屈望离开。"

涂山禹高喊一声："昆吾？"

"涂先生。"昆吾走入房间，递上一把琵琶。

红绡愣了愣。

这是母亲遗留给她的那把破碎的琵琶。碎裂的琵琶已经被修复完好，形制如旧，清漆枯裂的质感也被保留了下来，一如昔日。

涂山禹接过琵琶，递至红绡面前，"荆姑娘，琵琶如约修好。"

红绡的心猛地揪了起来。她颤抖着接过琵琶，然后后移两步，在木椅上坐下，将琵琶揽入怀中。和记忆中相比，琵琶似乎小了许多。她左手把住琴颈，突然意识到，是自己长大了。

"我真的已经不是小孩了……"红绡喃喃着。

"不弹一曲？"涂山禹微笑着问道。

"为什么要弹？"

"为了你的母亲。"涂山禹依然微笑着。

红绡身子一震，情绪忽然低沉下去。

弹一曲吗？她甩了甩右手，愣了愣神：没有义甲，不过问题不大。她轮过琴弦，轻挑泛音，因羽定商，逐次损益，旋转琴轸，使诸音克谐。想了想，她又降低三弦，定好调式。

"真的要弹一曲？"她缓缓呼出一口气，却迟迟不敢下指。

"随意就好。"涂山禹说，"就算你我有矛盾，也不急这一时。你就当万事万物在此时静止，你也罢我也罢，俗世也罢环区也罢，诸事纷扰，暂且宁息。"

红绡想了想，压住琴弦，缓缓开指，旋律渐生。

久不弹琴，再加上本来就不大擅长，红绡弹得一团糟。左手按弦不在音准上，右手轮滚也因为没有义甲而嘈杂难听。弹了不过半分钟，左手指尖已经在弦的擦压下微微起泡，灼烈的疼痛直钻心窝。红绡一皱眉头，弦音也因痛楚而沙哑下去。

但她此时的心态却无比平和。她想起了小时候和父母一起住在矿工集体宿舍时的情景。那时父亲在下面挖矿，母亲是个信使，在沙海之间接些调整小行星角动量的杂活。家中唯一值钱的东西，就是这把破烂琵琶。父亲一直想把琵琶卖掉，母亲却不肯。

后来，父亲悄悄带上来一块黑晶，被管理公司查出带走，再也没有回来；母亲想办法卖掉了黑晶，却被暴徒打死，只剩下红绡一人。

琵琶音急促的时候，红绡已经完全弹不上去了。她强撑着奏完高潮，在最后一连走手音时，食指指尖一痛，琴弦割开皮肉，鲜血立刻渗入弦中。

琴声立止。红绡愣了愣，抱着琵琶出神。

"好曲子。"涂山禹缓缓呼出一口气，"音调杂乱但神气充盈。这曲子叫什么？"

"霸王卸甲。"

"我果然没看错人。"

红绡看着渗血的食指，缓缓握拳，让掌心的肉压住伤口。"不管怎么样，谢谢你修好了琵琶。"

"荆姑娘果然和我是同道中人。现代的艺术早就误入了歧途。借着这次国庆，我要在这个世界留下一场盛大的涟漪。"涂山禹不紧不慢地说，"我要回到传统，回到过去，回到人类集体潜意识中与山岳四渎共居的年代。我将为帝国，献上独一无二的赞美诗。"

红绡沉默了一会。"说吧，你想干什么？你想让我干什么？"

"帮我完成一次演出。"涂山禹微笑着说，"这演出，非荆姑娘不可。唯有荆姑娘的天然风骨，才能配上'艺术'二字。"

"演出？什么演出？"

"当然是沙画。"涂山禹说，"我是沙画艺术家，聚十万沙海为山川外物是我毕生所追求。"

"不，不对。"红绡皱起眉头，"你表演沙画，和我有什么关系？要我帮你铺沙子？"

"哈哈哈哈！"涂山禹仰头大笑，他周身的沙流亦随之颤动变形，"当然不是。荆姑娘听说过敦煌吗？"

"那艘殖民种舰？"

"不是。是旧地的敦煌，一个沙漠中的文化坟墓。"涂山禹说，"敦煌中有一种舞蹈壁画，名叫'飞天'。我对飞天的形象做了一些改进，希望荆姑娘能在沙画中以此形象跳舞。"

"跳舞？在沙画中跳舞？"红绡愣了一会儿，"我实在想不通跳舞和沙画有什么联系。"

"一沙之间亦有三千世界。"涂山禹说，"我希望你能在一粒沙尘之上跳舞。"

"你疯了？我怎么能在一粒沙子上跳舞？用重力控制系统帮我保持平衡吗？"

"不。"涂山禹望向窗外，"东君，就是你的舞台，也是这十万沙海中的一粒。"

红绡呆愣在原地。随后，她猛地抱紧琵琶，颤声说："你……你是要……"

"啊，没错。"涂山禹面露激动与疯狂，"海瑟里安行星环的每一块岩块与每一粒尘埃，都是这沙画的一部分。沙尘为海，重力为风，吹为波澜，成万物之纹理、蔚炳之文章！我要用整个行星环，为帝国献上最壮丽的赞美！"

# 二十三

"他决定在环区弄一次沙画表演，表演的素材就是环区本身。"

屈望皱起了眉头，"环区本身？"

"用整个环区的重力控制系统控制每一粒细小尘埃在行星环中的位置，就能把每一块小岩块当成沙画中的一粒细沙，从而在一万千米范围内进行一次前无古人的沙画表演。"蓝穆冷笑一声，"整个行星环，就是他涂山禹的沙盘。"

"⋯⋯他疯了。"屈望心中涌上一阵凉意。

整个环区的重力系统的重力场计算、生成由东君地下的超算节点负责。超算节点连接环区所有重力控制设备，其首要计算目标是保证每块岩石都有指向其质心且足够大（尽量接近 1G）的重力场。如果涂山禹想用重力控制系统把环区当成一片沙尘之海画沙画，那么每颗小行星的重力场都会紊乱，整个环区就会变成无法生存的地狱。

屈望闭上眼睛，他不敢想象环区重力控制系统紊乱后，成千上万的矿工因为无重力而被抛入太空，变成干尸的场景。他常常觉得环区是一片尘海，重力是将尘海扯出波澜的风。现在，他突然觉得这些矿工仿佛成了一些蜉蝣，在波浪的峰谷间摇荡、湮没、死亡。

冷风呼啸，大雪坠天。

"帝国那么多行星有行星环，他为什么要来海瑟里安？"

"只有海瑟里安的行星环有密布的重力控制网络。"蓝穆说。

"唉……"屈望叹了口气。海瑟里安的地面因为有晶石的夜光辐射，并不适宜居住；而海瑟里安晶石又是必不可少的战略物资，于是，海瑟里安的大部分人居住在行星环区，这也是帝国独一无二的大规模行星环区殖民地。"环区管理公司就不阻止一下涂山禹，甚至还在帮他？"

"涂山禹的背后，是帝宫，是女皇。这次沙画，就是百年国庆的一个小小献礼。"蓝穆说，"环区管理公司也好，GG 公司也好，在帝宫面前都只是只小小的蝼蚁。管理公司只会在涂山禹面前俯首，乖乖按他的命令行事。禁止出行是为了防止骆驼艇的小规模不联网重力控制干扰整体效果，而小行星上贴着的反光膜，就是为了表演。"

"反射太阳光吗？"屈望问。

"算是吧。"蓝穆摇摇头，"我查到的消息显示，那种反光膜有非常宽的频谱，是针对太阳风暴的。几天后有太阳风暴，当太阳风暴到来时，反光膜可以按预先设置好的程序吸收太阳风暴的能量，然后辐射高能量的可见光——相当于给沙画中的沙子染上可以随时变化的颜色。"

"这有什么用？"屈望哂笑着耸耸肩膀，"环区有保护性的磁场层，太阳风暴根本进不来。"

"管理公司已经决定在太阳风暴到来时关闭磁场。那个时候……就是沙画表演开始的时候。"

屈望浑身一紧。周围风雪见长，小狐狸正在他臂弯中小憩。

"他们疯了吗？"他顿了顿，"就算沙画带来的紊乱重力场没把人从小行星上甩飞，太阳风暴也会杀死不少人！"

"啊，疯了。"蓝穆点点头，"是疯了。"

## 二十四

"你疯了。"

"没错。"涂山禹缓缓走向红绡，"我是疯了。艺术家们都是疯子，都是偏执狂。"

"失控的重力系统会杀了所有人！"红绡喊道，"所有人！"

涂山禹微微笑了起来，"我知道。"

"你知道为什么还要这么做？"红绡心中的恐惧又爬了上来。

"这很重要吗？死这么多人，很重要吗？"涂山禹转头望着已经升上天宇的海瑟里安。

红绡牙关打战，"那都是人命。"

"抬头看看这个世界。"涂山禹平和地说，"人命和外面的这些沙尘一般，有时还比沙尘轻贱。每个被卖到海瑟里安的矿工，背后不都是边缘星球那些在大航海时代被遗弃的边缘星球的十亿、百亿条人命？矿工的命只是一些数字，比挖矿机器的维护费还小的数字。"

"那也是人命！"

"人命没有艺术重要。"涂山禹说，"宇宙中有无数的庸俗人生在时空之中一次又一次地重复，而我的艺术，只有这一次。"

他停顿了一会儿，轻轻翻掌，流沙汇聚成球，翻涌在他掌心之上。"平庸总是在宇宙中重复。美丽才是真正昙花一现的东西。"

"我该怎么办？"红绡内心挣扎起来。她不愿意顺从涂山禹，她想反抗。但她又有什么能力反抗？何况，反抗的念头一起，她心中的恐惧猛增。母亲死亡时的场景又冲入脑海，红与黑的梦魇顺着血脉涌出，抓牢她的心脏。她咬紧牙关，泪水从眼眶中流出。

红绡抱紧琵琶，右手拂过琴弦，鸣起轻弱弦音。弦音一响，她全身猛地一颤，心态突然平和起来。

"我在害怕什么？"红绡心中默默想着，"怕死？怕受伤？还是母亲的死亡给自己带来了纯粹的创伤？"

"没什么好怕的。"

"我已经不是孩子了。"她低下头，默念一声，提着琵琶站起来，平静地看着涂山禹，"我不是艺术家。"

"没关系。"涂山禹摇摇头，"只要你——"

"狗屁的艺术，谁管你！"红绡突然抡起琵琶，往前一扑，直接砸向涂山禹面门！

"砰"的一声，琵琶狠狠撞上涂山禹额头。同一瞬间，一股大力忽然作用在红绡的全身。她一声尖叫，还没反应过来发生了什么就全身飞出，在空中倒转一圈，迎面撞上墙壁，整个头颅嗡鸣一声，剧痛沿着颅骨一圈圈晃荡，额前渗出鲜血。

她正要转身爬起时，一股重如山岳的力量踏上她的脊柱，将她死死踩在地面上。

"不准伤害涂先生。"红绡听见昆吾的声音从后面传来。

"昆吾，别伤着她的肉体，演出还要用。"涂山禹的声音有些痛楚。

"是。"昆吾说。红绡背上的力量撤去了。

红绡转过身坐在墙角。鲜血流入眼眶，她眨着眼，从一片血红中往前看去。涂山禹依然站在落地窗前，前额也有血迹。

琵琶则面板塌裂，四弦齐断，跌落在涂山禹面前。

"你死心吧。"红绡咬紧牙关，"我不会帮你跳舞的。"

"哦，无所谓。"涂山禹说，"我只需要你的肉体就行。你本人配合不配合，并不重要。"

"什么意思？"

"只需要在你的颈后切一个小切口，装上无线接口控制你的脊柱神经就可以了。"涂山禹道，"你的身体就是一具舞姬傀儡。"

红绡冷哼一声，"我真不知道我的身体有什么好的。"

"天然。当然是为了天然！"涂山禹癫狂地长笑着，"荆姑娘至真至纯，唯有你的身体，才配得上我的演出！"

"随你便吧。"红绡不屑地一撇嘴。

"昆吾，带她去手术。"

"变态大叔……"红绡默默闭上眼睛，慢慢吐出最后一句话，"对不起……千万别来救我了……"


# 二十五


"抱歉，我一定要救出红绡。"屈望说。

"屈兄，你爱上荆姑娘了。"蓝穆说。

屈望叹了口气。并没有，他心中清楚。他对红绡的感情，应该不是爱情。

"我并没有邀请你一起和我战斗。"蓝穆抓着铁栏杆站起身，他的那间囚室也在半空中晃来晃去，"网络开始管制，所有信息都无法离开海瑟里安。我本来计划把海瑟里安发生的事情一股脑捅入帝国的主流网络，一旦舆论发现这次疯狂的沙画行动，矿工们也就得救了。"

"本来？所以你的行动……"

"嗯，没找到合适的可以开启超光通信的节点。"蓝穆说，"有好几个备选目标都试过了，不是坏了就是系统版本不对。"

"我知道有一枚探针可以超光通信。"屈望忽然想了起来，"在——"

"在种舰残骸区，是吗？"蓝穆说。

"你怎么知道——"屈望猛地反应过来。他当时是在种舰残骸区追逐蓝穆的踪迹时找到那枚探针的，也就是说，蓝穆在他之前早就找到了那枚探针。"所以，那枚探针坏了？"

蓝穆点点头，"很不幸。"

"那你打算怎么办？"屈望问。

"我找到了一个 GG 公司的古老漏洞，可以控制东君地下深处的超算核心。不过这个漏洞需要在内网上进行硬件接触，我得想办法进入超算机房。"

"什么漏洞？"屈望忍不住问。

蓝穆把漏洞信息发给屈望。"一个硬件层面的轮询异常。"

"那么，你打怎么办？"屈望耸耸肩，"我们现在手无寸铁，还被关在监狱里面。"他又检查了一下自己义体的情况，病毒微纳机器人依然在增殖、争夺着义体资源的使用权。就算蓝穆想越狱，他也出不了多少力。

"啊，"蓝穆微微一笑，"我可是云霄监狱的常客——待会儿有吊盘下来送监狱餐，你和我学一学，就能顺利翻出去。"

屈望不得不承认，蓝穆确实是和自己一样的战斗好手。他不知道蓝穆是从哪里获得这些战斗经验的，看起来不像是军队，也不是佣兵团。

他跟着蓝穆逃出云霄监狱，进入监狱大楼。几分钟后，越狱警报触发，警卫们开始搜捕他们。

"这个。"蓝穆从警卫尸体上扒下一把冲锋枪，抛给屈望，"按计划撤退。"

屈望半蹲在墙角，手中握紧冲锋枪"拉梅夫人"，小狐狸正小心翼翼地跟在他身后。

拉梅夫人是这种冲锋枪的外号，这种历史超过百年的枪采用化学驱动装置，可以在真空环境下使用。拉梅夫人上没有任何信息化设备或接口，但稳定、结实、耐用。在环境复杂的环区，这一直是最流行的武器之一。

"左二楼梯。"蓝穆向屈望打了个示意位移的手势。

"好。"屈望将拉梅夫人的设计标尺调整到当前重力环境的挡位，一拉枪栓，跟上蓝穆。

屈望并没有多少巷战的经验，他的几年佣兵全是在旷野中作战。他小心躲在墙角后，捡起地上的一片碎玻璃，从墙角探出，利用反射光侦察后面的情况。两名狱卒，正在警戒。

"两人。"他一面在通信频道中说，一面朝蓝穆打了个手势。

"收到，行动。"蓝穆向他回了个手势。他们一同冲出墙角，举枪射击。两名狱卒应声倒下，从身体创口流出橙黄色的义体循环液。

"从这条路出去就是夸父二横街。"蓝穆在地图上做出标注，同时分享给屈望，"进去之后我们就基本安全了。我已经伪造了份假情报，他们会相信我们要从另一个出口逃跑……这个目标出口的防守应该比较薄弱。"

他们一路前行，一路战斗。随着逐渐靠近出口，监狱的守备力量果如蓝穆所言逐渐空虚。饶是如此，蓝穆身上已经挂彩，步履有些趔趄。而随着活动强度的急剧上升，屈望体内的病毒 NAG 隐隐有发作的迹象。

"我先。"屈望说。

"我义体问题不大。"蓝穆坚持走在前面。

屈望放出小狐狸侦察目标出口所在的大厅的情况。从小狐狸传回的视觉信息中可以看出，大厅中只有四名警卫。"四人。"屈望把图像分享给蓝穆。

"行动。"蓝穆直接冲了上去。屈望举枪射击，击倒两名敌兵。同一时间，另外两人也被蓝穆击倒。

"快离开。"蓝穆走到大门前，准备开门。

"快成功了。"屈望缓缓松了口气，转身举枪警戒四周。他等了几秒钟，却没听见出口大门打开的声音。"蓝穆？"

"出问题了。"蓝穆声音有些焦急，"这个门——不好！"

一连串枪声响起，敌人涌入大厅的几条廊道！

"被伏击了。"屈望立刻明白发生了什么。蓝穆伪造的假情报可能早就被看破，这个出口，就是为他们准备的陷阱。

屈望一个前扑侧滚躲到柱子之后。"蓝兄，"屈望迅速换上新弹匣，"看来，运气并不在我们这一边。"

敌人正在迅速包围他们。屈望斜眼快速扫了下内向屏，蓝穆也躲在掩体后。似乎是想抓活的，敌人并没有使用手榴弹之类的杀伤武器。

"门我已经侵入了。"蓝穆在通信频道中说，"我们——唔！"

"蓝穆！"屈望背倚柱子，望向蓝穆。蓝穆左胸中弹，整个身子摊在地上，义体似乎已经失能。

"原来我也会失手……"蓝穆低咳几声，"屈兄，待会你赶快出去。"

"你怎么办？"屈望心中一紧，在通信频道中咆哮。

"是我大意了。"蓝穆停顿了一会儿，"我拖住他们，你走。"

"闭嘴！我带你一起出去！"屈望大吼着。

"我义体不行了，你来救我只会让我们两个都走不了。"蓝穆向后方抛出一枚烟幕弹，"祝你和荆姑娘幸福。"

蓝穆突然挣扎着站起来，朝与屈望反方向的一个掩体冲去。片刻，烟雾之中爆发出激烈的交火声，内向屏中代表蓝穆的小光点消失了。

出口的门正在缓缓打开。

"蓝穆！"屈望嘶吼着站起身，抗拒着自己想冲入烟雾救出蓝穆的欲望，咬紧牙，冲出了大门。他踉跄几步冲入夸父二横街密集的店铺铺面中，身后枪声渐渐稀疏。

"你跑了？"蓝穆的声音从通信频道中传来。

"你还活着！"屈望立刻停住逃跑的步伐。

"马上就死了。他们在拿义体锁，我才不想让他们抓住我……我准备超载脑座<sup>①</sup>，自杀。"

屈望缩在街道的阴暗角落，默默换上新的氧烛片，点上一支烟。"为什么要这样？"

"正义感。我是不是很幼稚？"蓝穆的声音逐渐模糊，"屈兄，十万矿工的命，靠你了。"

通信频道断掉了。


## 二十六

站在扶桑城的高层街道，屈望首次看见了涂山禹为星际沙画准备的舞台——南浦之台。

这是一座设在扶桑城十几千米之外的一座巨大假山。假山修建成凌空巨桥的形状，横跨大峡谷间隔十几千米的两侧崖壁。靠近崖壁的巨桥根基看上去纤细而柔小，像是将假山束缚在两崖之间的飘带。

屈望默默地点上一支烟，左手搭上右膀，轻抚红绸。

海瑟里安正缓缓下沉，太阳则高挂天宇，灿烂的阳光使得海瑟里安的"月光"黯淡而模糊，行星环成了天际上一道看不清的黯淡灰线。

风吹过街道，小狐狸正站在街边的护栏上，迎风眯着眼睛。屈望等待着自己注入网络的爬虫抓回信息，伸手揉着小狐狸的灰白耳朵。

---

① 脑循环接口，义体和大脑皮层之间的中介。超载脑座失能可导致大脑皮层失去血氧供应。

在远方，南浦之台的假山山体大半隐没在云雾之中，亭台楼阁回环连接，云气如龙穿梭其中，幽泉瀑布挂倚左右，遥遥可以看见清淡的彩虹在水雾间若隐若现。

爬虫们带回了信息。涂山禹已经开始进行沙画的模拟排练，正式演出在十几个小时后的太阳风暴爆发时。红绡作为主舞，已被涂山禹带到了南浦之台上。

屈望估计在正式的沙画表演中可能会在东君的舞台和太空中的超广角视角之间来回切换，营造一种一粒尘埃也是一个广博世界的隐喻感。

"走，去找你的主人。"屈望翻手搭上小狐狸的前爪。小狐狸噌噌爬上他的后颈，挂在他的肩头。

屈望驾驶骆驼艇离开扶桑城，前往南浦之台。离开前，他将所有装备挂上了身体，又给骆驼艇披上电磁隐身的迷彩。通过这种迷彩和峡谷下方复杂的冰层地形带来的电磁反射环境，屈望估计自己可以慢速驾驶骆驼艇潜入南浦之台的正下方。

七小时后。

屈望站在南浦之台底部的泥地上，缩在一方巨石之后，拉紧隐身迷彩，静待周围的巡逻机器人路过。

他体内的病毒 NAG 又发作了。为了尽快救出红绡，他没有去找诊所清除这些 NAG。何况，不谨慎的清除可能会导致病毒 NAG 接入网络，暴露他的位置。

头疼，肌肉不听使唤，这是他此时的感觉。义体已经调配出大量的资源对抗这些病毒——他的义体是电气构架，而非生化构架，没有密布全身的循环系统；病毒 NAG 大部分聚集在脑座和颈椎附近的少量循环液中——这些循环液只负责向大脑皮层交换血氧。若是病毒们攻破了他义体的防御，直冲脑座，他就危险了。

但他管不了这么多，时间没剩多少，他必须救出红绡。至于蓝穆所担忧的十万矿工的命……屈望暂时管不了。

他对蓝穆深感愧疚，如果有机会，他和蓝穆应该能成为至交好友。但他没有蓝穆那幼稚的正义感，他现在只想救出红绡。如果十万矿工真的死了，他愿意背上不仁不义不道德的道德枷锁。

他身上早就背满这种枷锁了。

屈望打开重力镜。重力镜测算出了以他为半径的百米范围内的重力场，并将重力场的信息以矢量箭头的形式叠加在他的视觉中。在南浦之台的底部，重力场完全是反向向上的——南浦之台是靠反向的重力场托举在空中，整个平台悬浮在一个反向重力场和正常重力场相夹所形成的重力势阱中。

此时，屈望就依靠这片反向的重力场"倒立"在底部。整个天地倒转，他脚踩的南浦之台底部成了大地，大峡谷正高悬头顶上方，变成了天空。

地图显示从南浦之台的底部有一条泄泉的幽涧直通顶部的主舞台。而主舞台，就是红绡将登场的位置。

等病毒稍稍消停，屈望停停走走，小心翼翼地靠近泉涧。泉涧是一条假山堆砌之时留下的垂直狭缝，从假山顶峰泻落的泉水就从此注入假山内部，汇集到假山山体中心、重力势阱所在的蓄水池中。

他往下望了一眼，从南浦之台的底部向（相对）下方望去，泉涧是直径三五米的一个圆形开口，内部阴暗无光。四壁俱是漆黑的天然石体，湿漉漉的青苔杂生石缝之间。

确认没被人发现后，屈望抱着小狐狸跳下泉涧，向下而去。泉涧空间狭小，而且由于南浦之台只是临时搭建的舞台，这个角落之地目前是安保力量的盲区。

十多分钟后，屈望一路向下，身边的反向重力场也在逐渐变小。很快，他看见了下方的一汪水潭，周围的重力也降至零。这里就是重力势阱区，也是南浦之台的蓄水池。

"你怕水吗？"屈望蹲在水潭边，拍拍肩头的小狐狸。由于重力势阱区重力极小，空气中飘浮着大量的悬浮小水珠，水潭的表面也呈球形，像一颗卡在泉涧之内的巨大水球。

"嗷！"小狐狸鼓起腮帮，抖去毛发上的水滴。

"我们走。"屈望稍稍检查周身，确认畏水装备都收束好了，一头扎入大水珠。在入水前，他默记着周围环境的特征，避免入水后在昏暗的水体中失去方向感。

他和小狐狸游至大水珠的另一面，直接冲出水球，浮在半空中。在水球的另一面，重力场是零。沿泉涧往上，重力场逐渐增大，且方向正常，指向绝对下方。

屈望一把抓起小狐狸，在岩壁上借力一蹬，向上滑漂而去。现在重力场尚小，每一跳都能上升好几十米。在他们旁边，一挂瀑布急泻而下，注入下方的大水珠中。在进入重力极低的环境后，这挂瀑布也不受抑制地漫流变粗，像是一个细长的圆锥体。

又过了十几分钟，屈望上爬几百米，周围重力恢复到1G的强度。他来到泉涧上方的出口，由假山的三五尖峰围成的一个谷地，瀑布就从假山主峰的孤崖上倾流而下，坠入泉涧之中。

屈望迅速冲出洞口，趴伏在谷地的一簇草丛之后，并检查自己的电磁屏蔽斗篷。在前方几百米处，一座木桥横跨两座山峰，桥上云旗猎动，烟霞四合，拱顶架着一座高台。那里是南浦之台的主舞台。

"红绡就在那儿。"

屈望深吸一口气，正打算起身缓缓走向木桥时，一位哨兵正向他的位置走来。他立刻身子一缩，关闭周身网络，同时压低呼吸，把小狐狸按在怀中，一动不动。

十几秒后，哨兵扫视四周后转身离开了。

屈望立刻起身，摸向木桥。同一时刻，他唤醒了自己停泊在下方四千米深处的骆驼艇，一旦自己救出红绡，就能驾驶骆驼艇从容离开。

四周响起了悠扬的钟磬声，而后是苍茫荒古的埙。埙的"呜咽"声混在东君大峡谷的寒风中，向远方播散而去。

"彩排开始了。"

屈望直接几步冲到木桥前面，奔向最高的舞台。

"什么人？"突然，他听见有人在他旁边大喊。

屈望立刻从背上卸下拉梅夫人，直接朝哨兵一梭射去，同时顾不得隐蔽疾奔向前！


## 二十七


红绡独立在云台之上，望着云雾弥漫的大峡谷。

她脚下的南浦之台似乎是一夜之间搭建的。山峰、石桥、高台、瀑布、河流、泉涧、沟壑、烟霞，横跨大峡谷的南浦之台像是一幅随意泼墨而成的水墨画：玄云四生，冻雨洒尘，香草芜蘼，灵禽走鹤栖涉其间，山川泉渎浓缩成微小版的大地河川。

"唉……"红绡叹了口气。

她现在只能控制自己的眼球、呼吸及语音相关的肌肉群。她的肉体已经被后颈的无线接口接管，成为涂山禹控制的舞姬傀儡。无线接口侵入她的颈椎脊髓，控制了她的身体；甚至伸出了一些纳米丝侵入她面颊的肌肉，必要时可以控制她的面部表情，"达到最好的演出效果"。

她头戴银冠，身披赤绛祭服，珠玉垂挂一身。清风徐过，金玉交鸣，盈盈不绝。

当涂山禹把拍摄的视频投影在她面前时，她不得不承认，这一身衣服确实设计得堪称完美：蛮荒古老的气息编织在血红的纹路中，让人看一眼就不自觉地会对人类在旧地之上千万年挣扎的黑暗历史产生共鸣。

但红绡依然痛恨涂山禹。这身祭服，既是她的盛装，也是她的牢笼。

一想到几个小时后整个行星环区就要随着自己的舞步聚散成规模宏大的沙画，而十万矿工将在这沙画运行时失去家园，枉死太空，红绡的心就抽动起来。

"好了，荆姑娘，我们再排练一次。放轻松，放轻松，你什么都不要管。"浮在她身边的小机器人广播着涂山禹的声音。

红绡没有回应。她现在完全无法控制自己的身躯，只能动动眼球，看看四周不同的风景。

"好了，再彩排一次！"涂山禹说，"三二一，开始——"

钟磬一声声奏鸣，悠荡在南浦之台上，三五闲鹤振翅而起，出入烟霞之中。

钟磬声悠悠下沉，渐趋宁息。弱暗的埙声随之而起，像是播撒下的种子经历春风雷雨之后，在苍茫天地之间破土而出，逐渐清亮，有节遏行云之势。

而后埙声也逐渐平静，丝竹合奏之声渐起，红绡也在颈椎上的无线接口的控制下缓缓抬起手，开始一个舞蹈的节拍。

"暾将出兮东方，吾槛兮扶桑。"

诗朗诵声响彻整个南浦之台。红绡也随着词句的节拍半旋身子，一振祭服，珠玉清荡成响。

"抚余马兮安驱，夜皎皎兮既明；架龙辀兮乘雷，载云旗兮委蛇。"

随着诗歌的进度，红绡在云台之上进退往来，随节起舞。清丽的丝竹之声渐渐高涨，她只能默默忍受这种身体不被自己控制的异化感觉。

突然，她从音乐中听见了一丝异常，似乎是什么不和谐的声音。

"长太息兮将上，心低徊兮顾怀；羌声色兮娱人，观者憺兮忘归。"

背景音乐和诵诗声还在继续。但是，那不和谐的声音也越来越明显。红绡忍不住皱起了眉头。

"荆姑娘，请不要皱眉，平和、微笑。"涂山禹的声音通过浮空机器人在她耳边响起，"你的面部表情对演出效果极端重要。如果你再这样，我就要强行控制你的面部肌肉，剥夺你说话的权利。"

"混蛋！"红绡在心里暗骂一句，脸上却不得不乖乖放松下来。背景声中的不和谐越来越明显，在丝竹声弱下去的空隙，她终于听清楚了。

"是枪声。"

是拉梅夫人特有的火药反应所发出的声音。

"出事了。"红绡立刻把注意力放在枪声上，尽力在宏大的丝竹和诗朗诵中分辨枪声的方位。

枪声逐渐清晰，来自她所在的高桥的南侧。在旋转起舞视线扫过南侧的间隙，她努力从一闪而过的视野中分别枪声的来源处究竟发生了什么。

"缩瑟兮交鼓，萧钟兮瑶簾；鸣篪兮吹竽，思灵保兮贤姱。"

丝竹声中扬起一阵激冽的泛音。泛音沿着音阶向上爬升，如涌浪般高起。

在旋展祭服四五圈后，红绡终于看见了南边的情况。那里有个半透明的虚影正向自己跑来，虚影和后面追击的卫兵们正在激战。

"恐怖袭击？矿工暴动？"红绡想过若干种可能，但身体只能按照涂山禹预设的程序运动、舞蹈。

"翾飞兮翠曾，展诗兮会舞。应律兮合节，灵之来兮蔽日。"

红绡终于看清了那个跑过来的虚影。"是屈望。是披着某种光学迷彩的屈望。"

她的心跳加速。"屈望！"她大喊一声，"别过来！"

屈望一个滚地，而后回转身射击，击倒追兵。"你在干什么？"

"我……我被他控制了！傀儡！"红绡快速解释着。她想控制自己的身体，四肢却完全不听她的指挥，而是依旧按照涂山禹预先编制的程序在舞蹈。

"哪里？后脑壳？颈椎？胸口？"屈望的声音从旁边传来。

哨兵从四周围了上来。流弹四射，一发擦着红绡右臂射过，鲜血涌出。

"停手！不准伤害荆红绡！"涂山禹大声喊道。

红绡旋转，舞动着四肢，只能从一闪而过的视野中看见屈望。"颈后。"她顾不得右臂的疼痛，"屈望，你快走！昆吾就在附近！"

"屈先生，你居然从云霄监狱中逃了出来。"旁边的机器人传出涂山禹的声音。

"滚。"屈望说，"我绝不允许——"

红绡听见屈望的声音猛地停住。"大叔！你——"她转过半圈，看见屈望身子发颤，像是站不稳。

"没事。病毒。"屈望小声说。

红绡感觉屈望贴近了自己，她的舞蹈正被屈望的身体妨碍。"屈大叔。"她叹了口气，"你快走吧……我……请放弃我。"

她被屈望粗暴地搂紧，抱住。"马上就好。"她听见屈望沉稳的声音，四肢却依旧按照涂山禹的指令在他的臂弯中抽动着。

"屈望，你的病毒还没清干净吧？"涂山禹冷冰冰地说，"你不怕死？"

"为什么要管我？"红绡问，"你快走！"

她颈后"咔嗒"一响，无线接口被屈望取下。一阵清爽的酸麻感顺着脊柱电窜而下，她恢复了对自己身体的控制。

"还好是插入式的。"屈望说，"估计是那个变态为了方便更换硬件。"

红绡身子软绵绵地搭在屈望身上，四肢时不时会抽搐一下，适应着重新被大脑控制的感觉。一个毛茸茸的东西正在蹭上自己脸颊，她歪歪头，小狐狸正从屈望的肩膀上挂下来，贴在她脸边。

"昆吾！"涂山禹暴躁的声音回荡在空中，"昆吾，杀了他！杀了这个姓屈的！"

"快走！"红绡推着屈望往高桥下跑去。她仓皇回望一眼，昆吾正从桥的另一边大步走来，手提那把修长的狙击枪。

"这边。"屈望说。红绡被他拉着朝另一个方向跑去，她步子乱了乱，随后发现他们前进的方向却是高桥的边缘。边缘之下，即是大峡谷的万丈深渊。

"哎哎哎！"红绡停住了，"那边没路！"

"就是这儿！"屈望突然一把抱起红绡。

红绡感觉自己身子一轻，慌忙勾上屈望的脖子。"喂！你要干吗？"

"跳下去。"

"什么——"红绡还没说完，剧烈的失重感就传遍全身。屈望大步起跳，抱着她直接跳下了高桥，坠入了大峡谷之中。

风声呼啸。

"青云衣兮白霓裳，举长矢兮射天狼。"诵诗声回荡在峡谷之中。

红绡思维一片空白。两侧的冰壁正在急速后退，南浦之台在一层层叠开的烟云之间逐渐远离，昆吾正在高桥的边缘盯着他们。随着下坠的速度越来越快，昆吾逐渐成了红绡视野中的一个小黑点。

红绡紧紧抱着屈望，牙关打战，不敢说话。"屈望疯了？为什么要跳崖？"这些问题萦绕着她。

"别慌，骆驼艇马上就到。"屈望的声音在风中有些断断续续，且听着有些虚弱。红绡的祭服衣摆猎猎舞动，布料抽动的劲响一下子湮没了屈望的话语。

一艘崭新的骆驼艇从一旁飞来，追上他们，和他们保持同步。随后，屈望伸出手，想把住骆驼艇的龙头。

"抓稳了——"屈望的身子忽然一软！

"大叔！喂！"红绡大惊，左手慌忙搂住他的腰，"你——你——"

他们正急速下坠，大峡谷下方交错的冰凌在视野中飞速逼近，而失去屈望远程控制的骆驼艇正逐渐和他们远离。

"屈望昏过去了！"红绡咬紧牙关，努力伸出右手，想攀上骆驼艇。冰冷的风切过周身，气压急剧下降，右臂的伤口还在流血，撕裂痛使红绡的肌肉颤抖着。红绡的视野开始发黑，指尖冷得发麻，有些不听使唤。从她指尖到骆驼艇之间的距离仿佛一道鸿沟，正越裂越大。

"呸！"红绡猛地抱紧屈望，咬紧牙关，怒骂一声，努力探出手！

她勾上了骆驼艇的边缘，然后奋力探指攀上，握紧，用力一拉，抱着屈望翻身坐上。她立刻稳住骆驼艇下降的速度，拉平航线，向远方驶去。


二十八


标准历 2628 年 4 月 18 日

帝国边缘，十万大山（屈望的回忆）

五年前，十万大山。

"你醒了？"

苏醒时，屈望听见了少女的声音。他睁开眼睛，面前自动弹出一面内向屏，报告义体的情况：损伤情况有所好转。在半透明的内向屏后，红衣少女正踞坐在他身边。

"你的伤……"屈望瞄了眼红衣少女的腰侧，伤口似乎已经愈合了，红衣上的血迹也消失了，衣服洁净一新，可能是换洗过。他再次抬起视线，他还是躺在那座小庙中。"我……我的伤……"

"我叫赤响。没有姓氏。"红衣少女说。

"屈望。"

"为什么要帮我……我们？"赤响问道。

"帮你？"

"你把那群佣兵引到了别的地方对不对？"赤响说，"他们如果找到了寨子，接下来就是一场屠杀。"

屈望沉默了一会儿，最后说："我不知道。也许我应该杀了你，然后和他们一起回到佣兵团。"

"可你没有。"

屈望又沉默了很久。"我……真的不知道。"

世事本就没什么为什么，心念一想，便就那么做了；屈望也不知道自己为何会做出帮助少女的选择。做出什么选择似乎也无甚意义——这不公的世界对他来说，本来就没了意义。

活一天是一天而已。

"你的机械身体我帮你修了一下。"赤响说，"但是，效果可能不太好。跟我去寨子里，我师父或许能修好。"

屈望坐起身。他腰上原本有一个迟迟没有封闭的创口，现在创口中填着一团淡粉色的嫩肉。"这是你们的……技术？"他愣住了。

"快点跟我走。"赤响拉着屈望站起来，"这只是临时处理。"

屈望站起身，步履微微不稳。"我是你们的敌人。"

"你救了我的命，还有寨子里几千居民的命。"赤响解下骨笛，轻轻吹响。片刻，地面传来一阵颤动，一头硕大扁平的蜥蜴状本地生物奔至小庙门口。她从草堆中翻出一件修长的包裹，挂上右肩，然后用左肩撑住屈望，带着他走向大蜥蜴。

小庙门外，雾气荡散，春意正浓。初阳渐升，血月微沉，十万大山的十万桃花正在山谷之间盛放，粉霞铺地，落英成阵。

屈望身子一软，靠在赤响肩头。他的鼻尖传来一股悠远的香气，像是晴荒之地上盛绽的万千花海，风摇群蕊，振馥鸣芳。

他的记忆再次模糊起来。他好像在这条称作"地龙"的大蜥蜴上坐了几个小时，最后来到赤响所说的村寨，被赤响带去见她的师父。在寨子的广场上，他站在大蜥蜴的背上，赤响站在一旁。

广场周围聚集了一些居民，都穿着土著风格的衣饰：鸟文羽衣、竹雕筒和骨笛。屈望感觉站在一旁的赤响莫名有些紧张。片刻，一位黑袍女人走出了人群。

"师父。"赤响跳下地龙。

"就是他？"黑袍女人说。

"是。"

黑袍女人一挥手，"抓起来！"

"师父……？等——等一下！"赤响爬上地龙，站在屈望身边，卸下长包，一手扶住，"你们要干什么？"

"这是开战以来我们抓到的第一个机械人类。这些人类背弃了来自先祖的'遵从自然'的遗训，必须把他投入蛊池，让他形神俱灭！"黑袍女人指着屈望，振臂高呼。

周围的人们欢呼起来。

"哦……"屈望挠了挠头。

"师父，我是来要你救命的。"赤响稍稍拉开长包的拉链。她的声调低沉下去，在周围的呼号声中清晰可闻，"他是我的救命恩人。"

"小响，作为没有姓氏的贱民，只要交上这个俘虏，上面会考虑赐你姓氏。"黑袍女人笑着说，"到时候——"

"他还是我们的救命恩人！"赤响忽然大喊道。

喧闹的人群稍稍安静下来。

"前几天，如果不是他帮忙支走了一队敌人，"赤响将拉链拉至一半，长包滑落，露出包中包裹的长形物品，"现在，这个寨子已经没了。"

屈望斜眼望向包裹，愣了一下。

包中的物品，是索拉尔丢失的狙击枪"晨星摇曳之刻"。但这把狙击枪早已不是原来充满科技感的后现代造型，枪身后半段以扳机与手柄为中心，附生着大量活的血肉。这些血肉伸出细腻的触丝，从枪外壳上挤开缝隙，探入枪身，似乎是和枪内的信息系统进行了结合，进而对狙击枪进行控制。

赤响就是捡走狙击枪的土著狙击手。

屈望明白不擅信息技术的土著是怎么操作这把信息化狙击枪的了：

赤响用生物技术制造的血肉寄生在晨星之上，作为操作信息系统的中介。

"不要被这些堕落人类骗了。"黑袍女人冷冷地说。

"算了，把我交出去吧。"屈望平静地说。

赤响握住晨星，站在屈望身前，然后单手抬枪，斜指黑袍女人。"让我们离开——不准起笛驭兽！"

黑袍女人摸向腰间骨笛的手停住了，"赤响，你疯了！"

"让我们离开。"赤响轻轻一跺脚，地龙缓缓起身，转身向村寨外走去。晨星的枪口，则一直对着黑袍女人，没有移动。

屈望和赤响退回丛林和群峦之间。屈望的义体情况依然在恶化，虽然赤响能用本地那奇特的生物技术延缓恶化速度，但他们都很清楚，义体崩解失能只是时间问题。

血月自盈而亏。

夜色之中，屈望向赤响讲述了自己在海瑟里安被矿工坑骗的遭遇。

"你为什么不反抗呢？"赤响切了几片蘑菇，贴在烤架上。

"反抗？"屈望苦笑一声。赤响恐怕无法理解 GG 公司高层背后复杂的利益纠葛，他只是被抛出来的替罪羊而已。

"要是我的话，我就拼死战斗到底。不是我的错，凭什么把罪名加在我身上？"赤响给烤蘑菇翻个面，"不公平就该战斗。我们十万大山的女人，永不服输。"

屈望枕着地龙的肚皮，没有回答。

"去离泽。我给你偷一具新身体。"晚饭结束后，赤响说。

"你们也有类似义体的技术？"

"嗯。只是要一辈子服用抗排异反应的尾虫。"

血月复亏及盈。

春天快结束了，十万大山的雾气渐渐浓郁起来。

"我被发现了。"子夜，赤响回到夜宿地。

"什么？"屈望正在烤竹鼠。

"被你们的人发现了。你的同伴，我的敌人。"

"哦。"屈望默默翻过木签，油脂滴下，柴火"噼啪"作响。

"这次不一样。"赤响揭开蒙着竹筒的鹿皮，掏出一枚虫卵，递给屈望，"他们看见了晨星，开始追我。"

屈望接过虫卵，塞入腹部义体的伤口中。虫卵埋入封闭伤口的血肉后，原本有些干枯的血肉开始蠕动，继续保护创口的封闭性，延缓义体损坏的进度。"你是佣兵团的头号敌人。在我们眼中，你们土著的技术虽然有趣，但是很低效，不足畏惧。能使用帝国信息化装备的土著，才是真正的麻烦。"

赤响撇撇嘴，"你们真自大。"

战斗接踵而来。

佣兵团似乎一直在追踪他们，战斗时不时发生，屈望只能躺在地龙的背上，看着赤响战斗。时日迁延，同时与土著和佣兵团双方对敌让赤响的身子迅速消瘦，暗伤累积，可能还有小半个月，她坚持不住了。

屈望决定结束这一切。

他决定让赤响放弃自己这个废人。

在流浪在野外的这段时间，屈望好像找到了生命淡淡的意义。这微浅意义冲淡了被海瑟里安那位矿工背叛的巨大创痛，让他的心态逐渐平和。

为了这微浅的意义，他一定要让赤响活下去。这世界从未公平过，他决定站起来战斗，而不是和以前一样，匆忙逃避。

不公是世界的常态。但常态，总会改变。

"小响。"这天晚上，他把整只烤竹鼠塞进地龙的牙缝，"那个——"

"这个，"赤响从竹筒中摸出一颗新的虫卵，"我新炼的尾虫。也许能完全治好你的伤。"

屈望没有接。"我有了个决定。"

"别说话。"赤响忽然挪到屈望身边，然后抱住他的肩膀，"我也做了个决定。"

屈望轻轻抱住赤响，"让我先说行吗？"

屈望感觉赤响将尾虫卵塞入了自己腹部的创口，随后，他右肩的衣物被扒开，露出肩膀。赤响攀上他的肩头，将肩膀一口咬下。

剧痛。屈望抱着赤响，风拂起了她的青丝。"我没听说过你们有吸血的习惯，而且……循环液也不好喝吧？"

"呸，居然也是咸的。"赤响松开牙，"我只是不想让你忘记我。有了这个牙印，你就是我赤响的男人……永远都是。"

"我可不是什么好男人。"屈望笑了，"将死之人——"

他腹中忽然一痛。痛楚似乎是从嵌入血肉的虫卵中传出，卵中仿佛钻出千万丝虫，正从义体循环系统上行，好像要直冲他的脑座。"小响……这个尾虫……"他头颅也开始痛，丝虫好像突破了脑座所模拟的血脑屏障。

"对不起。"赤响低声说，"这个尾虫，可以修改你的记忆。我给你编写了新的记忆，醒来之后，你就会忘了我，把我当敌人杀死，再回到你们的佣兵团。这样……"

她伸手拂过屈望的脸，"你就能换义体得救了。"

"你——"屈望挣扎着想站起身。但他脑中剧痛，视野中出现了重影。

在一片恍惚中，他看见赤响拔出小刀，从红衣上割下一段红绸，系在他的右臂上。"带着这段红绸，小响，永远是你的女人……我们十万大山的女人，永不服输。赤小响，永不服输。"

他昏睡过去。在幽暗之中，他听见了赤响轻盈的歌唱：

"青春受谢，白日昭只。春气奋发，万物遽只。冥凌浃行，魂无逃只。魂魄归来！无远遥只……"

十天后，黄昏。

"呦，干掉狙击手的战斗英雄来了。"军需官站在栏杆前，望着远方，"换义体？"

屈望缓步走上台阶，在经历独自漫长的鏖战后，他的义体已经破旧不堪，腹部的伤口也被土著的尾虫侵入。按随队 AI 的原话，他"能活着回来已经是个奇迹了，需要赶快换义体"。

换义体需要一大笔钱。但他抓到了那名土著狙击手，拿到了一笔奇高的奖金。

"有什么义体？"屈望问。

"这个行吗？"军需官发来一份文件。

屈望打开文件，是一具电气架构的义体。"喂，这个长得也太老了。我还没到三十岁，不是大叔。"

"只剩这个型号了。"军需官耸耸肩。

"行吧。"屈望心中觉得无所谓。逃离帝国之后，他的生命没了意义，只要能继续战斗刺激自己，换什么样的义体都一样。

"你的老义体我们会回收。"军需官说。

"回收？"

"拿去研究。你是第一个义体被尾虫入侵还活着的人，集团的那些科学家很感兴趣——放心，会有补偿金。"

"行吧。"屈望觉得无所谓。他朝军需官遥遥手告别，向台阶下走去。

"喂！战斗英雄！"军需官在后面喊道。

"什么？"屈望转身。

"你肩膀上的红布掉了。"军需官小步走下，递给屈望，"这是从那个婊子衣服上割下来的？"

屈望接过红绸，愣了愣神。他的记忆中好像缺了一块，他记不得红绸是从哪儿来的了。"可能……是的。"

军需官耸耸肩。"义体更换事宜回头我会通知你……不过，我怎么觉得你的口音里有一股土著味？"

"是吗？"屈望将红绸揣入口袋。离开之时，他回头上望。

土著的那名狙击手刚被绞死，吊在营地广场中心制高点的绞刑架上。她的一身红衣无力垂下，随风微荡，像十万大山暮春时分蔫落枝头的桃花。

# 二十九

标准历 2633 年 7 月 14 日

帝国，太平星域，海瑟里安，东君

"我……我……"屈望醒来之时，泪水潸然而下。他的大脑中一阵阵刺痛，像是万千丝虫爬过一般。

他没想到，自己竟在十万大山丢失了这么一段记忆。绞刑架上凋零的红花此时在他眼前萦散不去，像是万斤巨石压死了他的心脏，让他呼吸艰难，每次心跳都随之泵出干涩的痛楚，割裂心脉。

"你醒了？"红绡的声音从一边传来。

屈望睁开眼睛，他正躺在大峡谷一侧的峭壁岩石上。骆驼艇停在一边，红绡正在收拾骆驼艇中的装备。

他呆呆地坐起身子，从右臂上解下红绡，一遍又一遍地轻轻抚过，泪水随之一滴滴滴下，渗入红绡之中。

"喂……你——"红绡讶异的声音传了过来，"大叔，你脑子出问题了？"

可能是涂山禹的病毒激引出了自己被改写的记忆。屈望心里默默想着，他看了眼内向屏，病毒已经被消灭了，可能是他大脑中残存的尾虫动的手——在病毒攻向大脑致使他昏迷时，这些残留在大脑中负责修改记忆的尾虫被激活，穿过脑座，击败了病毒，同时大脑内被篡改的记忆也因此而恢复。

"呵……"屈望低下头,"我真是个废人。"

"喂。"红绡走到屈望面前。

"嗯?"屈望缓缓站起来。红绡仍然穿着那件大祭服,右臂上殷红一片。

"我做了个决定。"红绡说,"我刚才查看了小狐狸的记忆,所以……"

"别动。"屈望走到红绡面前。

"你——你干什么?"

屈望轻轻抬起红绡的右手,将红绸穿过她的右臂,扎紧在伤口上。"你决定了什么?"

"我的右手没事的,只是擦伤,流血不多……"

寒风呼啸而过。"等不流血了把红绸还我。"屈望说。

"哈,你也太小气了,这不就是一块破布吗?"红绡撇撇嘴。

"嗯,就是一块破布而已。"屈望盯着红绡,恍惚中,他仿佛看见赤响又站在他身前,"……而已。"

"呃,那个……"红绡后退一小步,"我准备去井道。"

"井道?去地下?"

红绡点点头。"我查看了小狐狸的记忆。蓝穆……蓝穆他说可以去破解下面的超算来解决这次沙画的危机。我决定去。唔,你把漏洞信息和破解程序给我。……我知道你对救矿工这些事不感兴趣,但你别阻止我。……我很感激你救了我,真的。不过,这次的事……唔……您就放弃我吧……喂,大叔!"

屈望转过身,稍稍叹了口气。若是往常,他绝对会阻止红绡去盲目送死；但此时此刻，他心中闪过赤响的容颜。这世界从未公平过，在五年前，赤响战斗过了，但他，一直退缩到了现在。

"准备一下，再休息一会儿。"他提起精神，"我们半小时后出发，去井道。"

"哈！"红绡瞪大眼睛，"这还是你吗？"

"世界从来没公平过。"屈望说，"这一次……我决定反抗。"

红绡缓缓叹了口气，"你变了。"

"变成了英雄？"

"不，像是铠甲生锈的骑士重新擦亮了自己的铠甲。"红绡说。

屈望微微一笑，"我从不是什么骑士，我只是个拿着小破左轮的牛仔。"

"一起去兜风吗，牛仔大叔？"

# 三十

追兵好像被甩掉了。

骆驼艇在无重力的井道中呼啸前进，笔直向下，向地心驶去。

这是一条位于扶桑城正下方的极深井道。井道的入口位于大峡谷的深处，垂直向下，直通地核。整条井道长一百五十多千米，井道的尽头就是埋设在东君星铁质地核中的重力控制系统。这套行星级的重力场控制系统可以处理以地心为原点，半径三百千米范围内的重力场。在日常使用时，只需把东君地表上下十千米范围内的重力维持一个标准重力即可。

在井道大约 1/3 路程的位置，地下一百千米深处，是为整个行星环区的重力控制系统提供算力的超算核心。

那里就是屈望的目标。

他准备利用蓝穆交给他的漏洞攻破超算核心部署的重力场计算系统。一旦取得了这个系统的权限，他就可以阻止涂山禹为了那场荒谬的沙画表演而对重力场做出的大幅度改动。由于这个漏洞需要在超算的内网进行物理接触才能触发，所以屈望无法在扶桑城内从外界网络攻破超算，只能驾驶骆驼艇，沿着井道一路向下，前往超算核心。

井道大致呈圆柱形，内径十米左右，里面有稀薄的空气，以供呼吸。两条上下输送货物的传送索笔直地延伸着，在骆驼艇前灯的橙黄光照中看不见尽头。

屈望把自己牢牢束缚在骆驼艇上。东君的重力控制系统将整条井道设定为无重力环境，这是为了消除井道附近的地层应力积累，避免井道在深层维护。偶尔看见一箱货物沿着传送带向下运行，骆驼艇会一绕超车，前灯照在井道壁面上。壁面上纵横交错地埋着对抗应力的加强筋，以及密密麻麻的检波器阵列，用于监测东君地下的地震波信息。

"他们没追上来？"红绡在屈望背后问。

从进入井道开始，他们就被涂山禹的人追击。屈望瞄了眼雷达信息，"还在后面，昆吾速度还是比我们慢一点，应该追不上了。"

"呼……"红绡松了口气，"那我们快点——啊！"

骆驼艇忽然侧旋了半圈。"接敌！"屈望瞥见一组挂在井道墙壁上的循壁型机器人正从壁旁一个库房涌出，贴挂在井道壁面为它们特设的轨道上。循壁机器人抬起电磁枪口，同时贴着井道壁飞速向下，和骆驼艇保持同速。

"030 三个，140 两个。"屈望说，"后面还有更多。你射击，我开骆驼艇。我会展开一个有一点点防护作用的重力场，注意重力场对弹道的修正！"

"收到！"红绡说。随后，屈望听见一连串枪响，旁边的一台循壁机器人火花四溅，猛地减速落在后面，变成隐没在后方黑暗井道中的一点星火。

循壁机器人开火了，猛烈的火力朝骆驼艇铺洒而来。屈望只能在高速的运动中做紧急的加减速与变向，配合展开在骆驼艇周围的一圈重力势阱泡泡，尽量提高循壁机器人的火控难度。

距离超算核心还有七千米。

循壁机器人越来越多，已经有若干发电磁钉刺命中骆驼艇的外壳而后被弹飞了。在剧烈晃动的环境中，红绡的命中率可能不足百分之一，一匣子弹都无法击毁一台循壁机器人。

"危险。"屈望平静地继续驾驶着骆驼艇。

"怎么办？"红绡喘着粗气，拉梅夫人朝着四周喷吐火舌，又一台循壁机器人被命中而宕机，但更多的机器人贴着井壁的轨道冲了上来。

屈望整理了一下思绪，"我们——"

突然，骆驼艇艇身一颤，若干血红的警告内向屏在屈望面前展开：引擎被命中、冷却液泄漏、控制系统损毁，骆驼艇丧失了驾驶机能。

一发制导弹药。屈望心中一冷。

安保机器人不可能配置这种级别的弹药，一定是后面的昆吾提着晨星摇曳之刻追上来了。


# 三十一

距离超算核心还有两千米。

骆驼艇失控撞向井道壁面。屈望反身以臂弯一抱红绡，再把小狐狸夹在两人中间，迅速离开骆驼艇。他们随惯性在井道内飘行，靠近壁面的一刻，屈望屈腿一蹬，让他们继续往下方飘去。

循壁机器人依然在向他们射击。可能是被涂山禹下了禁止攻击红绡的命令，所有的电磁钉刺都是朝着屈望来的。很快，他的双脚被电磁钉刺射穿，脚踝以下断裂，露出一截人工肌肉纤维和电气的神经绒丛。

"行动可能会失败。"屈望想。但一想到蓝穆、想到赤响，他的内心深处就涌出无尽的力量，让他高度集中精神。

屈望单手摸出手枪，试着还击。他还没开火，第二发制导弹药从黑暗中闪过和电磁钉刺不同的光华，"砰"地命中他的手腕，手枪脱手飞出，直线撞向井道壁。

"屈望！"红绡在他身边焦急地大喊。

"晨星还是这么厉害。"屈望说。他已经失去了战斗力。"红绡，快到了，冷静。如果只剩你一个人，务必小心。"

"我不会放弃你。"红绡平静地说。

距离超算核心还有三百米。昆吾的骆驼艇打出的探照光照亮了下方，超算核心的闸门竖在一块小平台后。

"荆姑娘，涂先生的意志就是陛下的命令。"昆吾的声音遥遥传来，"请放弃抵抗，交出屈望。"

"放屁！"红绡紧紧抱着屈望。在他们因惯性撞上井道壁的一瞬，她在壁面上一撑，两人折转方向，向超算核心所在机房的入口闸门飘去。

闸门正在关闭。

更多的钉刺射中屈望，他的下半身千疮百孔，失去了机能。"放弃我。"屈望轻轻推开红绡的身体，"你去机房。"

"不要。"红绡抱紧屈望，"你进去。我在外面挡住昆吾。"

他们滑到了闸门前的小平台上，这里有 1G 的标准重力，是为了方便维护人员在机房的行动而设置的。

"快进去！"红绡抱着屈望，把他推入正缓缓关闭的闸门，又把小狐狸抛在他身上。

"你干什么？你怎么不进来？"屈望以手臂撑起半截身子，向红绡爬去。

"我拦住他们。剩下的事情，交给你了。"红绡转过身，背对着闸门。骤风从高气压的机房内涌出，吹向红绡，鼓荡起祭服和红绸。

昆吾驾驶着骆驼艇停在红绡面前。"哼。"他阴冷一笑，"先带你走。至于屈望，让机房的安保去收拾。"

闸门的开口越来越小。"红绡！"屈望大喊一声，"红绡！"

"对不起。"红绡稍稍侧头，目光扫过屈望，"我已经不是小孩了。"

闸门紧闭。

# 三十二

距离沙画表演还有五分钟。

四周响起一阵阵警报声，安保机器人正向屈望拥来。他无暇估计红绡的处境，当务之急，是控制整个超算，阻止沙画运行。如果控制不了，他就必须破坏超算的运行。

屈望关掉面前所有的内向屏，无视义体向他发出的种种警告。他的下半身已经被电磁钉刺射穿了，右手被昆吾射爆，全身上下现在只有左手的功能还算健全。这具义体只是一具民用级别的中端义体，虽然在十万大山作战时做了强化，但性能提升有限。

到了这个地步，他基本丧失了作战能力。他无法对抗那些安保，只能在安保控制住自己前依靠小狐狸先攻陷超算。

屈望翻身坐起。"去吧，找个接入超算的内网接口。"屈望坐在地面上，给小狐狸下了指令。

闸门附近的防尘地面铺设有可以粘去鞋底灰尘的某种胶液，他义体残肢上的细微电气线路正被这些胶液粘住。随着屈望的移动，被粘住的线路从他破裂的义体皮肤下扯下一丛丛的肌肉和控制电路。

安保机器人从四周穿出，包围了屈望。小狐狸从他们之间灵敏窜出，消失在阴影中。

屈望举起双手，做出投降的手势。同时，他将体感和小狐狸同步，控制小狐狸跑到一个靠在墙角的控制面板前，伸爪探入。他（它）的爪尖分入若干缕细小电线，按照接口协议的定义设置电气参数后，"咔嗒"把爪子按在了接口上。

距离沙画开始，还有三分钟。

屈望进入超算核心的内部网络。他小心地把自己伪装成一个自启动的用户，一面用一些无关痛痒的硬件检查例程把自己伪装成一副人畜无害的样子，同时在这个例程下悄悄展开了一些额外的小脚本，在检查硬件的同时悄悄扫描蓝穆提到的那个漏洞。

十几秒后，屈望获得了漏洞的数据。这是一个超算核心和环区的重力控制系统进行例行状态轮询时触发的通信漏洞。这些通信由于网络阻塞等原因失败时，有一定概率会传回一个未定义的返回值，随后暴露当前运行进程的堆栈位置。

而这个通信失败，可以人为模拟。

看见这个漏洞时，屈望很快想到了自己当年交给矿工的 AGCD 破解程序。那时自己在 GG 公司的安全部工作，负责 AGCD 安全系统（也就是收租金的系统）的运行。他们不定期会从白客以及集团内部的安全团队那儿拿到漏洞信息，然后对这些漏洞进行修补。屈望那时来到环区出差时，手上就有一个大号的 0Day[①] 漏洞信息，尚未修补。出于同情，屈望利用这个漏洞编个破解程序，送给了那位矿工。

这就是屈望噩梦的开始。而现在，屈望又回到了这个相似的漏洞前。

但他的噩梦已经结束了。

沙画表演还有两分钟开始。

---

① 尚未大规模披露的漏洞。

安保机器人滑行至屈望身边，搜查他的身体。他乖乖配合着，在他的网络通信权限被剥夺前，他不准备反抗。

同时，屈望伪造了超算向外围一个小行星上的重力控制设备进行状态询问时的返回信息。随着通信失败的未定义的返回值回到程序，这个意外卡住的程序暴露了他的堆栈位置。

屈望稍加操作，从 COS 的数据库中搜出一个小工具，在未定义的返回值之后写入大段代码。等会儿程序自己重启时，这些代码会恰好写入那个暴露出来的堆栈缓冲区。

在等待程序重启的过程中，屈望又想起了自己在 GG 公司的生活，想起了总部大楼外鳞次栉比的浮空街区。那时他刚刚进入公司，在办公室里，老员工经常会用办公室的重力控制系统捉弄新员工。除了在新员工走路时颠倒他们附近的重力场让他们摔上天花板，他们还会用球形的重力势阱把年轻的员工抓到半空中——

屈望忽然想到了什么。

他如果拿到了超算 root 的权限，他可以控制整个环区的重力场。他可以塑造一个球形的重力势阱区，然后又用这个势阱区抓着自己失能的义体移动。如果再解除重力控制系统的安全限制，对周围的环境施加成千上万倍标准重力的力量，他将获得削山平海般的力量。

他看到了一线希望。一线救出红绡，战胜涂山禹的渺茫希望。

沙画表演开始了。同时，通信失败的程序进程被系统杀死重启，缓冲区中的程序随之以 root 权限启动了。这段程序保留着和屈望的通信，通过和这段程序的通信隧道，他相当于变相获得了系统的 root 权限。

屈望打开一个内向屏，内向屏上播放着这次沙画表演。作为一次百年国庆的预热活动，沙画表演将向全帝国直播；然而可笑的是，海瑟里安的十万矿工因为环区管理公司长期的信息管制，帝国内没几个人知道这些矿工的生死。

直播是一个从远方拍摄南浦之台的远景。随着钟磬之声响起，镜头拉近，画面来到南浦之台高处的云桥之上。

红绡正穿着一身祭服，独立高台。不过十几分钟时间，昆吾就将她带回了南浦之台，这个移动速度非常惊人。

屈望默默盯着内向屏，看着面容平淡的红绡，一时间甚至忘了继续侵入系统。等到红绡开始起舞时，他才猛地一震，向通信隧道中灌入指令。

"请举起双手，我们将锁上你的义体。如有疑义，请随后向环区管理公司反映。"安保机器人举起一把义体锁，示意屈望低头。

"呃，什么？"屈望故作不懂。按这些安保的内置程序，他如果表现得毫无侵略性，它们一般不会采取强硬手段。

他现在需要拖时间，完成对超算的控制。

"请举起双手……"机器人又开始匀速重复刚才的话。

屈望一面瞭着内向屏，一面迅速加固这个隧道的安全性以避免被系统的入侵检测发现。这条隧道还很孱弱，如果不加固，大量从这里异常灌入的指令会被系统发现。屈望细致地做着准备工作，将这条隧道层层"掩埋"，保证在短时间内系统的入侵检测程序无法发现这条隧道的异常。

随着诗朗诵渐入高潮，直播中的画面终于切换到了太空中。摄像的视点似乎是一个高出黄道面上万千米的位置，海瑟里安行星环像是圆环形的沙尘之海，铺在深邃的星空之中。

太阳风暴来了。所有的小行星上的可编程反光膜被激引出浓郁的色彩，组成一面灰墨色彩的山水画，像是一圈水墨环面。随后，音乐继续，反光膜如同一个个像素点开始变化，水墨的溪涧之间出现游鱼。墨色游鱼在大片的灰白中游动，随后沙尘之海开始被重力控制系统牵引，运动，灰色的沙石在星夜背景之下晃荡着，模拟出水波荡漾的效果。

沙画表演正式开始了，超算核心也涌入了海量的运算指令，实时控制着整个环区的重力场。直播画面中的每一次水波荡漾都是小行星岩块在数千米的尺度上急速运动，放在地面上，这就是十二三级的地震。

不知有多少人在刚才的晃荡中被甩出了家园，惨死太空。

"快一点，快一点。"屈望焦急地等待着通道加固完成。几秒之后，所有的安全指令都已经运行完毕，他现在搭好了一条勉强可用的隧道，通过这条隧道他可以以 root 权限执行任意指令，控制环区任意位置的重力场。

直播画面中尘海运动荡起的模拟水波逐渐停止。屈望监听着超算核心的计算任务队列，新一轮的沙画计算任务正在被分配进来。身边，安保机器人还是没有采取强制措施，在等待他低头。

屈望冷笑一声，将这些任务直接踢出了任务队列，让行星环的重力保持原来稳定的环境。

直播中的反光膜像素依然在变幻着，但超算中心被屈望控制了，沙画运算的任务无法完成，行星环这片沙尘之海不再运动。失去砂砾运动的配合，反光膜像素组成的水墨动画看着扭曲而怪异。

屈望成功掌握了整个环区的重力场。现在，该进行最后的清算了。

他注入计算任务，将自己周围的重力场升至上万个 G。一瞬间，安保机器人被甩飞，砸到了墙上，成为一对废铜烂铁。

"红绡，"他闭上了眼睛，"我来了。"

<br>

<h1 style="text-align:center">三十三</h1>

重力如狂浪潮起，而后退落。

重力势阱在井道中快速向上运动，也挟带着屈望的义体残躯飞速向上。加速到一定程度后，屈望撤去无形的重力镊子，而是凭着惯性向上滑行。只是偶尔会偏离运动轨迹，为控制自己身边的重力场，对自己施加必要的加速度。

循壁机器人检测到了异常，在井壁上追逐着屈望向上。"哼。"屈望向超算快速编入更新重力场的需求，片刻，上千个 G 的重力场"砰"地施加在追逐他的循壁机器人上，机器人瞬间被挤扁、破损、爆出火光，最后变成一片片凭惯性向上滑动的碎片。

屈望用重力场将这些可能伤及自己的碎片弹飞。

由于沙画表演无法继续，直播频道现在已经被切出太空视角，镜头一直对准在南浦之台上的红绡。这个原本可能只是涂山禹计划中的点缀营造意境的副舞台，现在临时成了主舞台。

几分钟后，屈望飞出井道，稳定在空中后，他将球形镊展成椭球形，稍稍修改镊子内部的重力场分布，让自己在空中加速前进，宛若飞行。

以前在 GG 公司搞活动时，员工之间常常就会玩用重力场控制小物件飞来飞去的游戏，那时屈望就存了一批各种各样小程序，比如可以随着意识的转移而控制球形重力势阱的位置和大小的程序。通过这些程序，他能成倍提高控制重力的效率，避免每次都要向超算核心注入密密麻麻的作业任务。

他快速飞向南浦之台。由于身边裹着一层势阱泡，呼啸的风声因为畸变听着有些怪异。在正前方，海瑟里安正缓缓沉下大峡谷的地平线，而太阳，正从海瑟里安幽暗的阴影中逐渐上升，为海瑟里安的边缘镀上半圈金黄的弧光。

无数安保机器人向屈望扑来。他一挥手，心念过处，重力的浪潮如排山倒海般涌起，将这些机器人碾碎、击飞。

"我回来了。"屈望飞到云桥之上，停稳自己。机器人正从四面八方围来，全被他的重力场拒之于外；南浦之台上有人在朝屈望射击，可能是卫兵，也可能是安保机器人，但他们射出来的高速钉刺无一能射穿屈望周围上万个 G 的减速屏障。

屈望将目光集中在云桥的顶端。

在一片烟霞之中，红绡身披华服，轻旋慢近，云袖飘荡，顾盼生姿。看着她这一身丹赤的华服，屈望忽然想起她刚搬到自己隔壁的那个夜晚，那个泡在水球中身上缠绕着红浴巾的红绡。

他生成一个球形重力镊，将红绡的身躯提起，往自己这边带来。红绡的身姿依旧在涂山禹的控制下舞蹈着。

屈望抱住红绡，然后将她颈后的无线接口拔出。

"你……"红绡抱住他的脖颈，"你是怎么过来的？沙画呢？"

"我控制了整个环区的重力场。"屈望轻轻抱着红绡，"沙画被我停止了。"

红绡长舒了一口气。她的长发在高空的风中飘舞着，遮蔽了屈望的部分视线。"我们回去吗？"她问。

"不，我们——"屈望话音未落，他胸部猛地一痛，随后才听见一声巨大的枪响。

超声速的弹药！屈望往枪响的方向看过去，昆吾正站在南浦之台的一处山崖上，手中握着晨星。

"大叔！大叔！"红绡焦急地叫了起来。

屈望感觉义体供能线路被打断了，运算中枢很快将失去能量。"我没事。"他心中叹了口气，"我马上送你走。"

"你……你呢！"

屈望没有回答。他发出了最后的指令，磅礴的重力场笼罩了近十几千米的范围。一时重力如海，狂澜涌起，腾浪触天，将南浦之台以及周围大峡谷的一部分山崖撕裂、挤碎，涂山禹所营造的仙家景象纷纷塌裂，河川沸腾、山冢卒崩，假山与假山之间错列滑开，高岸降为深谷，深谷起为高陵。随着大尺度的地层应力的累积与释放，南浦之台附近的冰层地面颤动、开裂、崩毁，在大峡谷的两侧撕出两片楔形的缺口。

屈望瞄了眼沙画表演的直播，直播将这段灾难性的画面摄录了进去。他立刻将南浦之台的所有泥石揉碎，然后在半空中用势阱划出两行大字，让细碎的泥石填进去：

十万矿工的命不如你们国庆的一场小小表演

屈望不知道这个画面有没有被成功转播出去。就算直播掐掉了信号，他相信会有好事者在网络中挖出这段视频，然后传播出去。在环区这个罪恶世界之外的帝国，即将会有人知道这个人命不如沙尘的血腥地狱。

"大叔！大叔！"红绡哭泣起来，"你的义体！"

"不要慌，我们赶快下去。"屈望控制着重力场，带着自己和红绡下降，靠近地面。他的视野正在灰暗缩小，义体已经濒临崩溃。运算中枢开始宕机，他已经无力再控制重力场了。"你一定要活着——"

砰！

又是一声巨响，昆吾不知从哪里射来的子弹。屈望的腹腔被彻底打碎，子弹的冲击将他击飞出球形重力镲，残躯飘摇下坠。

他看见红绡正挣扎着想跳出正在向地面运动的重力镲，立刻调出自己最后的一点义体算力，让那个重力镲强度变强，锁住红绡的运动。

"对不起……"屈望在心中默默祷祝，"红绡，你要好好活下去。"

峡谷间的狂风将他下坠的身躯吹得四处翻滚。在最后的昏暗视野中，天地在一圈圈旋转，红绡趴在势阱中，右臂上的红绸像是初绽的桃花，挂在十万大山初春的枝头。

冷风如刀，他的视野昏黑下去，只看见峡谷与天地在旋转。

最后渺茫之中，他仿佛回到了自己的家中。清晨时分，他从床上坐起，看见的正是这样疯狂旋转的星夜与海瑟里安。

屈望笑了笑，缓缓闭上了眼睛。

也许下次他睁开眼睛时，一抬头，就能看见红绡站在隔壁的小行星上，朝他微笑。

# 渡海之萤

一

距离青夏之扉开启：七天

逃跑失败了。

我被风扉生抓住，又一次带回了树上的木屋。

她一脚把我踹进屋中，"零零庚，这已经是第五次了。"

我脚下一个趔趄，扑倒在地。撑肘勉强支起上半身，我看看四周。木屋和往常一样，四壁是树的枝干密密麻麻缠绕而成的木墙。墙上，枝干们裂开两个椭球状的口子，像两颗大睁的眼眶，这是木屋的两扇窗户。

"七天后，青夏之扉就要开启。你是我们的希望。"风扉生又踹了我一脚，我趴在地上，她的脚压在我身上。"要是再让我抓到你逃跑，小心我抓你去喂蛇。"

我站起来，然后拉着另一我站起来，冷冷看着风扉生。

"我们十万大山的命数系在你身上。"风扉生说。她裹着宽大披衫，流苏垂地，半边脸遮着枯木面具。"那些机械人类不知道什么时候又会攻来，时间已经不多了。"

这颗星球的命数，关我什么事。我默默拉着我另一副身子上的手。

在这座小岛上，我整整被关了十三年，每天都在被这个疯女人做测试和实验——我的两副身体被她分开，头疼欲裂，意识麻木。这种麻痛爬过我的头皮，像是细细的藤蔓穿行在我的颅骨与头皮之间，挤开皮肤与骨质，再用藤上的倒刺钉在头皮上。

如果我再不逃跑，说不定我就会死在她的手上。

"我不敢——""——再逃跑了。"我说。

"去测试。"风扉生守在门边。

我沉默着走到两扇窗户前。窗前各有一套桌椅，上置纸笔。我的两副身体分别在两张椅子上坐下，从两扇窗户望出去，将看见的景色绘在纸上。

木屋离地面有四五十米高。从窗户下望，草地远铺，几百米外即是大海。此时正是初夏的黄昏，血红的月亮升于大海。草地上苍鹿三三两两正在觅食，一对对名为青萤的小虫在空中飞舞。

我将所见画在两张纸上，交给风扉生。

"这条长线条是怎么画出来的？上下？下上？"风扉生开始每日的例行询问。

"从上——""——到下。"

"画的是什么？"

"鹿和树。"

询问持续几轮。突然，风扉生指着画纸上的一团线条，"这是什么？"

"一个人。"我说，"还有——""——一条船。"

"鹿岛怎么可能有人？"风扉生立刻走到窗前，向外看去。几秒后，她面色阴冷地转过身。"零零庚，今日的训练结束了，你自己活动去。我去把那个人赶走，鹿岛是禁地，不准任何人进来。"


## 二


距离青夏之扉开启：六天


例行的绘画测试结束后，已是黄昏。

昏暮的两小时是我一天中唯一的空闲，风扉生会在岛中心的巨树"小太史公"（我不知道她为什么要这么称呼这棵树）上处理数据，我在滨海草地上散步。

我在海边遇到了昨日的那条船。

船前站着一个青年男子，是昨天我画画时看见的那位闯入者。男人披着一身素雅的灰袍，腰封上挂着一管骨笛，一节竹筒。他正蹲着给一头小鹿处理伤口。看见我的一瞬，他身子一紧，面色僵了僵。

在鹿岛上这么多年，我还是第一次遇到靠近这里的闯入者，也许，这是让我逃走的绝好机会。

我走了上去。

小鹿似乎是被森林中的野狼咬伤了，它的后腿上裂开一道深深的口子，血水混着痂块染红了棕黄色的皮毛。男人从腰旁的竹筒摸出一粒药丸，在小鹿的伤口上捏碎，药丸中爬出上千条密密麻麻的细长丝虫，钻入伤口，刺入血肉，经纬交织，变成一片封闭止血的"虫布"。

"姑娘们，"男人拍拍小鹿的身子，站起身，"我只是来画画的，画完画我会自行离开。我是白戈，哀牢白家。我知道这里是峨屏王的地方，我无意冒犯；我只是想画幅画而已……求求你们不要赶我走。"

名叫白戈的男人喋喋不休。

我不知道岛外的世界是什么样子的，也不理解他的话。"我们？"我看看周围。除了他，这里只有我一个人。

莫非这个白戈和风扉生一样，也是只有一副身体的人？

"你，"白戈指指我，"还有你。"他手指一偏，又指指我，"你们不是两个人？"

"我——"我拉住另一个我的手，"——是一个人啊。"

白戈愕然，"啥？"

"你是来画画的？"我岔开话题，盯着他，同时盯着他的船。青萤们一对对在我们周围飞舞，小鹿屈腿趴着，低头舔着盐渍。

"请不要赶我走。"白戈说，"过几天青夏之扉开门，气候逆转，我想画一画大雪中的鹿。"

我不是风扉生，我不会赶他走。"你能——""——带我走吗？"

"什么？你们是……"白戈看看我，"不像是贱民、奴隶。有人限制你们的自由？"

"我被昨天赶走你的那个女人关在岛上。"

"风扉生!"白戈身子颤了颤,面色忽而苍白,"她是风家的人,还是峨屏王的手下。我可不敢插手峨屏王的事。虽然白家也是大族,但峨屏王前几年平定机械人类的进攻,权势比白家强大。……对不起。"

从巨树小太史公上传来钟声。

"我该回去了——"我朝白戈摆摆手,"——不然风扉生会来抓我。"

"等一下。"白戈说,"这头鹿你们能带回去吗?我不方便照顾它。"

我犹豫了一会儿,走上前,抱起小鹿。风扉生不允许我照顾岛上受伤的动物,她从来都是让它们自生自灭。要是被风扉生看见我救下了小鹿,多半又是一顿毒打与折磨。

"那我先走了。我不会和风扉生说的——"

我朝他盈盈一笑。

"——有个外人在岛上。"


三


距离青夏之扉开门:五天


我还是想逃跑。

夜晚,我悄悄爬下床,拉了拉窗边垂下的藤蔓。藤蔓下吊着的紫色小花亮了起来,照亮了桌面。

窗外,血月高悬,彻照大海。海面上波流行涌,捧起细碎的月华。

浩渺的大海不见鸟鱼踪迹，像是无边际的囚笼，幽闭着鹿岛，也幽闭着我。

我看了下受伤小鹿的状态，然后拉出两张椅子，坐在桌前，在构思逃跑的计划。

几小时前的黄昏，我又在海岸边逛了逛。白戈把船泊在森林那头从巨树上瞭望不到的地方。也许，我可以再去找找白戈，求他帮我逃走，或是想办法在他画完画离岛时悄悄上船……

我在纸上画上了地图，研究穿过森林的路径——尤其是怎么躲避风扉生在巨树顶端下望的视野。

屋外忽然响起了脚步声，小鹿在草窝中不安地动了动。

我立刻站起身。几秒后，脚步声停止，房门打开，风扉生走了进来。

"糟了。"我想收起桌上的地图，但风扉生已经看到了，我不敢乱动。

"还不睡？"她盯着我，露在半张面具外的半张脸神色漠然。

"画……"我一下子有些结巴，"——画。"

小鹿叫了起来。风扉生看了眼草窝，冷哼一声。"我说过，不准救受伤的动物。"

我低着头，不敢说话。幸好小鹿腿上的那些白戈用药丸封闭伤口时留下的虫网已经脱落，不然风扉生会发现给小鹿治伤的不是我。

"这头鹿我带走了。"风扉生说。

我点点头，小心地用身子挡住桌面。若是平常，我可能会求着风扉生救治小鹿，但现在，我只希望她快点走，别发现我桌上画的地图。

"还有，告诉你一个消息。"风扉生说，"我和峨屏王联系过了，五日后王上的舰队将到达鹿岛，我们会带着你去青夏之扉。"

我只能点头。我不知道风扉生究竟要带我去青夏之扉做什么，她从来没说过。

"哼……唉……"风扉生忽然柔和地叹了口气。她拎着小鹿的脖颈，提起小鹿，任凭鹿蹄踢在她身上。"我也不想。"她看了我一眼，"对不起。你应该是最后一个了。"

她关上门，"不会有零零辛了。"


## 四

距离青夏之扉开门：四天


初夏的这个黄昏，冷风正从几百里外的青夏之扉所在的海面上吹来，气温开始下降。我裹着厚羊毛披衫，往海边的丛林走去。白戈正住在丛林深处的小屋中。

血月斜升，潮声遥来。

我站在小屋前敲敲门，被白戈引入房间。

"你们叫什么名字？"他说。

屋中炉火旺盛。我解下两件披衫，挂在椅背上，"零零庚。"

"什么？"

"零零庚——""——甲乙丙丁，戊己庚辛。"

白戈在画架前摊开画纸，一盘颜料棒摆在一旁。画架旁的木桌上摆着一个金属圆盘，上面有成百上千条细小的丝虫在蠕动，组成各式图案，仿佛一个个篆字密堆成一团，纤长的笔画相互纠缠扭结。——这些丝虫，看着很像白戈给小鹿治疗时药丸中涌出的那些丝虫。

"零零庚……○○五？"白戈沉吟着，"这不就是个编号吗？等等——你们……"

他突然不说话了。

"我们——""——怎么了？"

"抱歉。"白戈停下画笔，他正在画鹿，"这些编号……让我觉得你们像是实验的素材，风扉生可能在你们身上实验什么东西。"

我默然不说话，思考着怎么说服白戈帮我逃跑。

"我觉得你们，"白戈看看我，又转头看看我，"像是被天命师改造过。风家是天命术的唯一传承者，只有他们能改造人的基因。峨屏王可能想用你们干什么事情。"

"天命师？天命术？"我不懂这些名词。

"我是地命师。"白戈指着金属圆盘，"这些命盘上的尾虫，可以控制、可以编写术式。这个是蛊种——"他从身边的竹筒中摸出一粒红丸，放入金属命盘之中。一时间，细长的尾虫们开始蠕动、游移。片刻，蠕动静止，命盘上出现了新的图案。"蛊种可以触发术式。通过尾虫，可以改写生物的基因。"

基因我知道。"我是——"我看看另一个我，然后紧张地拉起另一个我的手，握在一起，"——被改造出来的人？"

白戈有些犹豫，"只是可能。我只是地命师，只会改造动植物基因。风家的天命师有设计人类基因组的能力。……不过，我可以帮你打听打听。"

"谢谢。"我低下头，想问他能不能带我走，但一时又说不出口。

一对青萤飞入屋内，在我和白戈之间飞舞。据说，这种昆虫会在青夏之扉开门时离开鹿岛，渡海而去，飞赴大海之中的青夏之扉上空。我想象着这对青萤飞离鹿岛时的样子，歆羡它们可以渡海逃离鹿岛的自由。

"你在——""——画什么？"我岔开了话题。

"我知道你们在想什么？"白戈拿起颜料棒，在盘子上摩擦，调试色彩，"我在画鹿。我会把这幅画编入蛊种之中……"他叹了口气，"鹿的眼睛最难画。那种明亮的质感，那种充满希望的感觉，用植物中的色素真的很难表达。就算是我哥，哼，他肯定也画不出来。要是这次我画成了，不知道父亲母亲会不会正眼看我一眼……唉。"

他终于停下了自言自语，看着我，"你们想让我带你们逃走。"

我点点头。

"抱歉。"白戈转过身，"我不敢惹峨屏王。"他顿了顿，"虽然我想帮你，但是峨屏王会在几天后亲自来这座岛。"

我知道，峨屏王会在三天后来，风扉生昨晚对我说的。

又一次从小太史传传来了钟声。

"谢谢你——"

我披上披衫，忍住痛楚，向他轻轻一笑。

"——谢谢你。"

我转身，走向门口。

"你们的眼睛，真的很漂亮。"白戈的声音从我身后传来，"明天就下大雪了，我想给你们画幅画。"

# 五

距离青夏之扉开门：三天

黄昏。

我站在雪地中。

风雪涨起，白戈正在画架前绘画。

血月从木屋一角斜升，赤华倾泻，下照苍苔。

青夏之扉马上就要开门了。寒气正从这个海上巨洞中涌出，不久之后四周的海面就会冰封。苍鹿们正漫步于风雪林间，一对对青萤则躁动地在灌木丛中飞舞。三天之后，它们就会渡海而去，受本能的驱使飞向青夏之扉。

"峨屏王，究竟是谁？——"我问，"——他很可怕吗？"

白戈的手顿了顿。他停下来调了会儿色彩，才说："你不知道他？"

"我没出过岛。"

"那是好多年前的事了。青夏之扉开门，机械人类从天而降，入侵我们十万大山……机械人类血洗了我们一个又一个山寨。"白戈说，"峨屏王，那时候只是一介贱民。他起于战乱，领军打败了机械人类，成为英雄。他也是古往今来，唯一一个从贱民升至王族的人。"

我虽然听不懂白戈的某些词语，但还是听懂了大概的意思。"他来鹿岛干什么？"

"视察。"白戈说。

"视察——""——什么？"我问。

"视察……"白戈在画卷上抹下大片苍青，勾画出明暗，"你们。"

大雪飘荡，月华晕暗。我呆立原地。

"唉……"白戈叹了口气，"我查过了，但还是不知道为什么你们会两个身体共用一个意识。"

"两个身体共用一个意识？"我看看另一个我，"所以世界上大部分人——"我说，"——都和你和风扉生一样，只有一副身体？"

白戈点点头，"是。"

我一直以为全世界都是我一样的有两副身体的人，风扉生才是世界上唯一一个只有一副身体的怪物。

原来我才是世界上的异端。

我沉默着、恐惧着。我轻轻握紧我的手，我的手上正传来我的颤抖。

"那……"我想了想，"峨屏王、风扉生，他们想利用我做什么？"

"我不知道。"白戈说，"家里人跟我说，峨屏王想用你们去干一件和青夏之扉相关的事情，但具体是什么就不知道了。"

我沉默下去。白戈默默作画，我在思考风扉生对我进行的那些测试：她常常把我的两副身体远离，让我头疼欲裂。这些测试背后的目的是什么？这和大海上的青夏之扉到底有什么关系？我怎么才能逃走？

"好了，画完了……"半小时后，白戈收起画纸，声音几乎虚脱，"回头我得把这幅画编入种子。这次爸妈肯定会无话可说，哼！"

巨树小太史公上的钟声响起，我该返回了。

"谢谢你。"白戈说，"那个……"

"怎么了？"

"我不会马上离开鹿岛的。明天我还在这里……虽然不知道你们为什么会变成这样，但如果你想分裂意识，变成正常人，可以来找我。"

"分裂了之后，我能逃离这里吗？"我问。

白戈收拾画架的动作停了下来，"恐怕不行。"


六

距离青夏之扉开门：二天


今天，例行的双身体长距离分离测试持续了整整四个小时。我的两副身体被分离在两个房间中，间隔超过五十米。剧烈的头痛让我意识模糊，脑内的血管仿佛变成了生满倒刺的藤条，扎在颅腔内，眼泪失控涌出，我心中不断咒骂风扉生。

"后天开门，一天后关门……"风扉生站在我面前，半张脸的枯木面具后表情冷冰冰，"你现在只能分开五十米，实在是太没用。——你不能辜负十万大山和王上的期望。"

我趴在地上，痛楚久久不退。

黄昏。

血月在漫天的风雪中朦胧不清，青萤们全都蛰伏起来，似乎是在为后天的渡海蓄积最后的能量。

我行走在雪地上，考虑趁大海冰封离开鹿岛。但青夏之扉关门后，反常的极寒气候会在几天内结束。几天时间……我又能在渐渐消融的冰面上走出多远呢？

我顶着风雪走入林间。进入小屋时，白戈正在对着昨天的画操作命盘，命盘上的尾虫们纠缠、游移，变换着图案。

我抖去两件披衫上的积雪，关上屋门。

"终于把画编写进去了。"几分钟后，白戈长舒一口气，从命盘的中央取下一粒拇指末节大小的种子。他转身看着我，说："我把那幅画编入了蛊种，这一次，我画出了超出了自己极限的画，应该能说服我父母了。"

"说服父母？"我问。我不知道白戈说的把画编入种子是什么意思，也无瑕关心。

白戈苦笑一声，"都是些往事。你是来分裂意识的？"

我点点头。

白戈从衣襟中摸出两个金属小瓶，小瓶盖子上竖着细针。"这个叫'注射器'，"他说，"是那些机械人类入侵者的技术，算是违禁品。……我也是托熟人用通信雀送过来的。"

我接过注射器，"注射器——""——怎么用？"

"把针尖刺入皮肤，瓶子里的药剂会进入身体。"白戈说，"这里面的药剂是机械人类为了对付我们的命术准备的，可以压制我们身上天命师布置的奇异基因的表达。你们一人使用一支，导致两副身体共用意识的基因表达估计会被压制。"

"我——"我看看另一个我，"——会变成什么样子？"

"药效过去之后，大概你们各自会有独立意识，但相互之间还会有意识上的联系。当然，这只是我的猜测。"

"谢谢。"我收起注射器。

"还有……"白戈说，"虽然有些冒昧，但我给你们想好了名字。你们不如以鹿为姓，一名离忧"，他指指我，"一名无患。"他又指指我，"虽然离忧有点歧义……在很久之前，'离'有'遭遇'的意思，但我们还是当成'离开忧愁'来理解吧。"

鹿离忧、鹿无患？我想象着这几个字。"谢谢。"

"抱歉。我还是没办法带你们离开。"白戈摇摇头，"真的很抱歉。"

"没事。"我说。

"不过，峨屏王在来到鹿岛前，他的御用地命师会在海面上生出一条栈道，通往鹿岛外十几千米远的一座小岛。后天青夏之扉开门，你们……"白戈语气谨慎，"可以想办法从栈道离开鹿岛。"

小太史公上的钟声又一次回荡鹿岛，在呼唤我返回树上。

"谢谢。"我朝白戈鞠躬。

"不用客气。你们的眸子很美，让我永生难忘。"


七


距离青夏之扉开门：一天


风息雪止，沧海凝冰。

海面仿佛莹蓝色的镜面，倒映灰蒙天光。青萤们蛰伏在树丛，在枝丫积雪下隐隐露出翠色荧华。

我坐在木屋的窗前，画着眼前所见之景。在我右手侧，鹿无患坐在另一扇窗前，也在画画。

我看见了白戈说的那条栈道。栈道在海面上破冰而出，像一条蜿蜒在冰面上的藤蔓，延伸到海天尽头。我忽而觉得自己的人生也是一条一直盘旋在鹿岛的藤蔓，而这条栈道，能将我引出鹿岛。

这应该是我和鹿无患最后一次心理绘画测试了。风扉生去小太史公的上层准备数据，无暇顾及我们的最后一次绘画测试；我们准备在晚上从栈道逃走。

昨天晚上，我和她使用了注射器。一夜之后，我们意识分裂，某种神秘的联系从脑海中切断，我和她的身体各自有了独立意识。不过，我和她似乎冥冥之间还有意识连接，她的所思所想，我依然能感觉到。

我心中一动，鹿无患在看我，意识中传来的感觉告诉我，她已经画完了。

我和她交换了想法，将画放下，离开木屋，静待夜晚。

夜晚。

血月高悬，已近满月，天地间万籁无声。

我披上披衫，和鹿无患悄悄溜下巨树，涉雪而行，走向海岸。雪积了几厘米深，一脚脚踩下，蓬松的雪被压实，留下脚印。

我跟着鹿无患走到栈道前。突然，鹿无患停住了，我感觉到她内心紧张、惊慌的情绪正在蔓延。

我抬头望去，一头硕大的苍狼守在栈道桥头。狼背上坐着一个人，手执骨笛，一身披衫披在苍狼皮毛上。衫上绣以金银丝绦，结百兽率舞之图纹，柔长流苏垂在下摆。她的身影沐在血月的光华下，像是泼满鲜血的阴暗雕像。

是风扉生。

苍狼脚边，一圈藤蔓捆着一个人，是白戈。

"你——"风扉生转过头来，居高临下，以骨笛指着我和鹿无患，"不，你们——很好。"

她发现我们想逃跑了？恐慌情绪突然从我的心房涌出。"我只是——"我说。鹿无患立刻察觉了我的想法，她开口补上："——出来走走。"

"你们尽管装。"风扉生一声冷笑，"你们尽管装！"

"您在——"鹿无患说。我立刻跟上："——说什么？"

风扉生从怀中摸出两张画纸，扔在地上。"你们的意识分开了。"

"什么——"我说。鹿无患说："——意思？"

"看看你的——不，你们的画。"风扉生说。

我低头望向画纸，是我和鹿无患傍晚画的心理测试画。图画似乎没什么问题——鹿无患的意识忽然向我传来一阵混杂着某种理解的惊惧，我立刻明白了她的想法：我们画的画和以前不同了。

以前，我和她共用同一个意识，画画时坐在两个视角不同的窗口前，会在两张纸上画下两个视角相互重叠的画；意识分离后，我和她的画都是各自窗前的视角，没有重叠。

我们忘了这个问题。

蜷在地上的白戈勉强抬起头，"风扉生！你放她们走吧！"

"闭嘴。"风扉生冷笑着，"你信不信我能把你绞死丢到冰层下面去？"

"我是白家的人！"

"如果机械人类又来了，你负责？"风扉生顿一顿，"还是，你们哀牢白家负责？"

白戈立刻不说话了。

寒风吹卷，苍狼的毛发"簌簌"抖动着。我拉起鹿无患的手，和她交换想法。"放白戈走。"我说。鹿无患说："我们不逃跑了。"

"别管我！"白戈扬起头，勉强望向我们。

"哼。"风扉生瞪着我和鹿无患，"明天青夏之扉开门，一切还来得及。你们跟我来，我给你们恢复意识连接。"


## 八


沿着绕树干螺旋上升的梯道，我和鹿无患登临小太史公的最高层。风扉生披衫垂地走在前面，手上提着被藤蔓缠成粽子的白戈。

这是我第一次来到小太史公这么高层的地方。

楼梯末端的平台离地面有百米以上，四望可见粗壮枝干纵横交错，荫盖之下，隐隐可见整个鹿岛的走势。平台宽十米多，木地板上有一圈泥地，上面竖着六个墓碑，碑上分别写着：鹿生、零零乙、零零丙、零零丁、零零戊。我立刻反应过来，这是之前死在风扉生手下的孩子们。

墓碑前有团草垫，上面睡着一头小鹿，是几天前白戈救下，被我收养，又被风扉生带走的那头。风扉生居然把小鹿带回来收养了，我有些压抑，我以为她会把这头小鹿扔到森林中放任不管。

风扉生站在棕褐的树皮前。她伸手前按，树皮上忽而裂开一道小口，探出一圈嫩芽缠上她的手腕。片刻，嫩芽退去，树皮向两侧褶曲着退开，形成一扇门。

我拉着鹿无患的手，跟着风扉生走到门口。

门后是开辟在树干内的巨大房间，天花板和四周墙壁上垂出一道道藤萝花灯，照亮四周。

房间中央陷着一个大坑，坑中放置一只两人高的硕大肉囊，像是一只巨大的虫蛹。数十道肉质的黏丝从肉囊表面连接而出，沿着地板上刻画的通路网络分裂、交叉，组成一片网络系统。黏丝网络的终端汇聚在一个木台前，黏丝们缠着木台支柱上升，接入木台上的金属圆盘背面。

"这就是你们天命师使用的造身肉囊？"白戈问。

"是。"风扉生一松手，把白戈扔到地上。她走到木台前，操作着命盘，片刻，肉囊上裂开一道缝隙。

"走到肉囊前面去。"风扉生对我说。

我和鹿无患乖乖走到肉囊前。肉囊里裹着一团液体，液面光华粼粼，却不见波动。片刻我才看清，液体中浸泡着无数条细长尾虫，粼光是尾虫蠕动形成的。

"我们还能反抗吗？"我在意识之中问鹿无患。

她拉起了我的手，然后向我传来意念："别反抗了，不然风扉生会杀了白戈。"

我握紧鹿无患的指尖。跳进这个肉囊后，我们的身体会被改造，过一会儿，"我"和"她"又会成为"我"。

我侧过头，风扉生正操作命盘，地面的黏丝网络闪过一阵阵光华。光华前前后后汇入肉囊之中，肉囊蠕动着，更多的尾虫从内壁钻出，跳入液体。

"好了。"风扉生说。肉囊的蠕动平静下来。"你进去吧，放心，不会被淹死。"

"风扉生，放了他们。"白戈突然说。

"来不及了。"风扉生说。

后面传来白戈蠕动身子的声音。转过头去，我看见他正挣扎着从捆扎他的藤蔓中抬起头。"她们还是孩子。"白戈说。

风扉生冷哼一声。"孩子？不，她们只是工具。"

"你想让她们去探索青夏之扉，对吧？"白戈忽然问。

风扉生说："这不归你管。你再说话，我就把你绞死。"

我得想想办法，我不想死在这里。我观察着周围的形势……也许，我能救自己，救鹿无患还有白戈。

"没用的。"鹿无患在意识中和我交流着，"风扉生比我们强。"

"总得想办法。"我回应着鹿无患。

"白戈还在风扉生手里，我们反抗的话，风扉生会杀死白戈。"鹿无患提醒我。

鹿无患说得对。但是……我忽然想到了一个方法。

我可以抱着风扉生跳进肉囊，这样的话，我会和风扉生的意识连接在一起——也许，我就能用我的意识干扰风扉生的行动。

我内心挣扎起来。如果我和风扉生的意识连接了，我会变成她吗？

我有些担心。但是，如果再不行动，我和鹿无患就会和门外的那六个墓碑的主人一样，死在风扉生手中。

"不要！"鹿无患忽然向我传来意念，她察觉到了我的念头。

我一咬牙关。已经没有时间思考了，必须行动。我下定决心，松开了鹿无患的手。

风扉生和白戈还在争吵，在他们没注意到我的瞬间，我大步前冲，撞进风扉生的怀中。刹那，我和风扉生的身体失去重心，跌入肉囊之中。

"你！"风扉生用力挤开我。我拼死抱住她，将她压入肉囊。腥臭的囊内液瞬间裹紧我和风扉生，肉囊的缝隙倏尔关闭，夹断了风扉生的披衫。

风扉生在水下怒吼着，挣扎想冲出肉囊。一两秒后，尾虫刺入我的皮肤，麻醉感直冲脑海。须臾，液体灌入我的肺部，我昏晕过去。

在一片混沌中，自我的感觉正在逐步解体。我感觉我的意识正在放大，随后，一段陌生的记忆接入了我的脑海，混合在了我的记忆之中。

## 九

三十三年前。

逃跑失败了。

我被父母抓住，又一次带回木屋中。

母亲把我扔到床上，"扉生，第四次了。你不能再逃跑了。"

我往床上一缩，尖声叫道："我不想学命术！"

"你是风家的人。"父亲冷冰冰地说。

"风家的人就必须学命术？"我哭着问。

"只有我们会天命术，我们必须学。"父亲说。

"不要！我不要学。每次都要杀小动物，我不要！"我用力踢着被子。

我想起了在学命术的过程中，父母带着我解剖各种小动物，从虫蛇鸟雀到狐狸小鹿。他们教我如何控制这些动物的神经，如何改造它们的基因。但我看见的，只有动物们在刀下瑟瑟颤抖的身体和哀求乞怜的眼神，还有它们血淋淋的筋肉与脏器。

"我不想伤害这些动物。"

"习惯了就好。"母亲说。

"我没法习惯。"

"三天内你不准出门。"父亲说，"雕的木头小鹿也先不给你了。"

"我才不要你雕的小鹿。"我说。

父母走了。我一个人缩在床上。

我讨厌我的父母。

他们是青夏之扉的探险家，一心想进入青夏之扉那个海上大窟窿里面，调查扉内的秘密。但是，所有进入青夏之扉的探险家从来没有活着出来。

我出生时，父母就在青夏之扉上空的考察舰队中工作，扉中喷涌而出的寒气冻伤了尚是婴儿的我的侧脸，半边脸留下了丑陋的伤疤。因为伤疤，我被其他孩子嘲笑，走到哪儿都能听见喊我丑八怪的声音。

风家是十万大山的望族，也是可以修改人体基因进行人体改造的"天命术"的唯一传承人。原本，风家之人大都可以通过天命术消除身体上的残缺疤痕；然而，我的父母付不起给我祛疤的钱，也没有足够的功勋换取改造身体的机会。他们心里只有青夏之扉，至于我，他们从来不管。

我只能自己做了半边脸的面具，遮住疤痕。

"风扉生！丑八怪！""风扉生！疤子脸！"窗外忽然传来别的孩子嘲笑我的声音，他们一定是看见了我被父母抓回家。喊了几声后，窗外响起笨拙的骨笛声，那些孩子正用骨笛控制小动物们对垒，在泥沙地面玩战争模拟游戏。

我抽泣着，眼泪打湿了衣衫。我现在只想离开家，离开风家，离开离泽城……十万大山的群峦与血月之下，有的是地方流浪。

半个月后，我又离家出走了。


## 十


逃跑途中，我在栈道上遇到了一头受伤的小鹿。

盛夏时分，群山之间雾气醇厚，似欲滴水。粗壮的树木枝干从山崖的岩壁缝隙间扎根长出，拱起栈道。栈道栏杆旁，细弱枝干从栈道侧面斜生而出，以优美的弧线回绕到栈道上空。枝干末梢挂着紫铃小花，花蕊亮着荧光，照亮了路面上的落叶和腐殖土。

小鹿屈腿趴在紫铃花路灯下。它看着不过几个月大，棕黄的皮毛挂满湿漉漉的雾气，后腿上的伤口裂着，血水混着血痂从伤口流出。

我走上前去，半蹲下来查看它的伤势。小鹿可能是从一旁的山崖上摔下来的，万幸落到了栈道上，没有跌入栈道下分辟千仞的峡谷。

我不知道它是和父母走散了，还是和我一样，离家出走，然后在现实中折断了腿骨。

我轻轻揉了揉它的茸角，它"呦呦"叫唤着昂起头，吐着舌头往我的掌心舔来。

骨折，出血……好像不算特别重的伤，只要回家拿点药给它敷上就好。我心中安定，却又猛地一惊：我不能回家，也不想回家。

但如果不回家，在这荒野之中，我治不好小鹿。小鹿就会死掉。

栈道地面传来轻弱的震动，我身后传来父母和亲族的呼唤声："扉生——"

他们来找我了。我慌忙抱起小鹿奔跑前行，小心搂着它的身躯，尽量不碰它的断腿。同时，我从腰边竹筒中摸出一颗蛊种，捏破，洒在身后。蛊种中密封着一团粉尘，可以遮掩我的气味踪迹，避免被父母所役使的狐狸们嗅到。

我在荒野中抱着小鹿跑了一天一夜。我跑过一条条栈道，跑过峡谷与河流，跑过粉云凋落的桃林，跑过山间村寨，跑过村寨外祭祖的小庙。

我的体力还能撑住，小鹿却不行了。它瘦弱的身子在我的怀中发颤，鼻翼翕张，嗓子里含着虚弱的闷鸣，它的皮毛散发着高热，一如盛夏炽烈的太阳。

小鹿快死了。

我咬了咬嘴唇，心中挣扎起来。我想离开家，但又不想让小鹿死在我的怀中。

它还小，和我一样，还是个孩子。

除了回去见父母，把小鹿带回家中，我没有别的办法可以治疗小鹿。


## 十一


在山道上见到父母的时候，他们并没有像预想中一样骂我。母亲惶恐地抱着我，父亲在旁边沉默不言。泪水在他们眼眶中噙满流出，狐狸、地龙与导航鹰匍匐在他们脚下。连日搜索，这些役兽大多口吐白沫，气都快喘不上了。

回去之后，父母帮我治好了小鹿。父亲还给我雕了很多小鹿的木雕，但我都不想要。我已经不是小孩了，不需要这种木雕玩具了。

我给小鹿起了个名字，叫呦呦。

我还是讨厌父母，不过，我不再那么抗拒学习命术了。几年后，我来到木下学宫。那里是十万大山最强的命术学校，位于大陆中心几千米高的超级巨树"太史公曰"之上。

我带着呦呦住在太史公曰的树干上。学校内的生活并不辛苦，但同学们还是不喜欢我：因为我的父母并不是族中显望，因为我脸上褶卷紫红的伤疤，因为呦呦这只山野间捡来的普通小鹿。同学们的役兽都是地命师们改良的精良种，只有我的鹿又蠢又平凡。（严格来说呦呦也不是我的役兽，我没有给它的神经系统植入尾虫，我无法控制它的行动。）

我努力学习着。如果我能成为优秀的命师，风家应该会给我一次改造身体的机会……我想去掉脸上的伤疤。

不管怎么说，生活总算有了新的希冀。

接着，在木下学宫的第三年，我收到了父母即将进入青夏之扉探险的消息。


## 十二


"扉生，我们走了。"父母站在舱门外。他们全身穿着防护装备，用于抵抗青夏之扉下面的严寒。"这个是给你的。"父亲把一个小包放入我的布包中。

"嗯。"我低头抚摸着呦呦的额头。等到父母的脚步声远去后，我才抬起头，看着他们的身影渐渐消失在走廊尽头。

重载飞凫正飞往青夏之扉的上空，我回到了我的出生地，我被冻伤了半边脸的地方。

这一天终究还是来了。父母即将下去探险，而十有八九，他们无法活着回来。

终于，我再也不用看见我所讨厌的父母了。而且，他们此次探险所获得的功勋，应该能让我回到风家后得到一次以天命术祛除脸上伤疤的机会。

但是，我的内心忽而空虚，负罪感渐生。他们终究还是我的父母，此刻终是诀别。莫名的抑郁压着我的心扉，我不理解他们为什么要下去送死。人生为什么不能简单地活着？为什么不能过平和宁静的生活？

"一路顺风。"望着他们的背影，我轻声喃喃，声音弱得连我自己都听不清。

几分钟后，飞凫舰队之间汽笛悠鸣，我带着呦呦跑上甲板。

舰队正飞临青夏之扉上空。吊着各个艇舱十几条气泡状的飞凫兽正"呲呲"排气，泄去气囊内的空气，避免飞入青夏之扉上空的冷空气后浮力过大。导航鹰们翩飞在舰队左右，指引各舰的航向。

我终于看见了青夏之扉。

在飞艇下方几百米处，青夏之扉渊然镶嵌在冰封的大海之上，仿佛一只瞠视苍穹的巨眼。这是一个幽暗的冰洞，直径千米，侧壁冰封着海水飞泻而下的景象。我甚至看见了一条嵌挂在壁面上的冻鲸鱼。

平日里青夏之扉所在的海面一切正常，但在春夏之交的这一天前后，这里会出现一个向下塌陷、会吞噬一切的深渊。寒气从洞中涌出，将方圆百里的大海冰封。一天后青夏之扉就会关闭，寒气退去，海水解封，大海淹没洞口。这个神秘巨洞就会吞噬进入它内部的一切。

由于洞口蒙着雾气，没人知道青夏之扉的洞内究竟有什么。但每年青夏之扉开门之后，大陆北境哀牢山下的一道大峡谷深渊中，总有源源不绝的怪物涌出来，攻杀四方。青夏之扉和大深渊的怪物冥冥之中似乎有某种联系，这也是驱使人们探秘青夏之扉的动力。

青夏之扉的雾气隔开了两侧的通信，隔开了扉内扉外，也隔开了生与死。在过去的每一年中，探险队穿过雾气下去之后，从来无一成功返回。

一些青色的荧光点在巨洞上方飞舞着，这是离青夏之扉不远处的一座小岛上的青萤。很久以前，我听父母说起过青萤的故事——这些昆虫通常一对对生长，每年青夏之扉开门时，青萤们会飞到巨洞上，每一对中的一只会扑入洞口的雾气之下，另一只则会留在扉外。

舰队飞到了青夏之扉的正上方。鼓声响起，各艇放出载着探险家的小飞凫艇。小艇们开始列队沉入雾气之下。

我的父母也在下面的某条小艇上。

再也见不到父母了——忽然间，这个念头撕入我的识海，我双膝一软，身子挂在船舷上，泪水不受控地涌出。"爸——妈——爸——妈——"我向下大喊，"爸！妈！"

数十条小艇和青萤们一起沉入雾气，我不知哪条小艇上坐着我的父母。从青夏之扉深处喷涌而出的寒气直射我的面庞。半边面具和须发瞬间染上了冰雪，脸上皮肤剧痛，伤疤也因寒冷裂开，热血从面具下流出，又倏尔冻成冷血。

"别靠近，会冻伤！"有人把我从船舷上拉下来。我脚下一滑，摔倒在甲板上。我呆呆躺着，望见了头顶飞凫兽灰白的肚皮。数十道藤索刺入凫兽肚皮上的筋肉，交叉缆系在甲板四周，吊起艇身。

摔倒之时，布包飞脱出手，父亲塞进去的小东西在半空中划过一条弧线，落到了我旁边。片刻，呦呦衔着那包东西，放到了我眼前。

是一只小鹿木雕。

我接过木雕，手指颤抖，眼泪潸潸流出。

寒风呼啸，飞凫舰队用埙与骨笛奏起了哀乐。随后，所有人唱起了古老的祭歌：

> 青春受谢，白日昭只。
> 春气奋发，万物遽只。
> 冥凌浃行，魂无逃只。
> 魂魄归来！无远遥只。
> ……

这曲祭歌我曾听过，是葬礼上用的。


# 十三

等待一天后，青夏之扉关门。和以前的每一年一样，没有探险者从青夏之扉返回。

第二天，我找到风家的家主，希望他能赐我一次消去伤疤的机会。他拒绝了我，理由是我父母的功勋还不够。

我没有和家主多纠缠。

青夏之扉按时关门了。唯一的异常是，哀牢山下大深渊中的怪物并没有如期出现。半个月后，我才意识到怪物们并不是缺席了，只是换了种形式——机械人类来了。

那时，我跟着风家从青夏之扉返回离泽城的大部队在沿路的一个山寨中扎营。黄昏，天空密布乌云，我看见那些钢铁战舰从天空中降落到了山寨之上。恍惚之中，我想起在木下学宫的解剖课上用过的羊肺，那时我不慎将墨水倒入了羊肺中，羊肺染上了墨色，皱起一排排小节瘤。此时的墨色天空就像当时的羊肺一样，而这些战舰，就是挂在乌云下的恶瘤。

接着，无数披着灰暗紧身服的人类从战舰上降落村寨，没有缘由地四处屠杀。

战斗在整个山寨爆发。

大人们在外面战斗，我抱着呦呦，缩在房间一角。恐慌压迫着我，我不知道该干什么、要干什么、能干什么；我将脸埋在呦呦的鹿角间，身子发颤。

屋外传来一声声我从未听过的震耳轰响，随后是一阵惨叫。突然，房门被踢开，一名穿着灰色紧身衣的入侵者走入房间。

"哟，这里还有个土著小妞。"入侵者说。

他的语言是汉语，但口音很怪异。我抬起头——入侵者似乎是男性，怀中抱着一支怪异的金属长杆。长杆上伸出两个把柄，入侵者正以左右手把住长杆的把柄，并将长杆的末端指向我。

我不敢说话。金属长杆的末端正冒出一缕烟气，从烟气中，我闻到了一股似曾相识的味道。过了一会儿，我才想起这是在木下学宫上化学课时闻到过的火药燃烧的味道。

"长官，有个小孩，抓回去吗？……带回帝国给他们研究？好，别担心。……就是个土著小孩，干完这笔拿到佣金，我就回去换义体。"入侵者似乎是在和谁说话。他把金属长杆往后一撇，挂在肩后，伸手向我走来。

"你别过来！"我大喊着，四肢肌肉颤抖僵直，无法控制。

入侵者一步步逼近我。突然，一直趴在我身旁的呦呦突然跳起，一声叫唤，鹿角撞向入侵者胸前！

"哼。"入侵者身子稍稍一晃，鹿角没有顶伤他分毫。他伸手抓住呦呦的鹿角，提起呦呦，然后用另一只手抓住它的后腿。"一头鹿？"

呦呦拼死蹬着入侵者的胸腹，却像是蹬在了包着沙包的铁板上，发出"砰砰"的闷响。

"放开呦呦！"我站了起来。

"一头鹿而已。"入侵者双手用力一扯，把呦呦硬生生撕成了两半，扔到了地上。

"呦呦！"我尖叫起来。

呦呦的身体从胸腹裂开，脏器、腹水与鲜血浸满木质地面。它的肺还在一翕一张，喉间发出哀鸣，肺泡刮擦在木地面的毛刺上，被一丛丛刺破，泄着气泡和血水。

"你这个魔鬼！"我冲了上去，想和入侵者搏斗。入侵者一甩手就把我撂倒了，我脸上的半边面具也摔脱了出去。

"啧，原来是个脸上长疤的丑八怪。"入侵者嘲笑着。

我默默捡起面具，站起身。这个人杀死了呦呦。眼泪模糊了我的视线，呦呦血淋淋的尸体正躺在我面前，被我的泪水晕成一团棕红混杂的光影。我想起了几年前在栈道上捡起这头小鹿的时候，那时候，我的父母还在……

"我要杀了入侵者。"恨意蔓延过我的脑海。我伸手揭开腰旁竹筒的封皮，在竹筒的内格中摸索着，在最底层，应该有一颗当年父母送给我自卫用的强力攻击蛊种。

"怎么，你还生气了？"入侵者哈哈大笑。

我取出蛊种，捏碎，抛向入侵者！

蛊种中封印的命术立刻被启动。一点碧绿莹华闪过，翠绿的藤蔓暴长而出，刺向入侵者。藤蔓直接洞穿了入侵者的防护服，绞缠上他的四肢。在他的惨叫声中，藤蔓硬生生扭断了他的身躯。激射的藤蔓刺穿入侵者后刺入了屋顶，将入侵者的尸体绞挂着，像是一株从坟土中绞着尸体长出大地的树。

入侵者的尸体断面并没有流出鲜血，而是流出大量淡黄色的液体。隔着破损的皮肤，我看见入侵者的肌肉是灰白色的，骨骼则是黑漆漆的金属，破裂的腹腔中没有脏器，而由一团团机械结构精细地组合在一起。

这位入侵者，他不是人类，或者说，不是肉体的人类，是机械人类。

## 十四

走出房间时，山野硝烟蔽日。乌云之下，我恍惚以为是夜晚，大地上的血色是血月镀下的光华。然而细看，这些血色全是鲜血。尸体挂满山林各处，山寨脚下的湖泊因血水弥漫着浅红。

我埋葬了呦呦的尸骨，开始和机械人类战斗。

机械人类洗劫了一个又一个古老村寨，赤暗的血色足以同满盈之时血月的光华争辉。我在无数次的战斗后唱着古老的祭歌，葬礼结束后，我便跨上新驾驭的役兽苍狼，腰带上挂着骨笛、竹筒与父亲的小鹿木雕，奔向下一个作战的山野。

机械人类的科技水平远超我的想象，他们使用的被称作"枪"或"炮"的武器威力巨大，可以轻易地远距离夷平山海。而我们只有命术，森木、百兽、鹰雀、尾虫、菌菇，这些是我们的武器。命术灵活但威力不及，且命师培养困难，人数稀少。每次打仗，都是各大家族的命师用贱民、奴仆们的命堆出来的。

峨屏王也是这时崛起的。起初，他只是贱民奴隶，随后，他带队征伐，屡战屡胜。胜利后，他的威望让他跨过阶层加冕为王。

战斗持续了整整两年。机械人类撤回了天空，但他们放言还会再来。

胜利后我回到了离泽城。我的战功远超大部分族人，族长亲自为我披上为英雄准备的金丝大披衫，将我的鬓角扎成英雄辫的样式。他邀请我用天命术改变血脉，强化肉体，同时消除脸上的伤疤。

这一刻我等待了很多年。我曾经讨厌父母，讨厌他们没有在我刚出生时照顾好我，只顾着调查青夏之扉；我曾经深深自卑过。

但我拒绝了族长的好意。

我见证了无数的战斗、流血与苦难，我只愿十万大山的所有生灵平安地活着。机械人类只是暂时撤退，他们就像哀牢山大深渊中的怪物一样，迟早还会再来——可能在未来的青夏之扉开门后，他们就会再次出现。我们必须做好准备。

而我，决定要弄清楚青夏之扉的秘密，这将是我此生最重要的事情。而脸上的伤疤，代表着我的决心与意志。

# 十五

我挑了一个日子返回太史公日。这一天，木下学宫最博学的老师溟山婆婆会来讲课。

我站在太史公日最高层的树枝外缘。云海在树干上下浮动，大团云雾遮住了不远处的枝叶。片刻，云海之中出现了一头巨鲸，鲸身修长，浮在半空。它的背部铺着泥土，上面种了一小片树林。

云中之鲸长鸣一声，泊靠到太史公日的云畔。随后周围的鸟雀们牵起绳梯，搭上鲸背和我脚下的树干。

我登上鲸背，这头云中鲸就是溟山婆婆的役兽。在鲸背上的林间深处，我找到了溟山婆婆。

"老师，"我说，"我想研究青夏之扉，老师有没有什么建议？"

"具体研究什么？"溟山婆婆佝偻着身子，脸上皱纹如沟壑，发丝纯白。

"扉内有什么？为什么每次开门会有怪物出现？无论是大深渊，还是几年前的机械人类。"

婆婆带着我漫步在森林中，随着云中鲸悠长的呼吸，脚下的地面正缓缓起落。"重要的问题恐怕是通信。青夏之扉的雾气会隔断通信……所以就算有人下去，还没传出任何信息就死在里面了，没有任何意义。"她说。

"但是所有的通信命术都被青夏之扉隔开了。"我说。

"可能还有个办法。"溟山婆婆步子慢下来，"你知道青夏之扉旁边鹿岛上的青萤吗？"

我点点头。

"据说，每一对青萤的意识是连接在一起的。"溟山婆婆说。

"连接在一起？"

"一对青萤只有一个意识，虽然它们有两副身体。而每一对青萤，会有一只飞入青夏之扉，而另一只却留在扉外……它们的意识连接，会不会跨越雾气，传输信息？"

我想了想，道："可是，怎么用虫子传递信息？青萤不是标准的命术材料，不好改造。"

溟山婆婆叹了口气，良久才说："青萤不是标准的命术材料，可人是呀。"

我心中一凛，随即明白她在说什么。我是天命师，可以用天命术设计人体基因改造人类；如果把青萤的相关基因导入胚胎……也许我就能得到一对两个身体共用一个意识的人。

届时，我把这个人的一个身体扔入青夏之扉内，另一个留在扉外，通过他们的意识连接，我就能让扉外的人说出扉内有什么。

"谢谢婆婆。"我说。


# 十六

我来到了鹿岛。

在岛中央，我种下一棵巨树，并将父亲遗赠的小鹿木雕埋在树根下。我给巨树取名小太史公，用命术催动它生长到几百米高，并在树干中长出楼梯和房间。在小太史公的最顶层，我放下了天命术用的造身肉囊，开始研究。

我捕捉了成千上万只青萤，将它们扔入蛊池，让尾虫解离它们的基因，并把数据画在命盘上。我在肉囊中试制一对又一对导入的青萤性状的人类胚胎，但无一存活。

几年后，我造出了第一对活下来的孩子。我叫他们，或者说，他，鹿生。

在鹿生的身上，我倾注了我所有的爱心。我把他当成我真正的孩子，我教他识字读书，教他命术。但是鹿生的两个身体无法分离太远，他最多只能分开五米，一旦太远，他就会剧烈头痛。

在一次测试中，我下狠心让他分离了八米。回来之后，他陷入高烧，随即重病亡故。

我抱着他的两具尸骨哭了整整三天。

我终于意识到，我没有时间了，十万大山也没有时间了。我需要的不是孩子，而是两个可以帮助我探索青夏之扉的肉体。

我将鹿生投入蛊池，让尾虫解离了他的尸体，收集最后的数据。最终，我把蛊池中的残水收进罐中，埋在小太史公的顶层。

坟土之上，我立了一块小碑，刻上"鹿生"二字。

第二对青萤化的个体，我没给她起名字，而是叫她零零乙——一个数字编号。我不再把她当成孩子，以非人的手段虐待她，只为了她的两个身体能够分离得更远。

零零乙只活了一年零九个月。

我早就变成了魔鬼。但是为了十万大山，我必须对这些孩子下狠手。

每个夜晚，我一个人躲在小太史公的顶层痛哭。在血月之下，我将拥有致幻和麻痹作用的尾虫塞入鼻腔，让它们钻入我的大脑，给我暂时的快慰与麻痹。在幻觉中，我堕入妄境：父母还活着，呦呦还活着，机械人类从没出现过，我的脸也未曾冻伤。

致幻作用消失后，我在喘息中醒来，看见的只有月华下排成一列的墓碑，碑上的字全是我亲手刻上的：鹿生、零零乙、零零丙、零零丁、零零戊、零零己。


## 十七

回忆渐渐退去，意识逐渐清醒，剧烈的头疼向我袭来。

许久，我才意识到我正躺在造身肉囊中。先前，我撞上了风扉生，跌倒进入了肉囊，开始了意识连接的改造术式。

我现在是鹿离忧和风扉生的意识联合体。

我的记忆呈现出诡异的混合感。风扉生悠长的记忆占据了我记忆的大部分进程；但在记忆的最后几年中，鹿离忧和风扉生的记忆混在了一起。我想象着那些记忆中的场景：在绘画测试中，我看着另一个我，测试着我和鹿无患，我想和鹿无患逃跑，我又想防止我和鹿无患逃跑……微妙的混乱感让我有些眩晕。

忽而我有些迷茫而无所适从。我不知道我是谁，我该去干什么。

如果此时此刻的我以风扉生的意识为主，我应该会想办法解除意识连接，再继续把鹿无患和我的一部分——鹿离忧的身体——连接起来。

但是，我并不是风扉生。此时此刻，我的内心茫然而彷徨。我认同风扉生的理想，希望调查清楚青夏之扉的秘密；同时，我也清晰地感觉到她灵魂中的偏执与罪恶。

十几秒后，造身肉囊开启。我拉扶着另一个我走出肉囊，鹿无患和白戈正在外面看着我。

"你们……"白戈小心谨慎地盯着我，"是谁？"

"我，"我拉起另一我的手，"不知道。"

我既不是鹿离忧，也不是风扉生。可我却既是鹿离忧，也是风扉生。

白戈往后退了一步。"看起来，你们，不，你——你还是风扉生的成分多了一点。"

我摇摇头，"不。"

白戈和鹿无患面面相觑。

"你们想抹杀风扉生的存在——""——然后把鹿离忧解救出来。"我猜到了他们的想法。

白戈点点头，"没错。"

"我已经想通了。青夏之扉马上会开门，我会亲自下青夏之扉。"我指指自己原本属于风扉生的那副身体，再指着我原本属于鹿离忧的身体，"我会待在上面，说出我在扉下看见的东西……风扉生多半会死在下面，这个鹿离忧还能活下去。"

白戈愣了愣，"……为什么？"

"这一切都该结束了。"我拉着另一个我的手，走出房间。房门外的六块墓碑正沐在从小太史公枝丫间洒下的月光中。


几小时后，海滩上。

大海冰封，青萤们汇成光带，飞往前方的青夏之扉。我踏上了渡海的栈道，峨屏王正在栈道尽头等我。

"青夏之扉关门后，来王上那儿找'我'。"我指了指原本是鹿离忧的那具身体。

白戈点点头。

一头小鹿瘸着腿跑到了我身边，是我前几天在半夜找到我和鹿无患时带走的那头鹿。我摸了摸鹿头，转身走向栈道。

"等一下。"白戈忽然说。

我停下了步子。

"我本来，给你们，"白戈指指我和鹿无患，"画了一幅画。我原本想带回家里，证明我自己并不是一个艺术上的废物……不过，我忽然想通了，这幅画应该给你们看看。"

"至于我，"白戈从腰旁竹筒中摸出一粒种子，抛入大海，"是个废物就是个废物吧。"

须臾，种子炸裂、暴涨，数根纤细的嫩芽从种子中生长而出，顷刻成为十余条粗干，相互纠缠，组成一面十几米见方的巨大画屏。

树干们经纬交织，随后经线和纬线相互抽紧，将画屏的表面压平实，棕褐色的树皮缓缓自行剥落，露出下面白色的木质部分。木质部分随着树干抽紧、交织的纹路勾勒出了一幅画的粗线条轮廓，而木质的细纹路则构成了画面的细节。

图画还在生长。

色素从脉管中涌动出来，染了木质的纹路，给画面渲染色彩：苍茫的昏夜，血月、大雪、草野、森林、苍鹿，还有站在雪地中的两位少女。少女们的眼眸被周围的层层暗色渲染得带着一种既神秘又莹澈的亮光，仿佛一泓秋水，盈盈澈澈，不染尘俗。

这就是白戈的画。

白戈忽而长笑几声。"我等你回来。"他指指我，手指一移，又指指我。

"多谢。"我朝他鞠躬，鞠躬，随后转身远行。天空中，青萤正汇成一条光带，逆着寒风飞向青夏之扉的所在位置。

小鹿蹭蹭踏着栈道，跟在我身后。我停下了步伐，轻轻摸着它的茸角。"你要跟我来？"

小鹿呦呦一叫。

"那你就叫呦呦吧。"我笑了笑，轻轻抱起了它，一如许多许多年前，在离泽城外的栈道上，那个名叫风扉生的小女孩抱起小鹿时的样子。

# 废海之息

标准历 2642 年 3 月 3 日

帝国，远东星域，东京星，钢谷工业区（"废海"）

头狼来了。

穆卡蜷着身子坐在钢谷之心地铁站进站口的楼道上。他放松全身，尽可能保存体力。

头狼沉稳的脚步从他旁侧走过。四周孩子们的话语低了下去，穆卡也嗅到一丝血腥味。

至少又一个孩子死了。

穆卡眼睛睁开了一条细缝，数十个孩子坐在他附近。和他一样，孩子们衣衫破破烂烂，身上沾满尘土，缩着身子。头狼缓步向楼梯下方走去，她身披暗灰斗篷，一手提着长鞭，另一只手中拖着一具无头的孩子尸体。尸体的上半胸腔血肉模糊，鲜血淋落一地。

头狼走到孩子们的最下方。吊顶大灯将她的瘦弱身形拉成了长影，扫掠过孩子们。"摸摸你们锁骨上的小炸弹。"她声调冷峻，"这就是逃跑的下场，都想清楚。"

"砰"的一声，头狼松开了尸体，弃之于地。"把你们的货摆出来。"

穆卡从口袋中摸出人工义眼，放在前面，而后闭上了眼睛，安静地休息。随后，他听见头狼在孩子们面前走过，逐一收货、打骂。有几个孩子甚至被头狼一脚踹飞了，穆卡听见了肉体撞墙的闷声。

但没有孩子敢反抗，甚至是呻吟一声。

"穆卡。"头狼暗哑的声音在他头顶响起。

穆卡急忙睁开眼睛，头狼刚走到他面前。她的身边漂浮着一台巴掌大的小仪器，身后跟着一台小机器人。

"就这？"头狼说。她伸手一指，悬浮仪器发出一道淡绿荧光扫过摆在穆卡前面的人工义眼。"岷山的老产品，太破了，就值三十积分。"

头狼轻轻一脚把义眼踢到身后。跟在她后面的小机器人夹起义眼，放入货箱。"没用的废物。"头狼一脚踹倒了穆卡，"你还有最后一百二十积分。今天要几份？"

穆卡的后背重重撞上楼梯扶手。剧痛从后背传遍全身，他颤抖着稍稍抬起手，做出一个"三"的手势。

"给他。"头狼命令道。小机器人从货箱中掏出三条营养棒，砸到穆卡身上。"三四一百二，积分清零。过来。抬头，看着它。"

穆卡快步爬到头狼脚边，盯着那台悬浮仪器。绿色荧光扫过他的面庞，似乎在测量着什么。

"哼……心理状态还可以。"头狼转过身，却又停下来，继续看着穆卡，"我听别的猎犬说了，你想去做义体设计师？"

穆卡连连摇头。

头狼沉默着离开了。穆卡再次闭上了眼睛。

"伊丝丽雅。"几分钟后，头狼的声音在穆卡右侧响起，"又什么都没有？你不怕自己被拆了？"

穆卡听见头狼在踢人、鞭打，还有伊丝丽雅干哑凄厉的叫声。突然，一滴温热的液体飞溅到他脸上，他下意识地睁开眼，伸手一摸：是一滴义体循环液。

他愣了愣，目光望向伊丝丽雅的方向。皮鞭在女孩背上划下纵横十余道伤口，循环液正从伤口中流出，和又脏又破的衣裳上的尘土混成橘褐色的泥浆。

这个伊丝丽雅，居然是全身义体？穆卡有些讶异。被卖到狗窝的孩子多是帝国边缘动乱地区的贫贱之人，而拥有儿童义体的伊丝丽雅，显然不是穷人。

那她是怎么被卖到废海的？他心中疑惑。他不记得伊丝丽雅是什么时候来到狗窝的。这里每隔几天都有孩子被卖进来，有孩子饿死。饿死后，头狼会把尸体拎到下面地铁站台上，随便扔进路过的列车中；或者把尸体甩给狗窝营地中的一条义体大狗"庄周"吃掉。

伊丝丽雅的啜泣声渐渐低了下去。头狼一脚撂翻伊丝丽雅，走向下一个孩子。

几分钟后，头狼的例行收货结束了。穆卡折断三根营养棒塞进嘴巴，吮吸起来。他扶着墙站起，走出地铁站，准备回自己的窝棚休息。

"最近垃圾船来得少。"头狼正在进站口和收货的人打招呼。孩子们一个个拖着虚弱的步伐走过，义体大狗庄周在一旁乱逛。

"都是些破烂。"收货人说，"除了她。"

"伊丝丽雅？她连续几天没捡到货。"头狼用沙哑的声音说，"用不了几天，别的猎犬就会拆了她。"

"八成新的 Au1260 十二岁版本，够那些小狗们换几天狗骨头。"收货人哈哈大笑。

穆卡瞄了眼头狼和收货人，钻进棚窝，吸干营养棒最后一点残渣后，倒地睡去。

## 二

第二天午后。

穆卡在废海上游荡了一上午，一无所获。

他抬头望向前方，在大地上搜索任何堪用垃圾的痕迹。天空是灰黑色的，地面亦是灰黑色，无数义体残肢和电子工业废料铺满大地，组成一片延伸到天边的渣滓世界。白日斜行天宇一侧，炽烈阳光奔泻而下，布满金属制物大地的温度正飞速上升。

穆卡估计地表已有 40℃，汗珠正一滴滴滚过他全身。他静默坐在一座高大废弃聚变堆体的阴影下，躲避毒辣的阳光，熬着一天中最热的时候，不敢多动。

大地上传来一阵低沉的金属挤压声，随后，他前面几百米远的一个渣滓山丘轰然"滑坡"，大量垃圾沿着侧面倾泻而下，注入山脚谷底。

"太热了。"穆卡默默想着。高热让垃圾中不少膨胀系数大的材料迅速胀大，改变了垃圾山丘的内应力分布，接着即是垃圾的雪崩和滑坡，让整个系统重入平衡。

这里是钢谷工业区，东京星曾经的工业中心。现在，这里被称为废海，多余废料与义体垃圾，是帝国最大的义体坟场。百年的垃圾堆积，各种垃圾的渗出液在废海的低洼之地蓄起了大片污水海洋。这些海洋相互连接，最宽阔的大洋相当于东京星八分之一的表面积。

对于穆卡这样的拾荒者而言，钢谷是一个陌生的名词。他所熟悉的，只有废海。

穆卡是被骗到废海的。他被奴隶贩子卖给头狼，成为"狗窝"这个营地中的一条拾荒犬。他们这些孩子的任务是每天去废海上捡回还能使用的废弃义体零件，用这些货物向头狼换积分。

积分，意味着食物、意味着生存。

头狼的管理是粗放式的。这个老女人在所有孩子锁骨上钉了一枚微型炸弹，炸弹会在他们企图逃跑或拆弹时自动爆炸。每批新到狗窝的孩子，总有一两个会被炸成无头残尸，或是被头狼丢入地铁列车，或是被庄周啃成骨架。

穆卡想逃跑，他还有未竟的梦想：成为义体设计师。但他始终没发现绕开锁骨炸弹的方法，直到一个月前。

那时，他在废海上捡到一个军用紧急全身义体化手术台。在确定手术台能正常工作后，他有了个新想法。

他决定靠捡来的义体垃圾拼一具义体给自己换上，这样，他就能躲过钉在身躯上的炸弹，逃离狗窝。

唯一的问题是，在攒出义体前，他得先活下去。现在他眼前发黑，四肢软麻且冰冷，心脏的跳动时急时缓。昨晚的三根营养棒填补不了他的饥饿。就算他能每天能换到食物，他也面临身体恶化的问题。他曾被狗窝里的大孩子们一脚踢进污水，肺中呛入辛臭液体。自那以后，他感觉自己十三岁的身躯在迅速衰老，污染和辐射正一点点摧毁他的脏腑。

留给他拼凑出义体的时间不多了。

突然，天空中传来一阵引擎的轰鸣声，新的垃圾船来了。


三


热浪蒸涌着碾滚过地面，挟着浮尘上腾。在极远的地平线上，穆卡看见一片棕褐色虚影浮在空中，是十几千米外废弃工厂的蜃影。

他抬头望向天空。一艘水牛级货船正缓缓下降，稍侧船身，启开舷侧舱门。船舱中一肚子新鲜垃圾正等着倾泻坠入废海。

看垃圾船的造型与舷侧标记，似乎是从第二约克来的。在穆卡的记忆中，那个星球的垃圾回收一直不彻底，有可回收的漏网之鱼。

穆卡迟疑着观察着垃圾船。垃圾船距他约一千米，但此时是温度最高的午后，冲过去会消耗大量体力。若运气不好一无所获，他可能会累死于此，再也走不回狗窝。

他犹豫了一小会儿，还是站起身，奔跑了过去。

烈阳高悬，穆卡脚下的金属废料堆一片炽热，不一会儿他就全身汗湿，口干欲裂。他跟跄跄上一座垃圾山，在前方百米高空，水牛级的船身已倾斜三十多度，废弃义体零件混着其他垃圾滚泻而出，如一线飞瀑注下，扑起尘渣一片，轰响阵阵。

穆卡攥紧拳头前冲。心脏紊乱地跳着，在前胸和后背间颤出放射性的剧痛。他的视野开始模糊发黑，四肢在高热中传回异样的冰冷感——除了右手。右手回传给他的是一阵断断续续的颤动，并无冷热感觉。几天前，他用那个手术台完成了右手的义体化，换上了一条电气控制的义肢。

他勉强看向四方，十几个孩子和其他拾荒者正奔向新鲜垃圾堆，他是距垃圾堆最近的。

十几秒后，穆卡第一个冲至垃圾堆边。义眼？内液漏了。运算中枢？好像烧了……他迅速分拣，但没有一件能换一百积分以上的好货。其他孩子也冲到垃圾堆边，他的领先优势不复存在了。

除能换食物的垃圾外，穆卡还需要一块运算中枢和一条中枢神经索，用于给自己装配义体。中枢神经索不值钱但少见，而运算中枢属于被倾倒在废海前绝对会被回收的值钱货色。这两样东西，哪一件都不好找。

穆卡焦急四望，突然看见一具男性义体。男人身穿满是污渍的晚礼服，被埋在一堆损坏的人工心脏中。

"全尸。"穆卡几步跑到尸体旁。尸体皮肤精致，脸也不是大众脸，而是塑脸师订制的——这是高配置义体，不知为何被弃于此。穆卡心中惊喜，全尸意味着义体在扔进垃圾堆前没被回收过，他有机会抢走最值钱的货物：义体头颅中的脑循环接口（脑座）和躯干中的运算中枢。

更重要的是，这具尸体上的运算中枢和中枢神经索能拆回去装好他自己的义体。

其他人也会发现这具尸体，穆卡的动作必须快。他跪在男人的头边，从脚边的人工心脏上撕下钛瓣膜，一把扯住男人的头发，把瓣膜插入颅骨顶盖，划开蒙皮，撬起颅骨。

淡黄色的循环液流溢而出，漫过穆卡指尖。循环液尚有余温，他不由一愣：灰白色的大脑皮层正敷在脑座上，神经绒丛和毛细血管群紧紧耦合着脑座上的接口。

这不是一具空义体。义体的主人尚未死亡，脑座还在为他的大脑皮层维持循环。

穆卡内心一沉。他大可搓下脑皮层拆出脑座，但他不想谋害一位素不相识的陌生人，这有悖于他的良心。

他一咬牙关，把颅骨顶盖装回去。

"滚开！"突然，一个粗鲁的男声在穆卡耳边响起，随后他被重重一脚踹下垃圾堆，狼狈地翻滚几圈，砸进一片污水浅湖中。

穆卡心中一凉，他忍着剧痛勉强翻身爬起，抬头眯眼向上看去。迎着烈日的耀眼光晕，他看见几个大孩子团团围住那具尸体，挤开弱小的孩子，默契地开始分赃。

"他还活着——"穆卡刚说出口，肺中又呛入几口污水，失衡倒地。

他咳尽肺中渍水，挣扎着爬起。那几个大孩子正在拆脑座，男人的大脑皮层如豆腐般被他们搓下，甩弃四周。

那个原本还能救活的男人，现在彻底死了。

# 四

穆卡躺在污水浅湖中闭眼休息，利用相对低温的污水熬过了酷热。

他站起来时，垃圾堆上不剩几人。男人的尸体边守着一个女孩，是伊丝丽雅。

穆卡勉力走到尸体跟前，伊丝丽雅恐惧地往旁边让了让。

穆卡目光扫过尸体。尸体只剩骨架，循环液从脊柱上滴沥而下，落入废海。

运算中枢没了。他盯着脊柱，中枢神经索好像还在。

他探手深入脊柱之下，想撕下中枢神经索，但右手义肢一阵乱颤，让他无法控制手指。

"你的右手……"伊丝丽雅忽然怯生生地说，"义体化了？"

她是怎么看出来的？穆卡身子一僵。他不希望别人知道他在秘密将自己义体化，尤其是头狼。

"饿得发抖。"他继续摸索，右手却因紧张而颤抖得愈烈。

伊丝丽雅伸手搭上穆卡肩膀。"等节律的颤动，这是典型的信号线不匹配。"

穆卡沉默了一会儿，才说："废海上捡不到等延时等阻抗的两条线。"

"你将自己义体化干什么？"伊丝丽雅问。

穆卡竭力压制住颤抖，从脊柱上撕下神经索，"和你无关。"

"羊肠？"伊丝丽雅看见了神经索，"羊肠换不了积分。"

穆卡保持沉默。"羊肠"是义体回收行业的黑话，专指中枢神经索。他看了眼伊丝丽雅，她满身污泥，长发上挂结着污水干透后的渍垢。

"——抱歉。"伊丝丽雅突然一打寒颤，低头检查尸体的手臂，"神经丛很复杂，控制的肯定是很贵的手。"她抚摸着男人断掉的手腕，原本的义体手已被割下捡走，"可能是音乐家，弹钢琴的。"

"没分了。"穆卡的视线上下扫过尸体。

伊丝丽雅伸手在男人耳道末端轻轻一抠，取出两枚义耳。"B&K公司的人工耳蜗，果然是音乐家！"

"恭喜。"穆卡叹了口气。要是他懂这些，说不定也会找到这些被遗漏的垃圾。然而在离开故乡前，他学习的全是传统的、继承自旧地（球）的数理知识，义体这些人类主文明发展出的新科技，他一无所知。

他望望脚下，旁边有两件传递化学递质的信号接口，捡回去他大概还能活一天。

在穆卡捡起接口时，伊丝丽雅忽然畏缩地捧起义耳，放到穆卡面前。"这个……给你。别拆我。"她声音颤抖着。

"你干什么——"穆卡突然明白了。伊丝丽雅把他当成了狗窝里的大孩子。那些大孩子常常拦路抢劫、欺凌小孩。平时，他会绕着大孩子走。

伊丝丽雅把义耳塞入穆卡口袋。穆卡连忙拦住她，"这是你的。"

"别——别拆我——"

"我不是那些大孩子。"穆卡站起身，立时一阵天旋地转。他稍稍站稳，说："但也别这么随便接近别人。我不抢劫你，他们可不一定。"

"对——对不起——"伊丝丽雅吓得连忙缩回去，像是幼鹿重伤后蜷在泥坑中，不敢抬头。

穆卡走下垃圾堆。"废海这鬼地方，没有合作、没有相互帮助……所有人，都是孤独的。"


## 五


"别跟着我。"穆卡的腿沉如灌铅。

伊丝丽雅还是执着地跟在他身后，"我……抱歉。一个人的话，我可能走不回去了。"

穆卡没力气管她，他现在所有的力气，都必须用在返回狗窝这件事上。"你如果跟的是别的孩子，他们早把你拆了。"

他身后忽然传来跌倒的声音。穆卡转过头，伊丝丽雅正趴在地面上喘着粗气，全身轻微颤动，这是义体的肌肉纤维组能量耗尽受损的征兆。

她好像四五天没换到营养棒了。穆卡静静站着。这个女孩可能走不回狗窝了。

伊丝丽雅颤抖着伸出手，按在一块废弃柔性电路板上，支撑着身体稍稍离开地面。大口呼吸几次后，她收回左腿，踩住地面，慢慢站起来。

"我不喜欢被人跟着。"穆卡看着她走来。

"我还想活下去——"伊丝丽雅脚下又一滑，倒在一堆废弃义眼中。

她按着眼球想撑起身子，但手掌下的几个眼球相互打滑，让她狠狠摔了下去，身子半陷入义眼堆中。"你先回去。"她勉强抬起头看着穆卡，气息虚弱，"我……我自己想办法。"

"我如果不带着她，她就回不去了。"穆卡叹息一声，走到伊丝丽雅身边，弯腰抓起她的臂弯将她拖出义眼堆，扶着她站起来。

天空和大地一片昏黄，夕阳正逐渐下沉，不远处传来污水海洋的阵阵潮声。"站稳，深呼吸。"穆卡说，"保持平衡。"

"不……"伊丝丽雅的呼吸越来越粗重，"我好像回不去了。你走吧，这个给你。"

她摸出义耳，塞进了穆卡的口袋。

"靠住我右手。"穆卡拿出义耳，想塞进伊丝丽雅身侧，却被她拦住了。

"挽着我，你也回不去了。"伊丝丽雅说。

穆卡坚定地拨开伊丝丽雅的手，把义耳还给她，挽着她继续向前。"就这一次。下次我绝不带你回去。"

伊丝丽雅撑在穆卡的右肩上，沉默一会儿后，问道："你的右手是你自己组装的？"

"是。"

"你真要义体化？"

"我想逃走。"穆卡简单回答。

伊丝丽雅沉默了一小会儿，才问："谁教你的义体知识？我看你不大。"

"母亲。当然义体知识是我来帝国后偷学的。"穆卡停下脚步，伸手从衣领中摸出一串项链，"母亲是我们殖民地的大工程师。"

项链末端坠着一块拇指大小的黑色立方体。"芯片？"伊丝丽雅问。

"旧地之光。"穆卡说，"很古老的闪存芯片。在我们殖民地的种舰从新地球起航时，这块芯片中有殖民地的全部知识。后来芯片擦写太多次数报废了，被我们殖民地留下当成了大工程师的信物。"

"你是边缘星球的人。"伊丝丽雅若有所思。

"嗯……"穆卡记不得自己逃出故乡多久了。他来到帝国境内的主要星球打工，梦想着能成为义体设计师。但他能接到的全都是下贱工作，工资甚至不比身边和他一起工作的机器的电费。后来在打算换工作时，他被人用"一个回收义体垃圾工作"的名义骗了，卖到了废海。

"你继承了你母亲的这串项链？"伊丝丽雅说。

"继承？不。"穆卡停下脚步，喘了口气，"是抢的。帝国入侵了故乡。我跑了，来到帝国，同时抢走了旧地之光。"

"那你的母亲……"

"死了？可能。"穆卡冷哼一声，"最好别死。等我换上新义体回去再见那个老女人，还得靠这串旧地之光让她相信我是他儿子。"

伊丝丽雅沉默了。

"都过去了。"穆卡叹了口气，"你呢？我看你也很懂义体。"

"以前，学过。"伊丝丽雅语气平静。

穆卡打量着伊丝丽雅，她看上也只有十三四岁。"小学？"

"初中。……在第二约克。"

"初中？"穆卡不解。

"嗯。我家里发生了变故，父亲死了，母亲被卖到了第二约克……"

伊丝丽雅抿了抿嘴，小声说，"我也是。"

"可你看上去不比我大。"穆卡说。

"我十九岁。"

"——对不起。"穆卡浑身一震，立刻缄默不言。

伊丝丽雅大概在那年换了儿童义体后，就一直没机会更换成人义体。

他们爬上一面矮丘缓坡，穆卡视线逐渐模糊。此时日近黄昏，铅云低压。地平线之上，灰黑云团和落日的熏黄犬牙缠错。在这错列的齿隙间吹来臭腻的风，裹挟着不远处污水海洋的波浪潮声。

突然，前方道路上影影绰绰出现了几个身影。穆卡眨眨眼睛，试着挤去视野中的模糊。几秒后他才看清楚，那是狗窝里的大孩子们。

"他们要抢劫！"他心中涌过一阵悲凉，旋即又镇定下来。

"怎么办？"他和伊丝丽雅体力所剩无多，乖乖交出人工义耳和别的货物，应该还能苟活下去；如果抵抗，会被这群恶狗狠狠揍一顿，重伤到爬不回狗窝。

爬不回去，会死。

"……把义耳给我。"穆卡咬紧牙关，"恶狗们来了。"


六


在一抹熏黄中，残阳凝出一点赤绛光华坠落大地，恍如沉血。

穆卡从伊丝丽雅手中接过义耳，准备交出去保命。"缩紧身子，别反抗。"他放开伊丝丽雅，往前走几步，想替她挡住大孩子们。

大孩子们冲了上来。穆卡一缩身子护住头面，准备迎接第一波拳打脚踢。然而大孩子们从他身边一晃而过，没人招呼他。

"穆卡？"穆卡听见有人在喊他。他抬起头，看见恶狗们的头头，也是狗窝中最强壮的孩子罗德里朝他走来。罗德里微笑着一把搂住穆卡的肩膀，挤迫他转过身来。"我们吃肉，你可以舔点骨头渣子。"

说话的同时，罗德里若无其事地从穆卡手心摸过人工义耳，纳入口袋。

伊丝丽雅尖叫起来。

被罗德里夹在肩下，穆卡全身骨架"咯咯"作响，几欲碎裂。他看着前方，大孩子们把伊丝丽雅按倒在废海上，压紧她的四肢。其中一个大孩子手握匕首，钳着伊丝丽雅的头颅，准备向发际线下刀，掀开她的颅骨。她虽在挣扎，但多日饥饿，抗拒柔而无力。

穆卡知道"吃肉"是什么意思了。大孩子们想把伊丝丽雅的义体拆了，去换积分。

"我看你小子不错。"罗德里"嘿嘿"笑着，一拍穆卡肩膀，"废海这烂地一个人可活不下去，你得要兄弟，要相互帮助。怎么样？不如加入我们？"

我一个人就好，穆卡默想。"怎么说？"

"去搓掉她的大脑。"罗德里吹声口哨，"你就是我们的一员了。"

穆卡攥紧拳头，手臂发颤。如果想活下去，他最好顺从罗德里的命令，等恶狗们吃完肉，自己再去舔点骨头渣子。但他不打算这么干。一想到伊丝丽雅，他的心脏像被寒冰磨盘一圈圈碾过，挤绞出彻骨寒血。

"可以。"他假装顺从。

"好！以后你跟着我好好混！"罗德里哈哈大笑，又大声道，"昨晚收货佬说这个是 Au1260，中高配！你们有谁知道这个小妹妹是怎么卖到狗窝的？"

穆卡悄悄一瞄四周。他们站在一个约三十米高的垃圾山的山腰槽谷，脚下隐隐传来一阵阵若有若无的震动。震动渐强，穆卡敏锐察觉到，这个积蓄了不少午后高热的山丘即将滑坡。

罗德里似乎没察觉危兆。

"我知道。"穆卡故意压低声音，同时谛听着滑坡的前奏，"骗骗那个小婊子，她就全说了。"

他用余光扫过脚下，估计着滑坡最可能的方向与规模。从山丘外形看，滑坡不会影响伊丝丽雅和其他大孩子，只会波及穆卡和罗德里所在的槽谷。

"哦？难道她是第二约克上被玩坏的雏妓？"罗德里低下头，把耳朵凑到穆卡头边，想听清穆卡的话。

"去你的！"穆卡大吼一声。霎时，他的脚下爆响，垃圾堆侧滑而下！

罗德里身子一歪，放开了对穆卡的钳制。穆卡趁势奋起，一撞罗德里，将他推入垃圾奔流中。穆卡借力斜扑一旁，紧紧扒住地上露出的一截义体肋骨，抽出被洪流波及的双脚。

垃圾崩流裹着罗德里的惨叫汇入谷底，尘渣飞荡，翻出大片陈年恶臭。

"头儿！头儿！"大孩子们叫起来。

穆卡转身回望，滑坡削去三分之一的垃圾矮丘，露出矮顶一座大型动物义体骨架。骨架被拉扯断裂，留出一截脊柱斜指苍穹。脊柱末端飘出一截神经索，残阳斜照，脊柱仿佛节节沥血，宛若插在高山之巅的一把巨剑。

孩子们放开伊丝丽雅。一个瘦高个儿扬起拳头直冲穆卡，"你害死了大哥！"

穆卡咬死牙关，一抖甩去身上尘渣，大步奔至山顶。山的另一侧就是那片遥闻潮声的污水大海，夕阳低坠海天尽头，大片污渍油膜在紫红尘霾云霞下逐光波流，漾着幻灭虹彩。

他躲过瘦高个儿的拳头，一闪滑到"巨剑"的斜下方。他抓住"巨剑"末端，脚抵根部，齐力拔出。"只会偷袭的卑鄙小人！"瘦高个儿又大骂着向他冲来。

穆卡双手持住"巨剑"，凭感觉一转一刺，剑尖捅进瘦高个儿的身体。他一声狂吼，义体右手出力磅礴，直接将瘦高个儿斜挑半空！

"大哥……"瘦高个儿愕然低头，看着腹部渗血的创口。"巨剑"尖端的末节脊柱"咔嚓"断裂，瘦高个儿坠落滚下，砸入大海。海潮在他身边碎裂，泛出五彩的油渍泡沫，像团簇的微小彩虹群。

长风疾荡，穆卡的破烂衬衫猎猎摇摆。"再来！"他转身看着其他孩子，"巨剑"斜指山下，"让我看看你们的兄弟义气！"

大孩子们纷纷退缩，没人敢先冲上来。

"哼。"穆卡缓步而下，走至委顿于地的伊丝丽雅身前，剑尖轻点在她脸颊上，"她是我的。"

大孩子们纷纷后退。他们互觑几眼，突然如有默契般尖叫着逃跑了。

穆卡目送着大孩子们跑远，随后透支体力的疲倦感如海潮涌起。他的右手义肢疯狂颤抖，"巨剑"脱手落地。"回不去了，我会死掉。"他意识到了这个现实，但并不悲伤。

他身子一软倒了下去。

"你……"伊丝丽雅声若游丝。穆卡眼前昏黑一片，他已经看不清伊丝丽雅了。

"唉。"伊丝丽雅幽声低叹，"把我拆了。我已经活不下去了。"

"义耳在他口袋里。"穆卡抬起手，颤抖着一指罗德里被埋的方向。"……扒开滑坡的垃圾，吃掉他，带着义耳赶回去。我……不用管我了。在我的窝棚里，有一具义体，有手术台，就差宝石和羊肠。你找个宝石……换上义体……跑吧。羊肠……在这里……"

他勉强摸出刚捡到的中枢神经索，塞给伊丝丽雅。

"不，要走一起走。"伊丝丽雅的声音忽然靠近穆卡耳边。穆卡感觉她正向自己身子下方钻去，试图将他负在背上。

"你想爬着把我背回去？"穆卡努力睁大眼睛。在浑浊的光影中，他看见伊丝丽雅的颈后发丝被风撩起，飞舞飘摇；更远的前方，夕阳正潜入废海之下，为土灰的天与大地留下最后一点明亮。

伊丝丽雅没有说话，穆卡感到她正一下下缓慢爬动。良久，穆卡才听见她的声音遥遥响起："我……我叫伊丝丽雅。"

穆卡意识渐入混沌，耳侧一切都在迅速黯灭：风声、海涛，伊丝丽雅虚弱的喘着气，还有废海地下仍在运行的轨道交通系统传来的振动。

他微笑着张了张嘴，只发出最后一点虚弱叹息，"我叫穆卡。"

# 七

昏沉之中，穆卡梦回过去。

他坐在大教室，阴惨冷光照着四周，苍白而干枯。一摞学习资料堆在他面前，穆卡抽出顶上的一张纸，上面爬着一排密密麻麻的字母数字，组成一个复杂函数。函数下附着一行小字：请将 $f(x)$ 在希尔伯特空间展开。

穆卡抓起笔，心跳渐快。正当他求解之时，纸页上的问题倏尔变化，变成求解恒星风爆发对殖民地长波通信的影响。他还没来得及细想，试卷上的问题又幻动起来：微纳机器人的供能设计问题、海水盐温分布和本行星地轴倾角之关系、GHz 级高速运放电路负反馈分析、小型殖民种舰登陆前对目的行星扫描程序的编写……

一道道题目一闪而过。题目忽然化为一团阴黑黏液，全无声息地裹住穆卡，窒塞他的口鼻。"我不会，我不会，我不会！"他想大喊，喉咙却被黏液黏死，只能无力干呕。

"没用的东西。"黏液退去，一片阴影在冷光下蔓延生长，是他母亲的影子。

穆卡抬起头，母亲的身影漆黑一片，唯有那串旧地之光折散冷光，勉强勾勒出她的轮廓。

试卷忽然湮灭。一摞书册又从母亲的阴影中浮出，成小山般堆在穆卡面前。"给我继续学。看看你这没用样，要是帝国入侵你要拿什么保护我们的殖民地！"

"凭什么！"穆卡低下头，牙关紧颤，愤愤难平。他在心中呐喊着，"凭什么我要学这些！你这个恶毒的死女人！"

远方传来一阵爆炸与轰鸣声。穆卡抬起头，教室外正卷起战火，天空之上密布战舰——入侵的帝国军来了。他忽然想到了什么，一脚踢翻课桌，抢过母亲脖颈上的旧地之光，往外逃去，"我才不是你儿子呢！"

"你再说一遍！"母亲的阴影忽而暴涨开来，横扫整个世界，死死裹紧穆卡！

穆卡全身一震，蓦地苏醒，睁眼看见废海晦暗的天空。

"你才不是我儿子？"头狼的声音从旁边传来。

他正躺在狗窝营地内，身边卧着伊丝丽雅。头狼披着斗篷，蹲在一旁。

"梦话。"穆卡连忙坐起，大口喘气。

"这种 3D-NADA 的老芯片，居然还有遗物。旧地产的？"头狼指尖把玩着穆卡的那条项链。

"我母亲的。"穆卡说，"把项链给我。"

"恭喜你能活着回来。"头狼继续摩挲着旧地之光，"你得谢谢她，她吃了罗德里，花了一天一夜背着你爬回来。这几天没出太阳，你没被晒成干尸；然后她用一千多积分换了药物和食物，才救回你的小命。"

"她……伊丝丽雅怎么样了？"穆卡问。他看看四周，头狼身边浮着那台小仪器，正扫描着穆卡的身心状态。一具孩子尸体停在头狼身边，头部已被炸飞，显然是逃跑时触发了锁骨炸弹。

头狼为无头尸体的颈部插上一个义体头颅，在连接处滴注一组微纳机器人溶液，很快接口开始愈合。"她？过度疲倦，腰部损伤。还有……她的那一对义耳并不值一千积分。"

"我替她还。"穆卡听懂了头狼的意思，伊丝丽雅积分欠账了，"我这里就有。"他拿出在男人尸体旁边捡回来的化学递质接口。

"化学插头？这是你装的？"头狼接过货物。

穆卡递过去的接口行话叫"插头"。这个接口刚好有正负两级，捡到时穆卡随手把信号针脚一个个对齐、接好，希望组好的整件插头可以多换点积分。

"不是。本来就这样。"

头狼手指抚过针脚，"你接错了。"

"不是我接的——"

"这个接口是防呆的。"头狼说，"防呆的簧片断了，你接反了。"

"我——"穆卡一时哑口，"可能是义体废弃时搞错了。"

头狼把插头扔到地上。"当年协会给帝国议会提交回收标准时，我和我妈都是标准起草者。"她缓缓说，"《义体回收帝国国家标准》里面有一条，所有的递质接口必须拆开回收。换言之，所有送到废海的化学插头，没有一个是正负极接好的。"

穆卡不由愣了愣。他回忆着以前捡到的插头，确实全是分离的。"……是我接的。"

他不敢再撒谎。在头狼面前，他弱得如同一只小鸡。有一天夜里，一台俗称"岩龟"的垃圾回收机器人失控冲入狗窝。穆卡亲眼看见头狼徒手举起十几吨的岩龟，以一个抛物线将它扔出了营地。

抛离手的一瞬，头狼脚踩的十几米工字钢梁承受不住，"吱呀"扭折。

穆卡对头狼的力量立刻有了直观的认识，头狼自用义体的出力功率恐怕超出了军用的水准。但他一直疑惑头狼的自用义体是从哪里弄的。

现在，他隐约猜到了。头狼既然说帝国的义体回收标准是她参与起草的，她恐怕曾是顶级义体设计师。她自用的义体，多半是她自己设计制造的。

可是，这样的人，为什么要来废海上运营这样一个虐待孩子的狗窝呢？

"哼……"头狼一打响指，大狗庄周快步走来，衔走接口。"大概值十分。伊丝丽雅现在还欠五百六十分。"

"我现在就去找货物。"穆卡站起来。

"北边三千米外有个垃圾回收站，038 站。"头狼说。

"那不是在一座岛上吗？"穆卡说。狗窝往北三千米是废海上最大的污水大洋的南岸，而 038 垃圾站在岸边往北千米远的小岛上。由于需要渡海，他从没去过。

"那里可回收垃圾多，而且没人去。"

她为什么要告诉我这些？穆卡皱眉。"我没法过海。"

"接下来五六天是低潮，水最多一米。"头狼捡起一个电子脑，插入无头尸体的义颜。"038 站有台坏掉的'岩龟'。你想办法逗开它，就能进去捡走它的货物。"

"我会带回积分。"穆卡迅速同意。他不仅需要积分，也需要赶快找到运算中枢来拼凑自己的义体。与大孩子一战后，他的身体愈发虚弱，时间不等人。

"哼。挂上虚拟机，嗯，挂上COS。"头狼对着无头尸体轻轻说着，"好了。"

那具无头尸体突然歪斜着站起，变成由头狼经电子脑控制的傀儡。头狼看着傀儡走了几步，说："今晚得拿这个傀儡给那些新猎犬上一课，叫他们别胡思乱想。"她拉紧斗篷，悠悠舒了口气，"还有，你的右手义肢组装得不错。信号线我给你换了，现在不会发颤了。"

穆卡浑身一紧，心跳停跳了一拍，又骤然跳动，如同疾鼓。她知道了，穆卡心想。这个老女人知道我在义体化自己。

"我记得有孩子说……你想做义体设计师。"头狼说。

她可能看出我想逃跑。穆卡迟疑一秒，坚定地点点头。

"为什么？"头狼哂笑一声。

"我想证明自己比那个老女人强。"

"你的母亲？"头狼一挥手，将旧地之光抛给穆卡。送完货物的大狗庄周摇着铁尾巴走到她身边，探出橡胶舌头，舔着她的掌心。

"她是个疯女人。"穆卡说。

"祝你成功。"头狼耸耸肩，转身离开，庄周和傀儡跟在身后。"我妈也是个疯子。"

# 八

穆卡从来都是独自一人。

他没见过父亲。逃离故乡前，他所有的时间都被母亲逼着学习。数学、物理、化学、生物、行星地理、计算机……在那段时间，他每日睡眠不足四小时，被禁止外出，没有朋友。

母亲也未曾关心过他，只是把他当大工程师的预备人选培养而已。

他孤独一人。

"别跟着我。"穆卡行走在海潮之中，回头看着伊丝丽雅，"积分我会还你。"

"我不要你的积分，"伊丝丽雅说，"我只想帮你。"

一场风暴潮正在污水大洋之上酝酿着。废海上积满金属垃圾，比热容小，因而海陆之间温差极大，天气变化快且极端。

"我说过了，"穆卡停住步伐，酸臭雨水淋过身体，"我永远一个人行动。"

近一米高的浪潮卷过，伊丝丽雅差点扑倒。"为什么？"她弯腰顶过大浪，向穆卡伸出手，又畏缩着放下。

"风暴快来了。"穆卡望着远方的038垃圾站小岛，继续前进，"我得在风暴前跋涉过去。"

"为什么？"伊丝丽雅的声音在暴雨中有些听不真切，"我们难道不是朋友？"

冷风飚射，一行孤波涌来，扑向海岸。"前面很危险。"穆卡说，"而且，我不需要朋友。"

孤波碎裂，化为无数泡沫。

"人没法一个人活下去！"

我可以。穆卡加快了步伐，不再回头。

# 九

暴雨滂沱，海潮涌起。

038垃圾站只有一间破烂的铁皮库房。风暴狂潮到来时，两三米高的海浪拍入库房，无数可回收垃圾随回浪倒卷而出。

除了呼啸风声、浪声、雨声，穆卡还听见一声声沉重的步伐，他猜是岩龟在站内走动。

岩龟是低效率但泛用的垃圾分拣机器人，它们把可回收垃圾"吞"入体内，带到各个垃圾站。在帝国放弃整治废海前，这些几米高、十几米长的岩龟是废海上垃圾回收的重要一环。但现在，它们大多已废弃，成为垃圾，成为废海的一部分。

穆卡屏息闭气，抓紧地上的一条垃圾索带，缩身扛过一轮大浪。待回涌退出小岛时，他大步前冲，钻入库房。

库房里穹顶裂漏，雨水注泻而下，大浪余波挤碎成一地油沫，在散布地面的垃圾间晃荡。库房中间是十几米见方的垃圾池，海水已淹没整个垃圾池，只露出池中垃圾山的尖峰。

"糟糕。"穆卡心中霎时灰暗下去。按预设程序，岩龟会将可回收的垃圾堆在垃圾池中，等待回收（虽然帝国早就不组织回收了）。现在海水倒灌垃圾池，但穆卡的身体已无法长时间泡在污水中翻捡垃圾，何况，水下深处的垃圾他也捡不到。

穆卡还是决定去垃圾池中看看。他小心地盯着岩龟，往前走去。

岩龟正左冲右撞，回捡垃圾。根据头狼的情报，这台岩龟有某种程序错误，它无法正确识别人类，也无法避免对人类的敌意行为。如果有人挡在它回收垃圾的路上，为了回收垃圾，它会无视这个人，甚至将他当成废海上的普通障碍破坏掉。

突然，岩龟停了下来，扭身用传感器扫描穆卡。

穆卡停下步子。他身上唯一携带的可回收垃圾是一小块义体无线网络接口，这是他在路上捡的。按原计划，这枚接口是勾引岩龟离开库房的诱饵。但现在库房中满地都是可回收垃圾，他也无须抛出诱饵转移岩龟的注意力。

但岩龟突然加速向他冲来！

"地上这么多可回收垃圾，它为什么追我！"穆卡暗骂，将无线接口扔到远处。岩龟的注意力丝毫没有变化，大步冲来，举着前肢夹向穆卡，仿佛他是一段可回收的垃圾。

穆卡滚身闪过。"砰"的一声，岩龟的钳夹在钢铁地面上砸出了一个小坑，红褐色的铁锈四溅，地面随之悠悠嗡鸣，震得积水四溅，荡出圈圈涟漪。

到底怎么了？穆卡一面逃跑，一面摸过全身，确认没夹带其他可回收物。

岩龟仍在疾追。穆卡躲过它的夹击，又打滚闪开，连爬带跑，跟跄前进。

"穆卡！"穆卡忽然听见伊丝丽雅的声音。他回头望去，伊丝丽雅正站在库房门口。

"你来干什么？"穆卡大喊，"别过来！"

"它怎么在追你？"伊丝丽雅向他冲来。没跑出几步，她就被一条长索绊倒，仆倒于地。

"伊丝丽雅！"穆卡转身冲向伊丝丽雅，但岩龟横插一步，拦在他身前。他刹住，折步左跑。

岩龟大步冲来。在钳夹迫近的一刻，穆卡试着虚晃向右，侧绕过去。然而岩龟仿佛料到了他的小花招一般，钳夹轨迹不变，依然从原路夹向穆卡。

"完了。"穆卡心中一凉。除了身后灌满海水的垃圾池，他无路可退。

他咬紧牙关，侧身往后扑入垃圾池中。污水瞬间将他淹没，乌黑和恶臭隔开了一切：雨和浪的声音，伊丝丽雅的尖叫，还有岩龟运行肢体时"吱呀吱呀"的摩擦声。

"砰！"垃圾池一震，岩龟的钳夹擦着穆卡身子砸在了岸沿。穆卡闭眼摸索着，匆忙入水让他分辨不清方向，伸脚亦踩不到底。他下意识地睁开眼睛，视野中混黑一片，污水瞬间撕入上下眼皮间的裂隙，仿佛挂着万千微刺倒钩的绒布拉扯而过。

他疼得立刻闭紧双眼，扑腾向上探出水面，想换一口气。突然，他听见岩龟"咯吱咯吱"的运动声正向他迫来！

穆卡慌忙划水，但岩龟钳夹仍砸中了他的半边身子。冲击之下，他被压入水底，半身麻痛，尚未吸气的肺中呛入污水。

"我要死了！"穆卡咳出污水，恐慌地吸气，又呛入更多污水。污水带来的麻痛扎破了他所有的肺泡，又顺着血脉刺透了他的心脏。

"我要死了。"穆卡四处扑腾。油腻污水翻过口腔，呕吐感又一涌而上。疼痛、溺水、呕吐，无数负面感觉铸成万斤铅坠，将他拖向深渊。铅坠之上又生长出无数锁链，缠上他的四肢，锁死他的反抗。他的肺干瘪而刺痛，窒息感让膈肌不停抽动。这些锁链仿佛毒蛇缠绕过他的身躯，钻入身体，舐过膈肌，然后一口咬下。

酸麻、抽痛，膈肌仿佛痉挛了一般，逼迫着穆卡去张口呼吸。他不得不奋起全部意志，抵抗呼吸欲望。

忽然，一只手抓住穆卡臂弯，拉扯他向上。


## 十


穆卡想挣扎着往下抓那只手，但一瞬之间他猛地清醒，他必须冷静。

他咳出肺中污水，尽量放松，配合着拉他的力往上运动。

终于，穆卡脚下踩到地面。他扶住身边的人，沿着水下垃圾山的坡面向上走了几步，将头部露出水面。

"咳——"穆卡大咳几声，猛吸一口气，一甩头抖去污水，伸手在双眼上一抹，挤去残水，忍着剧痛睁开眼睛，"伊丝丽雅？——你——咳！"

"深呼吸。"伊丝丽雅扶他走上垃圾山的尖峰。

穆卡扶住她，弯腰大口吸气，试着缓过劲来，同时抬头看四周。风暴威势稍减，潮水余波在库房内缓缓退去。被海水所隔的岩龟正在垃圾池边绕步，盯着穆卡。穆卡和伊丝丽雅全身挂满污水，乌黑一团，泥尘和油腻渍物一抹抹滑流而下。

"你不该来的。"穆卡控制住颤抖，站直身子。

"你都快死了。"伊丝丽雅松开了穆卡。

穆卡不敢看伊丝丽雅。"你在这里待着，我来解决岩龟。"

"不是你解决，"伊丝丽雅拉住穆卡的手，"是我们。"

"我从来都是——"

"不。"伊丝丽雅强硬地一拉穆卡，"至少现在，你不是一个人了。"

穆卡沉默。他一翻手腕，主动握住伊丝丽雅的手。"我还是喜欢独自一人。"他顿了顿，"不过……刚才……对不起。"

"没事。"伊丝丽雅说，"它为什么追你？你又不是可回收垃圾。"

"不知道。我身上没诱饵。"穆卡又在身上摸了一遍。

"等一下——"伊丝丽雅按住穆卡的手，从他衣领中抽出旧地之光，"难道是这个？"

"这玩意没有回收价值。"

"但那个岩龟程序有问题。"伊丝丽雅说，"把它扔掉。"

"不。"

"万一岩龟就是要它呢？"

"万一不是呢？"穆卡说。

"万一不是，那岩龟就是铁了心要攻击你。"伊丝丽雅说，"那我们必须让它宕机。"

穆卡点点头，肺中抽痛渐平。"怎么宕机？"

"它的下腹有个停机闸门。"伊丝丽雅说，"我以前见一个拾荒汉这么操作过。"

"我去做诱饵。"穆卡点点头，"你去让他停机。"

"先试项链。"伊丝丽雅伸手拦住穆卡，"我游过去，你看我手势把项链丢到反方向。"

穆卡还没说话，伊丝丽雅已扑入污水，游向岸边。等伊丝丽雅在岩龟身边几米远处站定后，穆卡依她手势把项链抛向另一侧。

岩龟果然行动起来，追上项链，夹住项链末端的立方体芯片，往腹部的垃圾回收箱塞去。

伊丝丽雅往前一冲，钻入岩龟腹下，轻轻一跳攀在它腹部，拉下了停机闸。

岩龟僵了僵，动作停滞，轰然侧翻。它夹着项链的前肢高举着直指天空，漫天雨水冲刷其上，旧地之光顺着雨流滑落地面。

伊丝丽雅默默捡起项链，突然却身子强直不动。

"怎么了？"穆卡喊道。

"腰有点疼。"伊丝丽雅说，"还有……这个项链，碎成了两半。"

"没事，捡东西吧。"穆卡摇摇头。

伊丝丽雅跳入垃圾池，游回垃圾山顶。"你的自制义体还差什么？"

"一个'宝石'。"穆卡说。

宝石也是义体回收的黑话，指各类运算中枢。穆卡看着周围，被污水淹没的垃圾难以摸捡打捞，只有垃圾山顶可供翻捡。但是放眼望去，他没看见一个宝石。

"算了，随便找点贵的带回去吧。"穆卡压住心中的沮丧，不露出失望的语气。

"等一下。"伊丝丽雅说，"你脚下。"

穆卡移开脚掌，捡起一块巴掌大的银灰色正方形的东西。正方形四周不见任何划痕，接口是很古老的神经绒丛矩阵。

"这是……"穆卡没认出来，他甚至无法确定这个是不是运算中枢，"什么宝石？"

"叫酒神。"伊丝丽雅靠近穆卡，"应该没坏。"

"什么？"

"狄俄尼索斯。"伊丝丽雅指着中枢外壳上的一排小字：Διόνυσος。

"你知道这种型号？"

伊丝丽雅摇摇头，"没听说过。像试作品。"

"先带走。"穆卡说。

他们带上所有值钱的垃圾，游出垃圾池。"等一下。"伊丝丽雅忽然卸下鼓鼓囊囊的背包。

"怎么了？"穆卡望了眼库房外，风暴稍稍平息，现在正是涉海的好时机。

"你先回去。"伊丝丽雅扶着背包弯下腰，"我……腰有点难受。我要休息一会儿。"

"你没事吧？"穆卡折回伊丝丽雅身边。

"旧地之光……"伊丝丽雅举起手，"你先——"

她的身子突然一软，倒在穆卡身上。

"伊丝丽雅！"穆卡大惊，连忙扶住她，"伊丝丽雅！"


# 十一


伊丝丽雅昏了过去。

穆卡放弃捡到的其他货物，只留下运算中枢酒神，背着伊丝丽雅回到狗窝。时近子夜，孩子们都在窝棚中睡觉。他背着伊丝丽雅走入钢谷之心地铁站，来到那个属于头狼的房间前。

这个房间，是孩子们的禁区。但废海之上，可能只有头狼才能救伊丝丽雅。

穆卡咬紧牙关，努力支撑着身体不倒下去。他腹中抽痛，可能是肿瘤，也可能是别的东西——但他全都顾不上。救活伊丝丽雅这件事，此时是他生命的全部。

他忍住痛楚，颤抖着手敲了敲门。

门后没有反应。

穆卡皱紧眉头，又重重敲门三声。

还是没反应。

他犹豫了一会儿，推开门直接走入房间。屋里一片黑暗，正在穆卡迟疑着是否前进时，周围墙上忽然泛出柔光。

这是一间几米见方的消毒间。四壁洁白，天花板吊着一排喷淋消毒头，感应到穆卡的进入后，它们纷纷启动，下探。穆卡愣了愣神，房间的整洁让他很不适应，这种明晃晃的感觉让他有些眩晕。

喷头向他和伊丝丽雅喷出水雾。水雾中可能溶有微纳机器人组，在沾上他们的一瞬去掉了污渍，同时进行消毒——穆卡皮肤上阵阵刺痛。他低头去看，污泥正从皮肤上层层剥落，露出黄褐色的肌肤和纵横密布的伤口。清洁液沾上伤口时，一阵酸痛感让他全身一抖。

他放下伊丝丽雅，静待清洁结束。

两分钟后，热风滚过，穆卡和伊丝丽雅洁净一新。穆卡正要背上伊丝丽雅时，却愣住了。

伊丝丽雅一头纤柔灰发，面容皎白清和，恍如月升初雪，大地之上众窍安和，清风徐过，万籁幽吟。

平时伊丝丽雅又黑又脏，原来这才是她本来的模样？穆卡苦笑一声。

热气散尽，后方隔门自行滑开。穆卡背起伊丝丽雅，走入房间。

房间内空间不大，天花板上吊着百余件义体残肢，像是倒生的血肉之森。血肉森林下虚浮着二三十面投影屏，穆卡看过去，屏幕上闪着两类信息：一是营地中所有孩子心理／生理状态的日志记录；二是杂乱无章的义体设计笔记、灵感记录、草图和公式。

穆卡没看见头狼。

他朝前走了一步，踢倒了一只玻璃瓶。他低头一看，地板上零散躺着几十只玻璃药剂瓶——他在废海上见过这种破瓶子，是装某种极效兴奋剂的。

"谁允许你进来了？"头狼懒散的声音突然传来。

"抱歉！"穆卡全身一震，退往门口，同时看向头狼声音的方向。

房间深处站着一个年轻女人，看着二三十岁，颜面苍白，眼神迷茫而无焦点。女人嘴角叼着一只小瓶，正啜吸着瓶中的兴奋剂。

"站住。"女人一松嘴，玻璃瓶"叮当"落地，滚出半个圆圈。

穆卡止住步子，低头看着地板。年轻女人应该是头狼——头狼并不是他想象中阴沉变态的老女人，反而是一副清冷少女的模样，这让他不寒而栗。

"当年我妈叫我去学义体的时候，我很烦。"头狼缓缓呼出一口气，自顾自地说，"现在也很烦。嗑再多的药，也复现不了那时的灵感。"

穆卡不敢说话。他不知道头狼究竟在想什么、做什么。她似乎是在设计义体，但她为什么要血腥统治这么多孩子，还暗中记录他们的身心状况？

"你从 038 回来了。"头狼的声音迫近穆卡，周围投影逐一熄灭，"她坏了？"

穆卡点点头。

"Au1260 的设计还真是中庸。"头狼伸手抚过穆卡肩头伊丝丽雅的脸，"四千分。——如果你愿意把她拆开再拿给我……四千四。"

"她怎么了？"穆卡抬头看着头狼。腹痛牵连血脉，正向他四肢放射。

"当然是死了。"

"怎么死的？"穆卡努力保持着平静。他检查过伊丝丽雅的义体，全身停机，但是脑座还在工作。只要在脑座供能的极限到来前修好伊丝丽雅的身体，就还有机会救活她。

头狼盯着穆卡，"如果不想拆她，你可以把她卖给别的孩子。"

"您知道她是怎么死的，您是这方面的大师。"穆卡咬牙说。

"哼。"头狼僵立几秒，"羊肠断了。四小时前，位置在腰部，原因大概是运动过度。"

四小时前。穆卡回忆着，他们和岩龟战斗的时候。

"谢谢。"穆卡点点头，准备离开这里。

"她死了。废海上捡不到羊肠，你修不好她。"头狼拨弄着头顶垂下来的一条大腿，"你想留着她的尸体玩几天也可以。全尸四千，拆了四千四，报价不变。"

穆卡默默离开。刚走出清洁间没几步，剧痛就如洪水般涌过他全身。他一声闷哼，跪倒在地，而后整个人失去力气，背着伊丝丽雅直直倒了下去。

他的身体，快不行了。


## 十二


子夜。

风暴潮之后天气骤冷，寒风贴地，腐烂、恶臭、血腥，无数味道混在风中。

穆卡坐在棚窝内大口喘气。四肢、腹部、肌肉、皮肤，各处的苦痛几乎无法整合。他全身上下唯一安宁的位置，只有义体化的右手。

从地铁站到棚窝不过百米，他背着伊丝丽雅爬了足足半个小时。

他勉强翻个身，从背包中摸出运算中枢酒神，扔到地上。装上这个运算中枢，他的自攒拼凑义体就能装配完成。

只要换上义体，他就能舍弃快烂掉的古典身体，逃出狗窝。

但是，他离开之后，伊丝丽雅怎么办？

伊丝丽雅需要一条中枢神经索，这种罕见的零件废海上从来难觅。穆卡找到的唯一一条，是从那个黑衣男人尸体上撕下来的，正装在他的拼凑义体上。

如果卸下这条神经索去修复伊丝丽雅，他就无义体可换。而以他现在的身体，大概活不了几天。

如果不修复伊丝丽雅，等几天后伊丝丽雅义体能量耗尽，脑座无法维生，她就会彻底脑死亡。

穆卡移开地窖门。地窖中整齐码放着各式零件、工具，几面老旧的液晶屏上亮着微光，显示着他想尽办法捡来的义体学习资料。地窖中还躺着那具尚未蒙皮的义体，以及军用义体化手术台。

这几个月来，他所有的努力全都汇集在这小小的地窖之中，但此时，他却犹豫彷徨起来。

一阵剧痛在腹中滚绞，他捂住肚子，缩成一团。痛苦如滚烫的铁水涌动，随心脏泵动舔过所有血脉，由粗自细，逐一觅及，震颤而过。

"我快死了。"穆卡默默忍受着。痛苦平息之后，他缓缓爬起，又看看伊丝丽雅。

他静默着思考了十分钟。

"每个人都怕死，"穆卡听着窝棚外呼啸的寒风，"我特别怕。"

他想起童年，想起让他恐惧怨恨的母亲，想起永远独自一人的流浪，想起尚未开始的义体设计师梦想，想起在废海上奔跑的日日夜夜。"所以，这种让人害怕的事情，"他低声说，"还是让我来吧。"

穆卡笑了笑，疼痛也稍稍缓解。他把伊丝丽雅翻过来让她脊背朝上。喘了口气后，他拿出小刀，划开了伊丝丽雅腰椎上的蒙皮。

淡黄色的循环液渗了出来。穆卡剥开蒙皮，往内看去，伊丝丽雅义体内的结构整洁复杂，在复合材料制成的脊柱骨上，一道裂纹清晰可见。裂纹之下，中央神经索断成了两截。

果然，羊肠断了。穆卡回头盯着地窖中的拼凑义体，一咬牙把中央神经索拆了下来。

眩晕和痛苦蔓延过穆卡全身，异样的肿胀充盈他的指端。他慢慢撬开伊丝丽雅脊柱上的覆盖层，取出断掉的神经索，换上了好的。

确认神经连接正常后，穆卡一片片盖好覆盖层。"好了……"他全身一软，靠着伊丝丽雅滑倒在地。

古典身体的溃坏比预想中严重，他闭上眼睛。不过，这些都不重要了。

"我还以为，"他虚弱地笑了，"我会孤独一辈子。"

痛楚和疲倦将他湮没。他费尽最后一丝力气，摸索着勾住伊丝丽雅的手指。在伊丝丽雅掌心中，他摸到一块裂开的小立方体，是伊丝丽雅紧紧攥住，从未松开的旧地之光。


# 十三


苏醒时，穆卡睁眼看见一张白净无瑕的容颜，好一会儿他才反应过来是伊丝丽雅。

"下雪了。"伊丝丽雅说。

窝棚外天光明澈，阒寂无声，寒气从四面八方侵入窝棚内。穆卡正躺在伊丝丽雅的大腿上，浑身疼痛，视线也有些模糊。"我……"他有些疑惑，"你……"

"为什么要把你的羊肠给我？"伊丝丽雅声音幽淡。

"回头我再找一条。"穆卡安慰道。

"你骗我。"

"不——"

"找到羊肠前，你肯定撑不住了。"

穆卡沉默。他想坐起，又被伊丝丽雅压了下去。

"别动。"伊丝丽雅说。

"我已经死了。"穆卡侧过头，不敢看伊丝丽雅，"我不想被扔到地铁上，也不想被庄周吃掉。你把我带到狗窝外……扔到废海上。被太阳晒成干尸或者被大雪冻成干尸，好像都不错。"

"不。"

"你去找一条羊肠，换上这副义体，就能甩掉头狼的炸弹。"穆卡指着地窖里的拼凑义体，"希望它还在，虽然我们只能走一个人。"

"不。"伊丝丽雅摇摇头，"还有一个方法，我们可以一起走。"

"别去头狼的仓库里抢义体。"穆卡苦笑着，"你连庄周都打不过。"

"我们换一下大脑，你换上我的义体，然后带上我的脑皮层离开。"伊丝丽雅平静地说，"我刚刚看了，那个军用的小手术台支持这个功能。"

穆卡心跳滞了一拍。"但你锁骨上的那个炸弹还在。"

"我锁骨上没有炸弹。"伊丝丽雅说。穆卡的手被她抓住，提起，在她的锁骨上抚过。"头狼不用炸弹限制我的自由。"

"那她用什么？"

"某种奴隶程序。"伊丝丽雅说，"她攻陷了我的 COS，把整个 COS 改成她自用的一个用于控制奴隶的系统。在这个 COS 中，我不是义体的主人，而只是运行在 COS 上的一个应用程序而已……头狼，她才有这具义体的全部权限。"

"那我们直接换脑，这个……COS 不是还在？"穆卡问。

"把酒神装在我的义体里，能把奴隶系统换成酒神内置的新COS。"伊丝丽雅说，"……应该能。"

"头狼可能会发现。"穆卡说。

"那也得尝试。"伊丝丽雅坚决地说，"我不想你死。"

穆卡叹气。

伊丝丽雅浅淡一笑，"我们换脑吧。之后，你就自由了……如果没机会逃跑，就把我丢了。"

"手术台的那个保存盒可以提供多久的大脑维生时间？"穆卡问。

"休眠状态七天，唤醒大概就半天。"伊丝丽雅说。

"时间很紧。"穆卡坐起身，"我会带你离开，给你找到新义体。"

"谢谢。"伊丝丽雅拉起穆卡的手，"这个……我帮你粘了一下。"

穆卡手中被塞入一件小物件，是旧地之光，碎裂的立方芯片已被临时粘好。

他接过旧地之光。就在他抓起串绳想戴在脖子时，芯片从中间粘连的位置再次裂开，分为两半。"啊！"伊丝丽雅小声惊呼，"对不起，我没粘好。我再帮你——"

"不如——"穆卡说。

"什么？"

穆卡没有回答。他侧身从地窖中选出工具，在旧地之光另一半上钻个孔，系上一圈细绳，结成又一条项链。"我们一人一条。"

伊丝丽雅面露绯红。"……好。"

"我给你戴上。"穆卡给自己戴上项链，将另一条套在伊丝丽雅脖子上。在撩起她灰发的一瞬，他动作停了下来。

"怎么了?"伊丝丽雅低着头。

"没什么。我曾经以为我会一个人,直到永远。"穆卡轻轻说道,"而我现在居然有了朋友,还是世界上最美的女孩。"

"你怎么突然夸人了?"伊丝丽雅"扑哧"一笑。

"就是感觉有点儿——"

"——不可思议?"

穆卡挽起那头灰发,为伊丝丽雅戴上项链。"不,有点儿幸福。"


## 十四

手术很顺利。

苏醒前,穆卡经过长串迷奇梦境。他梦见了荒野和深渊、城市和乡村,梦见了诗人和灰鲸,梦见十字架与佛塔,梦见蒸汽在黢黑的机器上热腾涌出。

他感觉全身上下绵绵不绝的不适:义体不适应综合征。他以前听到过初次换义体必然出现的问题,但这是他第一次切身体会这种不适应。

不适感很轻微,持续脉动着遍布全身。穆卡想抬起左手,右脚趾却僵直蜷住;想睁开眼睛,左手又突兀地一跳,硬生生抽动一下。五感也混乱成一团。他听见周围一片黑暗,嗅到庄周毛糙的狂吠,指尖摸到臭味,后背躺在遥远污水大海一浪浪的潮汐声之上。

所有感知觉中,唯一正常的是黑暗视野中浮动着的几面屏幕。屏幕半透明，上面滚闪着种种 UI[1] 窗口，它们似乎是 COS 额外加在义体使用者视觉之上的，用于控制义体，调用各类程序。

他试着平复呼吸（虽然胸廓扩缩的感觉也错乱在五感中），一点点控制新身体：手指、手臂、双腿。他尝试着分别控制不同的肌肉，适应肌肉组织传回的感觉。

穆卡终于勉强能控制住伊丝丽雅的这具义体。

"你醒了？"他脑海中响起伊丝丽雅的声音。

穆卡愕然。他睁眼看看四周，手术台旁停着一只深蓝色脑皮层保护盒，伊丝丽雅的大脑应该在里面。

"我在保护盒里，正用无线和你连接。"伊丝丽雅的声音依然在穆卡意识中回响，"看你正前方的内向屏，有个体感同步申请，点确定。"

"内……内……向……屏？"穆卡轻轻张嘴，发出清亮女声，乍一听像是伊丝丽雅在他耳边说话。他现在占据着原本属于伊丝丽雅的义体，长发披在肩后，全身很多地方和他原本男性躯体的感觉不一致。

"不用把话说出来，在意识中回复我，我也能听见。"伊丝丽雅解释着，"内向屏就是义体呈现给你的，只有你能看见的投影。"

"我找到这个窗口了。"穆卡看见一面内向屏上写着某设备正申请体感同步，"我怎么确定？"

"用手指点，或者用意念按那个确定都行。"

穆卡集中意念到确定键上，按了下去。"体感同步就是把我的感知觉传给你？"他试着在意识中和伊丝丽雅说道。

---

① User Interface，用户界面。

"对。这样我就能看见你所看见的。"伊丝丽雅说，"义体还适应吗？我们得快点离开。"

"还好。"穆卡站起身，"等一下——"

"怎么了？"

穆卡扫视棚窝，他的古典身体不见了。

"你的旧身体……"伊丝丽雅说。

庄周吠声渐低，四周岑寂而冰冷，似乎是雪下大了。

"地上有血迹。"穆卡循着血迹看去。血迹和脑浆混合着一滴滴延伸到窝棚入口，被破布帘门隔断了。

"快。"他心跳加速，提起脑保护盒，掀开帘门。在窝棚外，苍穹铅灰，大地积雪，血迹和脑浆混合着爬到几米远处，像一串红艳的铁盐冰晶。

"哟，你们终于亲昵完了？"头狼蹲在血迹尽头，身旁躺着穆卡的古典身躯，"看清内向屏，不要打开酒神系统。这是警告。"

## 十五

雪是灰色的。

穆卡看着头狼，不敢说话。

在头狼身边，他的古典身体被掀开颅盖，颅腔中插了块电子脑。头狼已把这具身体做成了受她控制的傀儡。

这是穆卡第一次站在别人的视角打量自己曾经的躯体。莫名的荒诞和恐惧感涌过，但他没感觉到往常恐惧时体内肾上腺素奔涌带来的震颤，伊丝丽雅的义体没有这个功能。

他移过视线，强迫自己转开念头。古典身体已经没用了，他的当务之急，是带着伊丝丽雅的大脑皮层逃走。

"同步率低到说不了话了？"头狼瞄了穆卡一眼。

"嗯……"穆卡张张嘴。同时，他在意识中问伊丝丽雅："我该怎么办？"

"别反抗，不行把我交出去。"伊丝丽雅在意识中回答。

"你真的很有趣。"头狼打了个响指，傀儡晃晃悠悠站了起来。"怎么样？Au1260的感觉比你原来的皮囊好吧？"

"我——"穆卡舔舔嘴唇，发出女声，"您在说什么？我一直都是Au1260。"

"别装。我知道你是穆卡，她——"头狼指着穆卡提着的脑保护盒，"才是那个小姑娘。Aurora系列确实是很好的儿童义体，就是太重外表，喜欢用灰发白肤来营造童话中小公主的感觉——"

穆卡打断头狼，"你想让我们怎么样？"

"童话都是孩子们的毒品。"头狼平平淡淡地说，"但义体不是毒品，义体是工具，是人类超越自己的工具。Aurora错了，大家都错了……没人真正了解义体。"

穆卡默然听着，同时观察着四周，考虑怎样绕开头狼逃走。

"尼采在哪里？"头狼深吸一口气，站起身。傀儡亦步亦趋紧随她身侧。

"——什么？"穆卡懵然。尼采是什么东西？

"尼采。诞生者尼采。"头狼缓步向前，逼近穆卡。

"那是什么？"

"那你是在哪里找到酒神的？"头狼问，"038？"

酒神？自己体内的那个运算中枢？穆卡稍稍低下头。"一个月前……在外面的地铁站里捡到的。"他开始撒谎。

"哪个地铁站！"

"呃……"穆卡连忙搜索记忆。

"东苑站。"伊丝丽雅在意识中提醒他，"东苑在我们锁骨炸弹的监控半径内。"

"东苑。"穆卡说。

"东苑？"头狼冷笑起来，"走，去东苑，去你捡到酒神的位置。"她压住穆卡肩膀，逼迫他前进。

"你想干什么？"穆卡佯装质问。

"想造个义体而已。"头狼按着穆卡的手松了松，"造我当年造过的义体：'诞生者尼采'。"

"第一次听说有人在废海设计义体。"

"二科把尼采拆了扔到了废海。"头狼说，"不然谁爱来这里？"

"信安二科？"穆卡说，"你造的义体违法了？"

"只是太不符合义体设计的一些法规而已。"头狼按着穆卡继续往前走，"我来到废海，只是想找到尼采的残件，复现我当时的灵感。"

穆卡抗拒着头狼的压制。"那你为什么要这样对待我们这些孩子？"

"尼采需要测试员。"头狼说，"普通的不行，AI不行，必须是意志极端坚强的。我试过，最好是孩——"

穆卡突然一扑冲向头狼，将她撞翻，大步冲向地铁站门口！

他大步奔跑，不敢回头。头狼的义体性能比他强很多，被追上也就是片刻之事。穆卡必须快速潜入地铁站复杂的地下网络，那里环境阴暗，适合躲藏。

他踏上地铁站台，头狼依然没追上来。穆卡小心回望，身后没人，也不见大狗庄周。

"我们安全了？"穆卡在意识中问。

伊丝丽雅没有回答。

"伊丝丽雅？"穆卡愣了愣，"伊丝丽雅——"

"——你适应得真快。"穆卡突然听见头狼的声音在他意识中响起，"在所有的猎犬里，你是尼采的最适格者，最合适的测试员。"

"你——"穆卡顿然意识到，头狼侵入了他的义体！

"哼？东苑？你以为我听不见你们的私语？你以为重装 COS 就能绕开我对 Au1260 的远程控制？"头狼说，"Au1260 的权限，我先收回。"

穆卡全身一僵，大脑失去对身体的控制，侧倒于地。内向屏一一熄灭，他面前只剩下一面黑白命令行闪过一行信息：Permission denied。


## 十六

穆卡在意识中一遍遍呼唤着伊丝丽雅，都没有回应。

无论是预先埋设病毒，还是从网络渗入，总之头狼拿到了穆卡义体的 root 权限。穆卡无法控制身体：不能运动、说话、转动眼球，甚至是调整眼球的焦距。

义体曾是他逃走的希望，现在却成了他灵魂的囚笼。

他听见两个脚步声逐渐靠近，一个正常，一个蹒跚，可能是头狼和傀儡。

"给你留下说话权限。"穆卡听见头狼说，"接下来，尼采的测试该开始了。"

穆卡胸廓和喉舌的一部分肌肉可以运动了。"放了伊丝丽雅。"他说。此时他的眼球依然不能运动，站台上的一堆垃圾占满视野。

"适格者很难找。"

"让伊丝丽雅活下去，一切都好说。"

穆卡感觉到头狼的手指慢慢攀上了他紧握伊丝丽雅大脑保护盒把手的左手。头狼轻柔地拨开了他的小指。"你没有讨价还价的条件。"

穆卡的无名指、中指也正在被头狼缓缓移开。他想用力握紧把手，但左手传来的感觉只有一片虚无。"放了她！"

头狼移开了他的食指，穆卡的左手无力地从把手上滑落。随后，他听见保护盒被头狼提起离地时发出的轻微碰撞声。

"放了她……求求你……"眼泪滑过穆卡眼角，"我——我帮你测试！"

"根据测试结果，我才能决定怎么处置伊丝丽雅。"头狼说。

"好。"穆卡咬牙答应。他沉默一会儿，又问："但那个叫'尼采'的义体在哪儿？"

"酒神运算中枢是尼采的关键。"头狼说，"有了酒神，你的义体已经算是尼采。和原本的尼采相比，无非就是功率差两个数量级而已。"

两个数量级"而已"。穆卡苦笑一声。"测什么？"

"嗯……打架吧，简单粗暴。"头狼在穆卡身后踱步，"你如果能撑着不输，我就放了伊丝丽雅。"

"我有个请求，"穆卡说，"让我和伊丝丽雅连线。"

"可以。"头狼没有迟疑。一串命令在穆卡眼前的内向屏上滚过，他获得了义体的临时控制权限。他翻身爬起，看见了接下来这场打斗的对手。

是一具傀儡，穆卡古典身躯制成的傀儡。

头狼竟然让他和过去的他打一架。穆卡看着自己过去的面孔，看着自己过去瘦小的身躯，看着自己过去伤疤网布的皮肤，愤怒、耻辱、恐惧等情绪在他胸腔中蔓延开来。

"我还以为对手是你。"穆卡看着头狼，一字一顿。

"我知道傀儡的身体没你现在的义体强，但是……"头狼转身走到一边，"先打败你自己。——测试开始。酒神系统，启动。"

傀儡一晃身子，趔趄一步，有气无力地一拳挥向穆卡。

"穆卡。"伊丝丽雅向穆卡发来体感同步请求。

"我们一起。"穆卡按下确定键，同时后跳一步，躲过傀儡的那一拳。

傀儡动作很慢。穆卡努力不去想傀儡曾是自己这一事实，跨步向前，一拳直取傀儡胸口。

突然，一股磅礴信息流冲入他的大脑，洗刷了他所有的五感！

脑袋"嗡"的一声，穆卡全身所有的感知觉一时错乱。信息流在五个感觉维度（视听嗅味触）之外开拓出无限的新维度，把所有信息从每一个维度中捅进他的大脑。他感觉傀儡在对他拳打脚踢，但不是通过视觉和触觉，而是义体直接告诉他被击的事实；他感觉伊丝丽雅的保护盒还在头狼脚边，但不是视觉确定的，而是义体在另一个感觉维度中直接塞给他的信息。他感觉到的周围的一切，但都不是五感，全是义体直接传递的信息。

人类生活仰赖的五感此时只是他感觉系统中微不足道的一小部分，整个感觉系统无穷无尽的维度都被义体用来和大脑通信。周围发生的一切穆卡无须通过五感察觉再经过分析获知，而是直接"被感知"到。

巨大的不适如同浑浊洪流，洗刷着穆卡。他此时仿佛深陷山林高峡之底，洪流滚涌而出，将他湮没。

"这就是酒神系统。人想成为超人，首先要革新获取信息的方式，要拓宽向大脑输入信息的维度。五感是不够的，必须要千感万感乃至无穷的维度。"穆卡听见了头狼的话，这些话语此时在他的无穷维感知觉洪流中，只是听觉那个小小维度的小小一隅。"前面所有的测试员，都熬不过这一关，精神失常了。"

"穆卡！穆卡！"极遥远处有个女声在呼唤穆卡，他浑浑噩噩地听着。然而此时四望，触手皆是浊流，不辨天地、不辨四时。

"列车正在进站""傀儡要攻击左脚""头狼在分析尼采的性能""我的腹部受伤了""伊丝丽雅在呼唤我"……无数客观事实被编码进各个感知觉维度，并行撕入穆卡的脑海。

他想控制身体，想还击，想回应那个不停呼唤他的女声，却什么也做不了。

"胸口被击中""我摔倒了，正倒向左侧后方30°方向""傀儡又要攻击"……穆卡胸口一痛，痛觉和其他维度的感觉同时撕入意识。他木然躺倒在地，仰面望着傀儡一步步向他走来，却无法做出任何动作。

"第三次测试失败。唉……"穆卡听见了头狼失望的声音。

傀儡一脚踩上穆卡的腹部。忽然，傀儡脖子上的半块旧地之光倏地滑出衣襟，在穆卡面前晃了晃。

穆卡浑身一震，项链的视觉图像蓦地占据了他的意识，排挤开其他感知觉维度。这半块芯片……是什么？他痛苦地思考着。

"那是我们的项链！"他突然听见伊丝丽雅的轻喝。


## 十七


穆卡的意识一震。

这声轻喝如同犀燃烛照，荡彻污浊，周围的信息流随之一清。

突然抽身而出让他冷静下来，他试着慢慢去一点点理解酒神送来的信息流，慢慢适应无数个维度的感知觉，并逐渐恢复了对身体的控制。

"伊丝丽雅。"穆卡终于可以回应她了，"谢谢。"

"你刚才怎么了？"伊丝丽雅哭着说。

"没事。"穆卡没有时间解释酒神系统，"别担心。"

"傀儡正在踩向我的左腿"，酒神系统将感觉发给了穆卡。他下意识地想抬脚格挡，再一脚踹飞傀儡结束战斗，却又停住了。

就算他胜了傀儡，头狼还会握着他义体的权限。如果头狼反悔，他和伊丝丽雅还是得不到自由。

要想真正自由，他必须战胜头狼。

而他突然想到一种可能。

他的义体功率肯定不如头狼，但酒神系统赋予他飞速感知环境信息的能力，这使他可以与头狼一战。但他需要切断自己和头狼的无线连接，保证头狼无法控制他的身体。穆卡心中思考起来。传统的义体无线连接模块都在颈后，和有线的接口共用总线——他必须想办法破坏自己颈后的无线模块。

"右边的垃圾堆里有把匕首""头狼注意到我驾驭了酒神系统""傀儡还在反复使用脚踩的攻击模式"……穆卡一念之间审视过酒神传来的感觉，他有了新想法。稍加思虑，他定下了行动计划：佯装被傀儡连击踢到了垃圾堆边，再捡起匕首，直接一刀剜掉自己颈后的无线接口。

他刚想问伊丝丽雅 Au1260 的无线接口是否在颈后，又硬生生止住。头狼肯定还在监听他们的私密通信，他不能暴露自己。

"伊丝丽雅。"穆卡说，"我有个计划，但是要断掉我们的连接。"

"好。我相信你。"

傀儡又攻向穆卡。

穆卡无须分辨傀儡的动作。酒神系统能自动通过义体上的传感器采集环境数据，分析傀儡攻击的方向、时机和力度，再利用感知觉的上行通路通知他。

他佯装被傀儡踢中，侧滚过去，滑向垃圾堆。

傀儡追了过来。

穆卡检索着酒神传来的信息。他探手摸出垃圾堆中的匕首，低头弓腰，反手狠狠一刺，捅入自己颈后。微微试探后，他稍侧刀锋，避开颈椎，再用力一挑，剜出了颈后所有和脊柱总线相连的接口。

"接口已经破坏"，酒神系统告诉他，"傀儡正在向我的头部挥拳"。

穆卡抬起头，盯着傀儡的脸。那是一张蜡黄、早已没有稚气的脸，双瞳无神，嘴唇上裂着脓口，紫褐色浆血不断渗出。

他轻叹一声，一把抢过傀儡颈上的半块旧地之光，扯断串绳握紧入手，而后侧身肩挤，将傀儡推翻在地。

"结束了。"穆卡口中发出清丽而略带沙哑的少女声。他抬起脚狠狠踩下，直接踏断自己旧身躯的脊柱，"咔嚓"骨裂之声清晰可闻。

傀儡的身子肌肉张紧，以怪异的姿势反张着打挺僵立，然后"砰"地倒下，再也不动了。

"你驾驭了。"头狼盯着穆卡，全身轻轻发颤，"你居然驾驭了？"

"不是我。"穆卡重新系好项链串绳，将这一半旧地之光也戴上。他低头看着坠在胸前的两块破裂芯片，轻轻一齐握住。"是我们驾驭住了。"

"你剜了无线接口，很果决。"头狼走到站台一角，放下伊丝丽雅的脑保护盒，"你想杀死我。"

"我们要真正的自由。"

"很好。"头狼闭上眼睛，吸气，又悠然吐气，"'创造者与其创造物之相遇，改变了创造者'。来吧，让我们继续酒神测试。"

她蓦然睁眼，一脚后撤踩住大地，发力，身如疾电，一拳直取穆卡！

# 十八

"被攻击位置：左胸口""时间：零点八秒后""力道：极强"，在酒神告知穆卡的一瞬，头狼的拳头已到。

穆卡侧闪，躲过这一击。"头狼的第二次攻击到了"，穆卡身形未稳时，酒神的下一条警告已来。

他试着举起匕首格挡。头狼一拳砸在他手臂上，穆卡倒退几步，匕首脱手而出。

"你确实控制住了酒神。"头狼收拳而立，"我成功了……'尼采'成功了……哈哈哈哈！"

她狂笑起来。地铁轨道上的阴风亦倏忽激鸣，似为这笑声伴奏。

"你疯了。"穆卡说。

"恭喜你，尼采的第一位适格者。"头狼说，"你是怎么一个人从无穷维感知觉中熬过来的？"

"我不是孤独一人。"穆卡小步后退，警戒着拉开距离，"她帮了我，是我们熬了过来。"

"哼，我还以为我们都是孤独之人。"头狼又攻了过来，"人也许生来就是社会性的，但是，推动人类进步的，从来都是孤独者。"

穆卡"聆听"着酒神的信息流："地铁列车在一分钟后进站""左前方 45°，半米远，地上有一只兔子义体""左前方 40°，半米远，兔子义体下方，有一节胡萝卜玩偶""头狼的攻击方向：我的左腿"……

他全力躲闪，偶尔试探着进攻，测试头狼的打架习惯。头狼动作毫无章法，根本算不上精妙。但凭她义体的澎湃出力，只消简单挥拳，穆卡都不敢硬接。

"我曾经也那么想。"穆卡滑步后撤，"但是，你的孤独，会伤害那些想关心你的朋友。"

头狼一拳击中一截从天花板上挂落的通风管道。铁皮管道"嘎吱"扁折，压散它所凭倚的垃圾堆，挤出一地恶臭。"朋友？"头狼一脚彻底踩断通风管道。"如果我亲手做出来的一具具义体会说话的话，它们是我的朋友——唯一的。除此以外……没人关心我，甚至包括我妈。"

头狼又狠狠一脚踏下。巨力之下，甚至地铁站台都轻微一颤。

穆卡一愣。他想起了自己的母亲，想起小时候被母亲逼着进行高强度的学习和训练。母亲总是打着"振兴殖民地，抵抗帝国入侵"的名号压迫他前进，仿佛他就是台机器，而非孩子。

"世上所有人都扮演着别人所需要的'自己'，戴着虚伪的面具。"头狼揭下兜帽，露出她苍白的脸，"没人真的关心你。"

列车沿着磁悬浮导轨滑入站台，减速、停稳。车厢内残破的照明照向站台，留下三道冷白光斑，隔开穆卡和头狼之间的世界。

"你没有。"穆卡望了眼放在前方地上的伊丝丽雅脑保护盒，"我有。"

"呵……"头狼撇嘴一笑，"与庸人之间保持庸俗的社交关系有何意义？有何趣味？人之于世，难道不应该去超越？尤其是你。"

"我？"

"我测试了那么多孩子，目前你是唯一能驾驭酒神的人。"头狼说，"帮我继续测试，我会为你打造属于你的超人之躯。你将是整个人类的超越者，站在进化之虹的最前端，超人的起点。——这才是你的归属。"

头狼微笑着向穆卡伸出手。他们一旁的地铁屏蔽安全门倏尔关闭，列车带来的照明偏折几度，照在头狼几乎无瑕的手上。"来吧。"她说。

"测试？营地中那么多孩子死去，对你而言，就是一场测试？"穆卡咬紧牙关，克制住心中不断上涌的怒意，"上百条生命，你难道……毫不怜悯？毫不心痛？"

列车加速飘出，站台再次陷入黯淡。

"痛。当然痛。你以为我想用那些孩子测试？我曾经试着测试过很多人。专业的测试员、普通人、AI 都不行。而孩子，他们是纯洁、是遗忘、是新的开始、是肇始的运动、是神圣的肯定。只有孩子才能驾驭酒神。"头狼说，"然而，每一次看见孩子们饿死、炸死，相互残杀而死，我都心痛。每一次抛尸，每一次给新来的孩子钉上炸弹，我都在自我谴责。罪恶是统治我灵魂的暴君，我早就无药可救了。"

"你——那你还——"穆卡全身颤抖，"你这个疯子！老女人！"

"让你失望了。"头狼只是无力一笑，"几百条人命而已。三战、四战，再到五战；旧地、新地、海瑟里安，再到四处开花的殖民地星球；离开旧地五百年，人类的技术波折着几乎无进步，社会陷入停滞。这种停滞导致的内部冲突又死掉了多少人？"头狼摇摇头，"百亿？千亿？哼……我们再不革新自己、革新技术，迟早会自我毁灭。几百条人命，称不上代价。"

"你又疯又蠢。"穆卡摇头，"就你一个人，拿什么改变人类？"

"一个人？"头狼说，"但我是帝国最优秀的义体设计师。在肉体进化之路上，你找遍帝国每一颗住人的行星都找不到比我更合适的引路人。——并不是开玩笑，我在用最理性的思考，严肃地邀请你帮助我改变世界。"

"我拒绝。"穆卡毫不犹豫。

"我真的不喜欢暴力。"头狼放下手，长长叹了口气，"你也没有拒绝的权利。"

她握紧拳头，缓缓扬起，骤然冲向穆卡！

穆卡怒吼一声，迎击而上！

他和头狼缠打成一团，拳往脚来，纷错如雨。此时的头狼仿佛一头伏特加喝高了的棕熊，动作狂暴混乱，虽无章法，但力量浑厚，每拳每脚都重逾万斤。穆卡利用酒神的全知优势勉强抗衡，抓紧一切空隙进攻。但头狼的义体仿佛钢铁铸成，无论如何击打都没带来任何伤害。

"不能这么耗下去。"穆卡思考着对策。头狼义体出力虽强，但她的义体是古典构架，各关节的活动自由度和人类古典身体相当。用擒拿技锁住她的动作，也许能创造攻击机会。

穆卡开始防守，伺机而动。

终于，他觉得一线机会。头狼直愣愣地向他挥了一拳。按照穆卡的观察，头狼收拳之后会有一个调整站姿的小空隙。他一晃躲过拳头，感知着酒神的信息流，在头狼调整站姿的一瞬一步斜出，挤入头狼两腿之间，膝挤肘压，一反身制住头狼，将她放翻于地。他一掌抵住头狼肩胛骨，爆发出全身力气，试着直接扭断头狼的腰椎。

他的力气仿佛撞上钢板，毫无作用。头狼冷哼一声，就抖出一阵巨力甩开了穆卡，继而一拳疾走，向他砸来。

"头狼这一拳用出了全力"。酒神警告穆卡！

穆卡依凭酒神的感知试着躲开这一拳。头狼一拳砸入地铁屏蔽门的玻璃幕墙，沿着投影在墙上的地铁线路图一路划过。从始发站"西牙岭"到终点站"银座西港"，这一拳破墙而出，折向穆卡。

电光石火的一霎，玻璃墙裂纹骤生，"砰"地破碎；失去凭体的线路投影也无法维持，荧光熄灭，化为鹅黄星屑无数，与玻璃瀑流共同滑坠。

在瀑流和星屑间，穆卡侧滚躲开拳锋。但头狼全力一拳砸得地面巨震，他的身子被震起飞出，跌向地铁轨道。

穆卡慌乱中抓住轨道侧沿的磁悬浮导轨。他往下一踩想站稳，但脚下地面突然一松，"嘎吱"断裂，向下坠去。

"下面是地下空洞""这条轨道吊在空洞穹顶上""线路下的挡板因年久失修被我踩断了""我正吊在高空"，酒神告诉穆卡。他攀稳导轨，刚想爬上站台，却愣住了。

"结束了，穆卡。"头狼站在上方，守着他上爬的唯一缺口。


十九


干燥的风拂过穆卡，撩起他的灰发。

坠下挡板的碰撞声遥传而至。一串鲜红灯光亮起，照亮了下方的洞穴。穆卡勉强低头瞭了一眼，呼吸不由一滞。

下面是一座废弃的地下城市。挡板的撞击似乎重新激活了城市的设施，但城市可能朽毁失修，城中光芒成病态的血红色。血红的光芒闪烁着扩散开来，勾描出街道路网。光芒挣扎许久才逐一亮起，补全，像风烛残年的老人在大病之后初次苏醒。

城市中心矗立着一座千米高塔，塔尖直指穆卡。高塔四周拱卫着一圈略低的塔楼，洞穴的穹顶上亦倒吊着一座座倒生的高楼。地面与穹顶的高楼仿佛犬齿般上下错位对峙，像是魔狼的大口，要将整个血红的城市吞没入日蚀之中。

"这里是天岩户城，早就没人了。"头狼在穆卡头顶蹲下来，"这座城市也许是人类文明的伟迹，但五战之后……这里就是片鬼墟。"

穆卡感觉天地仿佛倒转了过来。他此时吊在大地之下，苍穹之顶。窄小的轨道像是连接、扭转天地的脐带，从四周压迫过来，将他挤向下方的魔狼之口。

头狼在他面前的半空中虚点着，似乎在操作内向屏。"低下头，"她向穆卡伸出手，在她指尖，一滴浓郁的循环液正从皮肤下渗出，"让我把这滴循环液滴在你后颈，我就拉你上来。"

穆卡警惕地盯着那滴循环液。他猜测头狼可能临时编程了一组微纳机器人融入循环液，让它们在穆卡后颈总线上重建出临时的无线通信接口，进而远程入侵他的义体。"微纳机器人？哼。"

"你居然发现了。"头狼说，"酒神告诉你的？"

"我猜的。"

"但你没有选择。"

"我不会低头。"

"活着总是要付出代价的。"头狼微笑着。

"我宁愿掉下去摔死。"

"我无所谓。"头狼语气不变，"你摔死了我大不了慢慢在天岩户城里面再找酒神就是。"

"那你就没有适格者了。"

"你证明了我的超人计划可行。"头狼说，"就算没有你，再找个适格者也不迟。……时间不多了，下一班列车快来了。"

穆卡心中一紧。"列车将在两分钟后进站"，酒神告诉他。

我得想个办法。他闭上眼睛，试着用理智分析。但无论他怎么思考，都找不到可以战胜头狼的可能。

难道我要死在这里？他全身发颤。

突然，穆卡手掌上传来一阵微麻。"导轨在漏低压电"，酒神告诉他。

"漏电？"穆卡浑身一激灵。列车依靠两条导轨加速减速，如果他能让两侧导轨的电磁驱动力反向，在列车进站时一侧刹车，一侧加速，有可能把列车甩上站台。

他不觉得头狼能挡住几十吨的列车。

但这念头刚起，他立刻觉得这想法太科幻。磁悬浮驱动一整套复杂系统必然有重重保护，怎么可能让他轻易控制两侧导轨的电流？

而且，他还吊在导轨上。

不过……穆卡突然注意到酒神的信息："我左下方有一个机电检修盒"。

"你真的想寻死？"头狼说。

穆卡仰头看着头狼，同时借助眼角余光瞄向机电检修盒。酒神用余光重建出检修盒的高清图像，使他不低头也能"看见"检修盒。"我可以低头。让伊丝丽雅离开废海。"

他松开左手，单以右手吊在导轨上。等身子晃稳后，用左手悄悄打开了检修盒。

酒神将检修盒内的图像分析结果重整后传给了穆卡。盒内铺着一块电路板，上面布满跳线和排针口。几只变压线圈缠住铁芯，横贯电路板上部，线圈间挂满灰尘。

"好古老的电路。"穆卡愣了愣，霎时仿佛回到了故乡，那时母亲训练时打印的电路也是这种风格。

隧道一侧传来列车滑行的风噪声。

"低下你的头颅！"头狼说。

穆卡不理会头狼，集中所有注意力到电路上。酒神把电路板上模糊的印刷字体识别清楚，又整理出各端口间的连接关系。穆卡最后看见的，是酒神分析出的整体电路图。

他分析着电路图。配合着酒神送来的其他信息，他猜测检修盒是地铁线路综合控制的那套系统失效后最后手动检修的手段。按说明拨弄上面的跳线，能将整条线路的电气状态调至不同的功能。

电路很复杂，但是他以前分析过更复杂的——在母亲的逼迫下。

"你真的想寻死？"头狼问。

穆卡瞄了眼头狼，又稍稍低下头。电路中同时包含数/模成分，他先厘清了数字端的逻辑，又把注意力转到模拟端。在模拟端，两条导轨的功率输入电路相互分离，如果能反转自己对侧导轨的电输入相位，在刹车时，导轨会传给列车朝站台出轨的力矩。

列车"嘶嘶"着减速驶来，像条吐信滑入站台的大蛇。

要调转180°的相位，必须求解这两个端口间的转移函数。穆卡皱起眉，视线扫过所有的运放和阻抗，迅速化简线路，速算并串关系并略去小量。电路并不复杂，但他必须耐心，耐心，再耐心。

"八秒"，酒神不断提醒列车到达倒计时。

穆卡算出了结果。

"五秒"。

他咬牙飞速验算，确认无误后才探出手，拔下一条跳线，插入另一针口。

"嗡。"穆卡听见身后导轨一声嗡鸣，他双手攀紧导轨，全身绷住。

"一秒"。

列车呼啸进站。穆卡手上一震，"砰"的一声，列车翻滚着挤上站台，势若癫蛇，横扫而过！

站台震动，破碎与金属挤压声不绝于耳，碎玻璃和金属片如雨点般下坠。穆卡似乎听见了头狼的惨叫声，但他不确定——酒神在这一瞬发来海量信息，让他有点懵。

终于，万物宁息。

穆卡用力向上一缩，爬上站台，站稳身体。站台上已经面目全非，列车扭曲着盘卷在地上，碾碎了它所扫过的一切。

"结束了，都结束了。"他默默想着。突然，他蓦地想起，伊丝丽雅的脑保护盒也放在站台上！

"伊丝丽雅！"穆卡健步冲出，"伊丝丽雅！"

# 二十

穆卡爬上列车废墟，箭步跳下，来到站台一角。脑保护盒被一小块铁板压住，安全指示灯亮着绿光——伊丝丽雅没事。

他松了口气，提起保护盒，转身回望。一片狼藉中，头狼的义体被碾成了四五段残躯，她的头部和胸部的一部分仍然连在一起，没有被彻底碾碎。

他走到头狼的头颅前，踢了踢她的头颅。

没有任何反应。

"大概是死了。就算没死，也没人救她了。"穆卡暗想着。他长叹一口气，向出站口走去。

三小时后。

云收雪霁，旷野星垂。灰白的积雪在废海上排开、蔓延到夜幕极远处。道路前方，一座小镇隐约可见。

穆卡准备在小镇给伊丝丽雅换上义体。他搜索过头狼的库房，里面的义体零件拼不出完整的义体。而这个小镇是距营地最近的拾荒者聚居地，义体黑市、诊所在小镇上一应俱全。

离开营地前，穆卡还检索了酒神运算中枢中存储的文件，里面有一整套黑客工具。借由这些工具，他潜入了头狼房间里的中央电脑，破解了电脑中控制营地里所有孩子锁骨炸弹的程序。

现在，他、伊丝丽雅，还有其他孩子，都自由了。

穆卡望了眼小镇。小镇的灯光橙红而温煦，似是一点希望的花火，在黑夜之中颤动摇曳。

他轻轻抱稳伊丝丽雅的脑保护盒，朝着小镇涉雪前行。

# 天 问

　　很多年后，在终南山中终老的日子中，公输青常常会极目北望。在关中的大地上，在大秦帝国最后的余晖中，他曾经和百家的学徒一起，在咸阳郊野留下帝国最后的奇迹。

　　那是光焰熊熊，能与落日争辉的人造太阳。

## 一

　　沿着长城驰道从交趾出发，公输青一路向北，终于在两日后乘着金木轨车飞驰着掠过了函谷关，进入关中。在咸阳停留不到一个时辰，他就被侍卫带到了骊山脚下。

　　"我不用换身衣裳？"公输青扯了扯身上满是泥浆藻印的短褐工装。

前几天正是合浦人鱼渔场建设的关键日子，青铜自动俑不耐海水腐蚀，往往操弄一会儿渔网就朽坏了；南越王的余孽又时不时搞些反叛破坏，湮塞了灵渠的水路，物资南行一时不畅。公输青不得不亲自镇守渔场，解决工程问题。

"陛下要立刻见您。"侍卫戴着玄黑的高帽，帽侧的黑纱丝带在晚风中飘扬，"陛下特别嘱咐，他不介意公输先生是否整洁，一切皆凭先生本心舒畅。"

"那就无所谓了。"公输青昂着头走上理天殿的石阶。他才懒得换衣服搞清洁，那些虚伪做作的表面玩意只有稷下的老儒生们才爱折腾。相比之下，他更喜欢和墨门徒众在一起，实干才能建设美好大秦。

石阶两旁的甲戈侍卫早就见惯了公输青这般模样，皆双目前视，无视这个又脏又臭的中年男人走入帝国的核心宫殿。

"不知道始皇帝这次又有何事。"公输青捻了捻胡须，站在理天殿大门前。帝国现在能源吃紧，全国各地的工场都缺动力，抓紧建设人鱼渔场多生产人鱼膏才是头等大事。不然金木自动俑没了燃料动力，起码三晋故地就难以抗衡匈奴人的大军。

每次进入阿房宫①，公输青看见的景象都不一样。三个月前，理天殿西南角还是一片工地，现在已经架起了青石高台，上置青铜浑仪一座，以测天象。

公输青记得浑仪还是他和阴阳家的邹衍老先生一同设计的，这个

---

① 按：据论证，秦始皇时代阿房并未建成。本文以下多有对客观历史之演绎，诸人、事、物并非秦时所有，不再一一列出。

时候，邹老先生应该是回临淄休养去了。几个月前公输青和邹老先生喝酒时，邹老先生说过他喜爱临淄的"蔡姬红烧肉"，比咸阳馍夹肉美味千倍，因而不愿在（函谷）关西久留。据说蔡姬红烧肉漂在清汤上，肥肉摇曳晃荡，看着特别像水面上荡来荡去的小船。

他只管喝酒，想着工程上的事情；至于邹老先生要观察什么荧惑的退行、黄道白道的交合，他不在乎。

拖着又脏又臭又疲倦的身子走入大殿，公输青首先听见的是七国口音的争吵。叽里呱啦，像是在指责什么东西。"公输先生到——"侍卫们唱喝着。聒噪的七国口音一个接一个歇了，最后停下的是个鲁地口音，听着特别像曾子学派的人。

大殿尽头的高座上坐着帝国的统治者——始皇帝。高座前，左边站着一位矮小的黑衣男子，右边站着一堆身着华丽章服的老先生，他们都是百家派驻阿房宫的专家学者。从章服的纹饰色彩看，以阴阳家和墨家为多，剩下的还有些儒门与法家的先生。

而那名黑衣男子，公输青从未见过。黑衣男子全身裹得严严实实，头戴竹笠，面蒙黑纱，袖外的手掌也缠着青白的绷带，一圈圈缠好，不露一点皮肤在别人的视线下。

"陛下。"公输青站定，朝高座一鞠躬。

"公输先生。"始皇帝站起身，走下高台，"这位——"他指了指那名黑衣男子，"是来自姑射山的鬼谷先生。"

"呃……"公输青一时不知道始皇帝把他从帝国的南溟岸侧召来究竟想干什么。难道就是见这个鬼谷先生一面？公输青看着始皇帝的颜容，始皇帝的眼神在摇晃的九旒后温和而坚定，与往日并无不同。

"见过鬼谷先生。在下公输青，公输班之后，喜欢操弄些金木机工。"公输青朝鬼谷一作揖。

鬼谷只是点点头。

"好了，闲话少说。"始皇帝一挥衣袍，"公输先生，朕前些年曾和你提过，要造一台解决一切问题的'天问之机'，那时我们一同探讨了七日七夜，未有结果。这次，这位鬼谷先生带来了天问机的设计方案。"

"什么？"公输青身子一震。天问机的目标是能解决一切向机器输入的问题，几年前公输青和墨、阴阳两家的高手一起合作研究过，最后得到的结论是：造不出来。这位鬼谷先生，真的能制造这种东西？

公输青带着迷茫望向站在右侧的诸生，他们中有些是那时和公输青一同研究天问机的故友。目光一一相接，故友们都向他点头，表示这是真的。"公输老友，"有个墨者扯着嗓门喊起来，"天问机确实能造，但我们反对。"

"我支持。"公输青往鬼谷身边挪了挪，站在诸生对面。鬼谷却侧侧头，斜走一小步，离公输青又远了些。

公输青不会反对天问机的建造。一想到能建设这么空前绝后的超级机械，他的身子已经颤动起来，心跳加速，某种澎湃的潮流卷过四肢，让他思维无比清晰。上次和大将军王翦一起在长城驰道上吃饭，王翦就说他钻研机械时认真的样子堪比绝境杀敌的死士。

微弱的风流在理天殿内回绕着，人鱼膏灯明灭燃烧，照亮了周围。几个青铜自动俑正在收拾地面上散落的竹简——始皇帝大概昨晚又在殿上算东西了。

"呸，我就知道你会支持。"墨者捋起玄黑下裳，扣了扣小腿上黑黢黢的伤疤，哼哼几声，"老友，你知道天问机的输入功率有多大吗？"

公输青摇摇头。

"你问他。"墨者一指鬼谷。

公输青侧头望着鬼谷先生。鬼谷有些迟疑，最后说："开机一次可以运行半个时辰，需要消耗两千斤人鱼膏，可以计算……最多一个问题。"

鬼谷的嗓子沙哑平静，像是好几天没喝水。

"什么？"公输青额头上冷汗直冒。如果鬼谷说的是真的，这个天问机的功耗远超他的想象——一斤人鱼膏能燃烧整整十年，整个关中渭河工业区的总能量消耗也不过一年两千斤人鱼膏（其中大部分还是伐薪取木以为柴火，或是烧菜油），而公输青现在正在负责建造的人鱼渔场，一年能产出的人鱼膏，不过百斤之量。

能源就是这个帝国的命脉。各地的工厂、城市、自动俑，都需要能量驱动。整个帝国的能量缺口越来越大，公输青估计哪怕扩大人鱼膏的产量也很难弥补未来十几年的能量缺口。

帝国承担不起天问机的能量需求。要想建造天问机，需要额外去寻找新的能源。

公输青一下子不知该不该支持天问机的建造了。巨大的能耗注定这台机器无法开动，但制造这种超级机器的快感在驱使他接受这个任务——哪怕是造出一台无法开动的机器。

除了能量的问题，帝国内的动乱苗头也不能忽视。六国故旧豪强被革掉了工场主的位子，无法剥削民众后，一直在不停起兵反叛。民心虽向着始皇帝，但各地工厂的水银污染问题让民众颇有微词——一旦投入巨量的能量到天问机上，军事上的能力多少会有损减，民意又摇摆不定，六国豪强反叛，匈奴再次入侵……形势不容乐观。

"陛下……"公输青朝始皇帝一鞠躬，却一下说不出什么。

"好了，朕知道你的想法。"始皇帝说，"你想建造。朕抓你回来，不是问你支不支持；朕已经决定了，要造天问机。"

公输青皱起眉，"可是，陛下——"

"朕把你从合浦拉回来，就是要你和鬼谷一起，解决能量的问题。朕想造这台机器，只是想问一个问题。"始皇帝走回高座，缓缓坐下，再居高临下盯着公输青，"诸侯侵伐，黎元蒙难，天下万世之太平，究竟要如何而治？"

万世太平……公输青一时哽住，热血冲上头颅。他唯有躬身到底，咬牙说："苍生在上，公输青愿意制造天问机，解决能耗问题，为万世太平立毫末之基业！"

理天殿上，一时沉寂。

"好。"始皇帝轻声说，"好！"他加重语气，"今日议事暂且如此。诸位先生请回。公输和鬼谷两位先生暂留。朕要去殿后明堂祷祝于天，稍后与二位商讨工程细节。"

始皇帝离开后，理天殿上一时只剩下公输青和鬼谷。公输青缓步走到鬼谷面前，问："先生是怎么——"

"你离我远点。"鬼谷往后退了两步。

"啊？"

"你身上也太臭了，鱼腥味？"

"我刚从合浦回来。"公输青摸摸头，他的头发也几日未曾清洁，上面可能还沾着海水的盐渍。他看了看鬼谷，鬼谷身上虽说全黑，却纤尘不然，干净得恍如织机坊新造的布匹。"呃……"他木讷地又挠挠头，只能往后退几步，离鬼谷远些。

两人沉默下去。

片刻后，侍卫们拱卫着始皇帝回到殿上。始皇帝坐回高座，穆然望着前方，却不说话。

"陛下，你真的要造天问机？"公输青小声询问。

"刚才在明堂，"始皇帝忽然说，"天帝下诏了。"

"啊？"公输青只知道明堂是祭祀祖先与上天（天帝）之地，原来天帝还会直接下诏？

"天帝告诉朕，天问机不能造，"始皇帝说，"天帝要求朕多供奉能量到明堂，给它使用。"

公输青一时有点懵。暂且不管天帝为什么突然宣示存在，又索要能量；天帝这么一折腾，天问机还能造吗？

"朕想了很久。"始皇帝语速逐渐变慢，"不管天下太平之道要如何取得，这个天帝，时时刻刻食古不化，隔空指导人事，它就是天下太平的阻碍。朕……"

始皇帝站起身，忽然拔出腰旁铜剑，直刺上方，"要灭杀天帝。"

二

两月之后，阿房宫，浑仪。

消灭天帝的想法虽然荒谬而突兀，但公输青可以理解始皇帝的想法。登基二十六年而横扫六合之后，始皇帝清算了六国的工场主，解放了奴隶，将所有工业收归国有。在这个过程中，不知为何，天帝频繁下诏，阻碍始皇帝的行动。

始皇帝一直将天帝视为治国之阻碍。碍于礼法沿袭，定期的供奉郊祀从未亏缺，但始皇帝也从不上心。

但是，公输青一直以为天帝下诏就是六国的工场主豪强们玩弄的把戏，他没想过天帝居然真的存在。

"所以，天帝到底是怎样的存在？"公输青看着鬼谷，问道。这两个月来，他和鬼谷正在全力负责"消灭天帝"的计划。大多数时候都是鬼谷在忙碌，公输青只在一边闲着。闲着无事，他就在阿房宫内处理其他的工程问题，从驰车的改进到水银动力机的管道阀门改良，这两年攒下来的一些琐事，竟然被他此时抽空一个个处理了。

但无论如何，想消灭天帝首先就要知道天帝是什么。祖先的魂灵？天神？还是某种神秘动物？公输青一概不知。——鬼谷包揽负责了所有和天帝有关的事物的调查。

鬼谷挥手指挥自动俑，让它们搬运物料，调整阀门，控制推动浑仪运转的水力大小。浑仪是大大小小三圈的空心铜环，直径两丈，环刻角分，可以测量日月星辰的经行分数。在鬼谷接管这里前，一直是阴阳家的先生们在倒腾这台仪器。

"目前所能知道的，"鬼谷扶了扶斗笠，"天帝在天上。"

天帝当然在天上啊……公输青不解，"这我也知道。"

"我指的是，就在我们头顶的高处。"鬼谷说，"而不是神神叨叨的那个苍天。"

公输青抬头看着夜空。群星舒朗，月牙只有弯弯一线。浑仪缓缓转折，一只站在铜环顶的黑鸦扑飞腾起，湮没在暗夜中。"头顶，高处？"

"我现在在测量它可能的位置。阴阳大家邹衍老师记录了所有星辰的位置，只要天帝比星辰低，它多半会影响星辰的光线——光线你懂吗？墨门最近在研究的那个假说。"鬼谷停了下来，看着公输青。

公输青点点头。"我有好几个墨家挚友。所以，你的意思是，天帝是一个飘浮在天上的，透明的东西？"

"有可能。我会观测所有星星的位置，比对记录，看看什么位置有异常。"

"可是你怎么知道天帝是漂在空中的东西？"公输青有些疑惑。通过这两个月的接触，他只知道鬼谷知识渊博，百家大多通晓；但他并没有注意到鬼谷是怎么研究天帝这个问题的。

"哦，有个人见过天帝，我问了他的后人。"鬼谷说。

"嗯？"

"楚国的大夫屈原。"鬼谷一挥手，让浑仪又沿赤经正行几度，"他的后人说，屈大夫曾经从郢都起飞，到了天帝门前。'吾令帝阍开关兮，倚阊阖而望予'①，屈原是这么写的，天帝拒绝了他的觐见，他就回来了。"

"啥？"这不是诗人的胡思乱想吗？公输青挠挠头发。"喂，他是怎么起飞的？"

"骑龙。"

---

① 大意：我命令天宫的守门人打开大门，（守门人）倚靠着大门而看着我（却不动作）。

"龙不是传说吗？"

"我去了一趟鼎湖。"鬼谷说。

"鼎湖？"

"黄帝飞升的地方。"

"呃……"公输青又用力一挠头发，再摇摇发髻。他有点跟不上鬼谷的思维了。"黄帝飞升，难道也是上天？"

"对，传说黄帝也是骑龙飞上去的。"

"那龙是什么？"

"一种用于飞行的工程器。"

"飞鸢？"公输青只能想到飞鸢。但飞鸢起飞能力有限，最多能从高崖上往下滑行百丈距离。为了测试这玩意，墨门牺牲了不少学徒。

"比飞鸢厉害很多。"鬼谷说，"我在鼎湖找到了龙的残迹……当地人说这是一把叫'乌号'的弓，收在轩辕衣冠冢中。我掘了衣冠冢，那根本不是弓。"

"你还挖了黄帝的冢！"公输青差点叫了起来。好在周围都是些木构的自动俑，没人听见他的叫喊。

鬼谷沉默了一会儿。"偶尔一挖，无伤大雅。反正就是个衣冠冢，里面没有尸骨。"

一辆驰车在远方的长城上疾驰而过。夜色下的阿房宫灯火通明，百家的先生与学徒们仍然在忙各自的工程或学术课题。公输青叹了口气，好奇心涌了上来，"所以……乌号、龙是什么？"

"乌号是一堆金属结构的东西，我猜测是铁，绝对不是青铜。"鬼谷说，"从残存的遗物看，像是一个很粗的管道，用来喷气。"

"喷气？是个风箱？"

"应该是利用喷气的力冲上天空的玩意。"鬼谷说。

"怎么可能？"公输青摇摇头，喷气冲上天空，那得多大的力？整个帝国最大的水银动力机烧开了的鼓风动力最多吹飞一个人。

"我也不太信。不过舜帝末年的大洪水毁了不少当年的器物，水银动力机不也是稷下学宫的阴阳学徒们借助在苍梧二妃陵挖的古物痕迹考古出来的？也许黄帝时期人们造艘龙飞行器也不困难。"鬼谷说。

"此言倒是不差。"公输青搓搓自己乱蓬蓬的胡须。几百年前确实是那帮齐国人偷偷跑到楚国掘了二妃陵，发掘出不少古代机工器具，通过复原制造出了水银动力机，致使七国工业迅猛发展。换言之，舜帝以前，科技力量也许更强。

"好，如果龙是飞行器，那天帝呢？"公输青问。

"屈大夫的后人跟我说，"鬼谷踱着步，"屈原当时也是骑着龙上去的。我看了他们私藏的龙的残骸，和鼎湖的乌号极其相似。换言之，我猜测天帝也是古人用龙弄上去的东西……"

"人造神明。"

鬼谷抬了抬斗笠，目光从黑漆漆的缠脸布缝隙中望着公输青。"不错。它是什么不重要，重要的是……"

"我们要把它从天上打下来。"

"如果它真的如我所预测的那样，是在天上的话。"鬼谷压低声音，"世间就不该有神明这种东西，尘世的命运，应该由大众控制。"

"好了，那我们现在开始？"公输青指了指浑仪，"寻找天帝到底在不在天上。今晚天色很好，没有云，适合观星。"

鬼谷点点头。公输青便往鬼谷身边走去，鬼谷又缩了缩身子，离他远了些。公输青只得看看自己，他已经洗浴多次，鬼谷还说他身上有海腥味。

"点火，水银缸加压！"公输青向台下命令着。随后，自动俑得令而行，布设在高台下的水银动力机轰鸣运转着，水银从缸中抽出，压向管路，往高台上输送动力。

"赤经130°22′。"鬼谷抽出一块铜牍片，铜牍片上标有一排细齿，用于标示数字大小。鬼谷将小铜片插入细齿，标出赤经位置，再将这块铜牍片连接回一卷铜简中，塞入浑仪下方的程序输入口。

浑仪上的计算设备是阴阳家们发明的，公输青只负责制造。以铜简或竹简为媒介，这些设备能做简单的数学运算——复杂的，比如积分，需要插入阴阳家设计的预置积分表，否则算不出来。

读取铜简后，水银动力沿着管线输入，远处的水车又"吱呀吱呀"转起来，推着浑仪旋转。随着赤经坐标的逼近，水银管线中压力的变化反馈到水车上，控制着水力大小，让铜环精准停在鬼谷想要的赤经坐标上。

"赤纬30°2′。"鬼谷继续念叨着。这时，公输青忽然听见了某种细微的声响，似乎是鸣镝破空的声音。他抬手示意鬼谷停下来。

"嗯？"鬼谷还在往铜牍片上插小铜片。

"箭？"公输青小声说。声音正在变大，似乎是从头顶传来的。他抬头望向天空，黑夜下看不清是不是有箭矢飞来。

"啊？"鬼谷望着天空，他似乎也听见了，"不是，是……"

天上出现了一线火光。呼啸声倏尔变大，接着，笔直下坠，砸向浑仪所在的位置!

"快跑!"公输青顾不得鬼谷是不是有洁癖,拉着他往高台下跑去。片刻,陨星坠地,砸崩了高台与浑仪,青石砖碎裂一地,水银从管线中泻出。防爆阀外预置的硫黄灭毒器自动爆开,硫黄粉喷满空间,避免水银挥发致毒。

公输青抖了抖身上的尘土。以前搞工程时爆炸事故见惯不怪,他和墨门中人都习以为常。他拉着鬼谷站起,看着前方。

浑仪已经彻底毁了。在硫黄和灰土的粉尘中,铜环扭曲成团,一颗铁陨石正正当当地砸在浑仪正中,"滋滋"冒着热气。"所以……这算什么?"公输青走向陨铁。

"大概是,天帝的报复。"鬼谷走了过来,指着陨铁。

公输青看向鬼谷手指的方向,陨铁上刻着一排通红的篆字:祖龙今年死。

公输青浑身一颤,"天帝,知道我们的行动了。"

"也就是说……"鬼谷望着天空,"天帝果然在天上。"

他们两人沉默不说话了。过了许久,公输青才问:"其实,就算找到天帝的位置,制造出了朝天空射击的巨炮,驱动这样的炮需要的能量帝国恐怕也是承受不起。"

"会有办法的。"鬼谷说,"徐福按陛下的命令东渡东海,从海外祖洲带回的上古遗迹中,据说有一种制造太阳获得能量的方法。"

"什么?"公输青一惊。

"据说,只是传闻。"鬼谷摇摇头。

"我有一个问题。"公输青问,"你为什么要帮陛下造天问机?"

"当然是想问天问机问题。"

"问什么？"

"万物之后的根基大道，究竟是什么？"鬼谷轻声说，"……你呢？"

"我只是想造超级机械而已。"公输青挠挠头，抖去头发上的硫黄粉屑，"现在嘛，我想把天帝这个鬼玩意打下来。"

三

如果说整个帝国还有什么地方是始皇帝的权力无法完全控制的，祭祀用的明堂必是其一。

公输青和鬼谷穿着祝官的祭服，混在队伍的最后。理天殿后明堂的大小是咸阳老明堂的三倍多，十余丈的空间可以容纳三行五列的祝官们一起跳舞祭祀。明堂高七八丈，巨大的黄色布幔从高大的柱子上垂下来，遮蔽四周的边缘空间。

自从二十六年始皇帝改元朔后，以水德统国，全国皆尚黑色，以展示如水般肃穆隐忍、艰苦奋斗的帝国品格；唯一的例外，就是明堂了，这里面还是一片土黄色。按照祝官们的说法，这叫尊古。

祝官们穿着彩袍，一手高举缀翎羽的盾牌，一手持着仿古造型的大斧，左右旋进，以为舞蹈。乐工在两侧的黄幔后敲着钟磬。奴隶们则捧着祭祀用的牺牲（公输青看见了猪头、牛头和羊头，还有黍米，但他分不清祭祀的等级），放到供桌上。

公输青盯着奴隶们看了会儿。他已经好久没见过奴隶了，自从始皇帝推行新政，奴隶制早就从帝国中革除……除了明堂这种直通天帝，冥顽不化的地方。

始皇帝和天帝之间存在矛盾很久了。公输青知道，天帝不知为何，一直要求始皇帝恢复奴隶制，上供更多的能量；而始皇帝则不愿意。公输青猜测天帝多半是种需要消耗能量的机械装置，可能是上古之人发射到天空上的。

"你有没有发现什么异常？"公输青小声问鬼谷。这是他们最近第三次混入祝祭队伍，刺探祭祀天帝的情报了。

鬼谷摇摇头。

很快祭祀仪式正式开始了。"……卬盛于豆，于豆于登。其香始升，上帝居歆。胡臭亶时，后稷肇祀。庶无罪悔，以迄于今。"祝祭们唱着献给祖先的祭歌。又过了片刻，天帝的声音终于从祭台上传下来。

整个明堂立刻安静下来，祝祭、乐工、奴隶全都噤声，倾听着天帝的诏示。公输青和鬼谷在队伍的末端，听不清天帝到底在说些什么。影影绰绰，公输青听见了模模糊糊的背景钟磬与丝竹，应该是从天帝那儿传来的声音。

祭祀结束后，公输青和鬼谷悄悄溜了出去。"你有什么看法？"公输青问道。他只擅长解决工程问题，论及推理博学，还要靠鬼谷。

"你听到音乐声了吗？"

公输青点点头。

"你知道那是什么曲子吗？"鬼谷问。

公输青慢慢走在阿房宫最外围的城墙上，一辆运货驰车在他们一旁的铁轨上飞驰而过，水银动力机工作时发出的"嗡嗡"声倏尔远去。"我……我不懂音乐。"公输青望着西方。远处的咸阳城正沐在昏黄的夕阳中，渭河从城畔蜿蜒而过。城郊的荒野上，十二座高大的青铜金人立在入城的道路两旁，这是始皇帝建国之初收天下刀兵铸成的。

"《白雪》。"鬼谷说，"琳琅清澈，是楚国旧调。"

"天帝是楚国人？"

"不……这很难说。"鬼谷说，"最主要的问题是，如果天帝是漂浮在高空中的，它是怎么把声音送下来的？"

"某种我们不知道的效力。"公输青思考着。

"一种可以隔空传播的效力，传播极长的距离都不会衰减。"鬼谷说。"我想起了墨门正在研究的光。光也有类似的效果。"

"明堂有屋顶，天空的光照不下来。"

"我的意思是，某种类似于光，可以远距离传播的效力。"鬼谷停下步伐，抚摸着长城的城砖，"这种效力可以长距离传播，像是可以穿透障碍的光。明堂接受到了这种效力后，就会发出声音。"

"假设你是对的，然后呢？"公输青问。

"你知道墨门最新的研究结果吗？"鬼谷问。

"你直接说吧。"公输青当然不知道。他只知道墨门研究成熟的那些新玩意，他需要等那些老友弄成熟了再学习。

"蜡烛的光亮，随着距离的平方而减少。"鬼谷说，"我们假设天帝使用的这种通信效力也有类似的性质，那么，当天帝运行在天空中的不同位置时，与明堂的距离不同，它说话声音的大小也会不同。"

"唔，似乎有些道理。"公输青说，"刚才我好像听见那些祝祭在抱怨今天天帝的声音小。"

"可能今天天帝离得比较远。"鬼谷点点头，"那么，我们可以在不同地方布设几个明堂，在同一时间接收天帝的声音，根据各个明堂之间的位置关系和各自接收的声音的大小，可以算出天帝在那个时刻在天空的位置。"

"好主意。"公输青点点头，"但是，声音的大小怎么测？我没做过类似的机器，墨门应该还没有做过这方面的研究。"

"我有个法子。"鬼谷说，"你听我指挥。"

接下来的一个月，鬼谷向始皇帝请示偷偷私建明堂，始皇帝应允了。接着，公输青和鬼谷混入祝祭队伍中，画出了明堂的设计图——他们不知道明堂是怎么接收天帝的声音的，只能全样照画。

他们在咸阳城外的荒野上建造了十几座小明堂，向始皇帝要了一队禁卫自动俑看守，防止无关人等进入。在明堂的地面上，鬼谷像标尺一样打了很多等间隔的孔，插入等长的竹管，又在竹管上端的开口处贴了一张纸条。

"你这是要干什么？"指挥自动俑插竹管时，公输青问道。

"《白雪》是以黄钟为宫音。这些竹管是当时楚国律制的黄钟之管，只要黄钟调下的宫音响起，竹管会共振。当共振的声响大于某个特定的响度时，竹管上的纸张就会飘起。"鬼谷说，"根据墨门的研究，声音随着与声音源头的距离的平方加大而变小。因此，当天帝的《白雪》中的宫音响起时，靠近祭台的竹管会飘纸。飘纸的范围越大，说明声音越响。根据声音的相对大小，我们就能估计天帝通信到这座明堂的强弱。①"

公输青听明白了大致的意思。鬼谷是想用这些律管测量天帝传来声音的强弱，再用不同明堂之间声音强弱的差异来计算天帝在天空的位置。

"然后统计同一时间各座明堂声音的强弱，确定天帝在天上的位置。"鬼谷说，"以后如果要攻击天帝，这个系统还要扩大范围，多建明堂节点，这样计算的位置更精确。"

"没问题。"公输青一拍胸膛，建工程他最擅长。

接下来，在祝祭们例行祭祀的时候，公输青和鬼谷都会打开私建的明堂阵列，接收信号。所有的明堂都由自动俑控制，测出《白雪》第一个宫音的强弱，再把数据送回阿房宫中鬼谷和公输青的临时工作室。测试几次后，鬼谷终于轻车熟路，指挥自动俑们抄写数据，誊到刻数的铜牍片上，再将牍片串回某个特定的积分表，卷成一卷铜简，再插回水银动力的计算机器，计算积分。这些机器虽然是公输青亲自建造的，但核心的数学模块是阴阳家的那些老夫子设计的，公输青并不负责数学原理。

鬼谷用得最多的积分表是"倍角正弦"和"倍角余弦"。仔细研究了鬼谷的计算过程后，公输青改进了计算机械，这样就能自动处理所有明堂阵列送来的信息了。

两个月后，处理了六十多组数据，鬼谷给出了初步的结果：天帝

---

① 按：事实上明堂作为一个房间，声音会有多次反射与混响。此处描写，仅为简单情形之近似。

大概飞行在头顶一万丈的位置，每天会定时飞过头顶几次；大概几次鬼谷还没完全算出来，但是毫无疑问，天帝飞过头顶的时间，就是祝祭们祭祀的时刻。

在他们研究天帝的时候，天下其他地方也不太平。天帝在全国各地降下了多多少少不同的谶纬陨石，上面写着诸如"亡秦者胡也""祖龙将死""始皇帝死而地分"等谶语。被始皇帝剥去土地与工场的六国豪强们，又开始蠢蠢欲动。（崤）山东的不少城市，出现了工厂管道泄漏致使水银逸散、污染，而致民众中毒的事件。曾经因工业发展而获利的人们，又开始抱怨帝国推行水银工业使得污染与中毒事件变多。

天帝在向人间的皇帝宣示它的威严，因为人间的皇帝想造天问机，削减对天帝的供奉，甚至想消灭天帝。

"天下，看来是太平不了了。"公输青说。

夕阳缓缓沉下西方。他们刚刚完成了最后一轮的天帝位置观测，唯一的问题是，用什么东西把天帝打下来。

"你知道吗？当年有穷氏的后羿使用射日炮射过太阳。"鬼谷说。

"问题是，就算我们造出了射日炮，启动射日炮的能源，我们拿不出来。"公输青叹了口气。就和天问机一样，射日炮需要消耗的能源恐怕也是个天文数字。

"先向陛下汇报。"鬼谷说，"总会有办法的。……大不了，我们造个太阳就是了。"

# 四

阿房工程科研基地建成之后，嬴政便把自己的理政地点移到了阿房宫内。自动俑凿开骊山水脉，温泉直接通到他书斋之后，每日倦了，便可简单一泡热泉，聊解乏累。

夜晚。

人鱼膏的烛火"噼啪"燃烧。除此之外，书斋中一片静谧。嬴政扯了扯腰上的玉带钩，宽宽浴袍。刚刚从温泉池出来，他还有些懵然。但时间不等人，他必须尽快定下故赵所在的北境的战事策略。匈奴人的水银动力科技追上来了，金铁自动俑的战力有些不支。

案台上置着一只青铜小鼎，鼎中盛着他最爱的玉米排骨汤。玉米是徐福从东海祖洲带回来的，他正打算在全国推广种植。据农家的先生们说，这种作物非常高产，应该能解决粮食问题。

一个木构的自动俑捧着竹简布帛来到案前，翻开，呈上。布帛上画着的是帝国北境的地图，兵家与墨家各自画出了往北延伸长城的计划。长城将会向触须一样刺入匈奴腹地，城墙中埋设的水银动力管道可以解决自动俑大军的补给问题。

嬴政默然喝了几口汤，然后指示自动俑翻动布帛。兵家的长城延伸计划更加在乎关隘险阻与地势，墨家更加在乎工业发展的潜力，如铁矿与铜矿的位置。嬴政盯着地图，慢慢陷入沉思。

子夜之时，书斋极静，正是考虑这些国家大事的好时机。

"只不过……似乎有点不对。"嬴政的思绪停了下来。在一片安静之中，有什么细微的声音，极不和谐。

自动俑翻过一页布帛，嬴政听见了细弱的"咔咔"声，那是自动俑运行时常见的噪声。

但是，书斋中的这具自动俑是公输先生给他特制的，高装配精度，鲸脂润滑，全弧面的关节，这是一个绝对不会在运行时产生噪声的自动俑。

嬴政望着地图的视线停了下来。自动俑想要继续翻页，嬴政稍稍抬手，示意它停止动作。

有异常，这个自动俑，不是平时服侍他看书的那个。

嬴政忽然想起了许多年前，自己在朝堂上被荆轲刺杀的场景，和此时此刻极其相似，只是那时，荆轲手上捧着的，是燕国的地图。

他盯着布帛，借着烛火，布帛下隐约可以看出一件坚硬物什的轮廓：一把匕首。

"哼。"嬴政若无其事地缩回手，假意轻扶腰上的玉带钩，却暗中摸往衣摆之下，猛地拔出腰侧铁剑，直接砍向自动俑！

自动俑往后一仰，撩起布帛，拍出匕首，握住，往前一划。

嬴政剑锋扫到了空处。自动俑的动作比他想象中要轻快灵活，比起禁内的侍卫丝毫不差。自动俑的匕首扫过嬴政的衣袍，在绸绫上切开一个大口子。

不过，由于嬴政攻击突然，自动俑的动作出现了明显破绽。嬴政挽剑一收，继而迅捷直刺，捅穿了自动俑的腹部。他一抖剑锋，切断了自动俑体内的水银回路。

自动俑歪斜着倒下，水银缓缓渗出，一颗颗流注地面。

嬴政慢慢将铁剑收回剑鞘。他盯着自动俑的残骸，接着俯身下探，研究残骸内的水银回路。从回路的设计风格看，换流阀用的是帝国标准，单向阀用的却是十几年前燕国常见的设计……不管怎么说，这个刺客自动俑和六国的那些豪强脱不了干系。

嬴政想大声呼唤侍卫，却忍住了。此时最重要的，是不让自己被刺杀的消息被更多人知道。何况，呼唤而来的自动俑或侍卫，也不知是不是六国豪强安插的眼线。

他决定自己离开书斋，去寻找心腹内臣处理此事。踱至门口，缓缓开门，却看见两个男子正朝这里走来，是公输青和鬼谷先生。

"陛下？"公输青和鬼谷立在阶下，朝嬴政躬身作揖。

"你们？"嬴政小心掩好书斋门，不让他们看见书斋内的刺客自动俑，"公输先生，鬼谷先生，深夜到访，有何事宜？"

公输青和鬼谷相互望了眼。最终，公输青清清嗓子："寻找天帝的事情有结果了。"

公输青和鬼谷简单汇报了寻找天帝的情况。最终，公输青说："陛下，第一个问题是，能打下天帝的炮很难设计；但更大的问题是，驱使炮弹飞上天空的能量，比天问机的消耗还要大。"

嬴政皱了皱眉头，他对工程问题虽有了解，但所知有限。"人鱼膏不够吗？"

"南海所有渔场的产出也不够。"公输青说，"另外，就算够，人鱼膏的瞬时输出能力也不够强。"

嬴政陷入沉思。"没有别的制造能源的方法？"

公输青和鬼谷相互看看，都没有说话。

"嗯，朕再问你们，"嬴政换了个思路，"人鱼膏也罢、油脂也罢、柴火也罢，这些能量，都是从哪儿来的？"

"太阳。"鬼谷说，"太阳照射植物，植物收集能量，动物吃植物。最终的源头都是太阳。柴火、人鱼膏、油脂，也是太阳的能量变来的。"

"那太阳的能量从哪儿来的？"嬴政又问。

鬼谷一躬身，"陛下，我不知道。墨门的有些先生也许研究过，我可以去询问他们。"

"既然人鱼膏的能量不够，"嬴政说，"那我们，能不能造一个太阳来提供能量？"

一片沉寂。

"陛下，"公输青打破沉寂，"我们还不知道太阳是什么。"

"但是有可能的。"鬼谷说，"后羿曾经把太阳打下来了。"

"能找到残骸吗？"嬴政问。

鬼谷点点头，"在有穷氏故地。"

"那就造个太阳。"嬴政语气坚定，"公输先生，朕问你，你有没有把握把太阳造出来？"

公输青犹豫了一会儿，没有表示。

"一成，我只要你有一成的把握。"

公输青终于点头了，"有。"

"那就去造。"嬴政说，"现在就去。"

"是。"公输青和鬼谷准备离开。

"等一下。"嬴政喊住他们，"你们去咸阳，把王翦将军叫来，让他秘密速来朕的书斋，有要事相商。"

送走了公输青和鬼谷后，嬴政返回桌案，默然望着倒在地上的刺客自动俑。

天下又不太平了，而他这个皇帝所能做的，就是先把天帝打下来。这个时代不需要神明，人的命运应该归于人自己。

他默然喝了口玉米排骨汤。


## 五


公输青曾经不止一次向始皇帝建议，修建长城时应该尽量保证长城的护卫能力和强度；但始皇帝考虑到成本，考虑到应该尽快将长城延伸到帝国南荒之地，拒绝了公输青的请求。

现在报应来了。

从咸阳一路往东，公输青和鬼谷乘坐着驰车沿长城飞驰，前往有穷氏的故地。路过鲁国旧地时，他们遭到了伏击，长城被巨大的攻城用自动俑砸毁，驰车脱离驰道，翻倒在地。公输青和鬼谷在护卫自动俑的保护下逃下长城，慌忙跑入有穷氏的故地。

如果当时长城修建得更加坚固一些，现在的事情就不会发生了。从攻击者的外形、口音推断，他们应该是被鲁国的豪强所攻击。自从始皇帝和天帝的矛盾闹大后，这些豪强的行动愈发猖獗，反叛、暴乱时有发生。虽然帝国还能镇压这些叛乱，但逐渐显露出颓势。

长城是控制帝国的血脉。公输青在设计长城时，将长城分为上下两层。上层铺设驰道，下层则修筑在墙体中，铺设水银管道，输送动力、能源和情报。本来公输青设计时要求在城墙中嵌入铸铁条提高强度，但始皇帝否决了这个耗费过大的想法。

敌人从后面追来。公输青控制着自动俑，护卫着自己和鬼谷前进。在逃出长城之后他就发射了求救的木鸢，只要坚持一两个时辰不被叛军抓到，他和鬼谷先生就安全了。

有穷氏部族的故地是一片种满桃树的山谷，据说，上古之时他们曾经制造出射日巨炮，打下过太阳。巨炮的图纸咸阳图书馆中尚有，是公输青设计攻击天帝的巨炮的重要参考，而打下来的太阳，据说藏在这片桃花山谷。

有穷氏在夏朝时曾经一举推翻了夏帝太甲的统治，但后来太甲起兵复国，往东挺进，扫平了有穷氏的老巢。自此之后，太阳残骸也不知所踪。在始皇帝的授意下，帝国情报部门渗透到鲁国大地，找到了藏有太阳残骸的位置。但公输青和鬼谷来寻找太阳的消息也不知何故泄露了，他们遭到了豪强叛军的攻击。

"前面。"公输青看了下地图。太阳的残骸应该就在前面的山坳中。

他们走入山坳。在茂密桃林的掩蔽下，黄土中半埋着一圈巨大的钢铁残骸。露出地面的残骸上还缀着各种说不出名堂的管线结构，他感觉这些管线似乎不是传导水银的，它们太细了。

自动俑们分散开警戒四周，鬼谷则走上去查看太阳残骸。"太阳难道也是机械装置？那它的光和热是从哪儿来的？"他用沙哑的声音问。

"等一下。"公输青看了看身后，自动俑传来了警告：叛军追了上来。"我们先躲避一下。"

公输青和鬼谷躲入了山坳内的一个山洞中，洞口用藤蔓掩盖，一时应该不会被叛军发现。公输青一边修复着在先前战斗中受损的自动俑们，一边稍稍撩起藤蔓，望山坳中的情况。

叛军正在山坳间搜索。他们携带的自动俑是以前齐国的形制，制造精巧，但功率没有秦国的高。不过现在叛军工业实力有限，这些自动俑的行动大多不那么流畅，看上去应该是装配精度的问题。

"但叛军的人数实在是太多了。"公输青默默思考着。他只能等待救援。

"你说，这个真的是太阳残骸吗？"鬼谷忽然小声问。

公输青缩回手，藤蔓又自然垂下，挡住了泻入洞穴的几束光芒。在一片昏暗中，鬼谷坐在地上，他浑身上下仍然缠着厚厚的绷带，原本整洁的黑袍也沾了不少灰尘。

"我不知道。"公输青只能摇头。

"这个残骸让我想起了徐福从东海祖洲带回来的上古遗迹。"鬼谷说，"上古遗迹和太阳残骸的结构很像。"

公输青听说过上古遗迹，据说是台巨大的金属环形仪器。阴阳家和墨家研究了半天那台遗迹，并没有得到特别的结果。"所以呢……那台遗迹和现在的太阳残骸，是同一种东西？"

鬼谷摇摇头，"不知道。我们得把太阳残骸带回去和祖洲遗迹做比较才能得到更多的信息。不过，我想起了墨家的研究结果，祖洲遗迹似乎是在利用一种叫聚变能的东西。"

公输青完成手上这个自动俑的手臂压力阀的修理，然后又侧头，撩起藤蔓，向外望去。"他们在拆太阳残骸。"他说。

"说不定是天帝在授意他们行动。"鬼谷说，"也就是说，这个太阳残骸，可能是真的；而且模仿这个残骸，有可能制造出大功率的能量输出器。"

"你刚才说的聚变能，是什么？"公输青问。

"是在祖洲发现的古书中提到的词。"鬼谷说，"儒生们做过训诂，不过对这个词的解释最后不了了之。墨家与阴阳两家联合研究过，他们认为这大概是一种通过压缩、聚合物质生成的能量。古书上说万物是由原子组成的，聚变能是原子内核的能量，但我们现在甚至还没有完全理解原子是什么。"

"我们真的可以造出太阳吗？"公输青忽然担心起来。始皇帝在那个晚上问他对制造太阳是否有一成之把握，他点了头。现在想想，可能连百分之一的把握都没有。

鬼谷沉默了一会儿，才说："可以。不过，我们起码要把这个太阳残骸拿到手。我们的科技靠考古起家，把稷下的老学究全部请来研究残骸，应该能弄懂。"

公输青皱起眉头。叛军正在山坳中想办法运走太阳残骸，而帝国救援部队还得等一会儿。"我想办法拖延一下时间。"

"你要干什么？"鬼谷站起来。

"不拖延一会儿，太阳残骸就要被他们运走了。"公输青说。他指挥自动俑们站起来，缓缓往洞穴外走去。"现在趁机冲出去，能拖一会儿是一会儿。"

"太危险了，你会死的。"鬼谷说，"陛下需要你活着，这个帝国也需要你。"

"如果我们造不出太阳，就没法供能给巨炮打下天帝；打不下天帝，这个国家就很危险。"公输青叹了口气，"不管天帝是什么，是古人发射的机械也罢，是神灵也罢……它不能干涉我们的人生。"

鬼谷扶着洞壁，缠着绷带的手指扣过湿漉漉的苔藓，"那——我跟你一起。"

公输青想拒绝，最后却说："万一你死了，就没人向天问机问天地大道之根基了。"

"只要陛下能问天问机天下如何才能万世太平，就行了。"鬼谷说，"万民太平在上，大道不知，不足为惜。"

公输青叹了口气，随后走出洞穴，鬼谷跟在他身后。自动俑们列队两侧，隐蔽潜出。片刻后，公输青趴进草丛，一挥手，让自动俑们悉数出击，杀向那些正在挖掘太阳残骸的叛军。

自动俑们沿着草丛隐蔽前行，在距离太阳残骸十几丈远时一齐扑出，杀向叛军。叛军的挖掘人员开始后撤，而战士和自动俑则迎上来战斗，一时间弩矢飞舞，刀剑交击之声纷纷而至。公输青望望四周，叛军并没有集结所有兵力来对付这些自动俑，还有不少叛军在周围警戒、瞭望。

按照公输青预设的指令，自动俑们并不蛮打，而是游走攻击，避免过分纠缠。这样的话，纵使数量处于弱势，自动俑们也能拖延一段时间。

公输青不奢望自己能战胜叛军，只要能拖住叛军不让他们掘走太阳残骸，坚持到帝国的救援到来就行。

片刻，公输青的自动俑们便死伤殆尽，叛军的部队开始搜索四周，寻找公输青和鬼谷藏匿的位置。不过叛军的挖掘机械也被战斗波及，损坏了一些，这样，一时半会太阳残骸就不会被挖走了。

公输青叹了口气，说："好了，我们的任务完成了。"

"你是说我们要等死了？"鬼谷问。

"不然呢？"

"你听。"鬼谷说。

公输青侧耳细听。远处遥遥传来一阵车马声——是帝国的部队。

他们得救了。


## 六


制造人造太阳的难度超出了公输青的想象。

他花了一年多的时间，才搭建好人造太阳的原型机。这期间，所有的原理性的构建是鬼谷先生完成的，公输青负责工程的细节。

相比之下，射日巨炮和天问机的建造就顺利很多，虽然麻烦不断，但大多被公输青"吭哧吭哧"解决了。唯一的代价是，公输青这半年来休息不好，他常常在和墨门的学徒们讨论工程时睡着，甚至睡着了还能正常讨论，而且别人也没发现他已然熟睡。

睡梦之时，他梦见自己小时候第一次来到咸阳，在郊野道路上，巨大的吊机被注入水银，驱动滑轮，吊抬、竖立十二座高入云霄的青铜金人。金人高立夕阳之下，商旅车马在大地上列为长长一线，行驶在金人的阴影中。

这些金人成了他脑海中挥之不去的印记。他后来学于百工，立志建造和金人一样复杂的巨大机械，他早已不知自己为何执着于此；不如说，这已经是他生命的全部意义。

公输青将全部精力用在人造太阳上。人造太阳的麻烦在于，世界上没几个人懂得太阳运行的原理。为了弄懂所谓的聚变能，鬼谷先生一直把自己关在阿房宫的实验室中，整日和阴阳、墨两家的老夫子们一起研究考据。公输青也参加过这种讨论，他主要负责分析太阳残骸和祖洲上古遗迹的工程性质。

为了保证研究的进度，始皇帝还从全国各地抽调更多的百家学者来到了阿房宫，从训诂祖洲古文书的儒者，到研究上古技术史的史官，所有人都为了人造太阳被动员起来了。

终于，大半年后，鬼谷弄清楚了聚变的原理，然而，这时已经晚了。

帝国境内风雨飘摇。

天帝开始大范围地宣示它的存在感，四处散播神迹，下诏，降落谶纬，宣布始皇帝不得天意，六国豪强则纷纷响应，叛乱四起。原本，始皇帝的统治深得人心，然而最近为了建造人造太阳，始皇帝加大了赋税的力度，加之水银污染越来越严重，普通民众也颇有微词。

不少民众投向了豪强。——虽然，他们在二十六年前，还是豪强们的奴隶与佃农，是始皇帝的改革给了他们自由。

"这究竟是什么力量？"在拿到鬼谷设计的人造太阳原理图的那个夜晚，公输青问道。

"你指的是什么？"鬼谷说。

"太阳。你说的聚变，究竟是什么？"公输青收起图纸。

"是把原子们压到一起，超过它们核的相互斥力后放出的能量。"

鬼谷说。

鬼谷先生这话相当于什么都没说。公输青叹了口气，因为他仍然听不懂，不过这并不妨碍他着手建造人造太阳。

人造太阳的建造地点定在了咸阳郊野。为了防止天帝用陨石攻击，公输青先建造了一组对空射击的防卫炮。接着，他在大地上布设水银管道，接好动力系统，建设了一圈自动俑的维护工场。随后，源源不断的物资沿着长城驰道运到了咸阳：各地废弃不用的六国旧制兵器、苍梧野的磁铁矿、辰州的朱砂（用于炼水银）、交趾的硫黄和人鱼膏。

公输青指挥着墨家学徒和自动俑们开工了。三个超级工程同时建设：天问机、射日炮与人造太阳。此时此刻，公输青已经顾不得天下是否纷乱、帝国是否安危，他生命中的全部力量，都要燃烧在这三项工程上。

"陛下。"人造太阳的原型机搭建完毕时，公输青向始皇帝汇报情况，"射日炮已经建造完毕，只要人造太阳运行成功，就能试射了。"

理天殿中一片寂静。公输青愣了愣神，抬头望去，始皇帝正皱眉盯着一卷竹简，默然不语。

"……陛下？"公输青又轻声喊道。

"有个叫陈胜的工场主在渔阳起兵反叛了。"始皇帝忽然说，"燕国人，曾经开了十三个铁矿厂，手下有四五千奴工；二十七年，他被郡守抓走，抄没家产；去年，他被处罚在蓟城筑城；结果刚才和其他被罚的工场主们一起反叛。"

公输青不知道该说什么。他知道帝国现在情势危机，但是……他叹了口气，"陛下，要不，这些工程先停下来，安定国内才是头等大事。"

"朕想好了，"始皇帝忽然加重语气，"射日炮需要换个名字。"

公输青愣了愣。

"朕决定给这门巨炮赐名'天下太平'。朕的大秦可以不要；天下，必须太平。"始皇帝说，"天帝，必须死。"

水银被压入管道，驱动巨大的圆台旋转。接着，"天下太平"巨炮缓缓升起，指向天空。在咸阳郊外的夜空下，这门青铜巨炮沐浴在星光中，炮身上星星点点的锡在火焰的照耀下闪着白光，也变成了一颗颗明亮的星。

"可以开火了？"鬼谷站在公输青旁边，问道。

公输青盯着面前的水银压力表，检查各个回路的读数，"只要人造太阳能稳定供能。"

"人造太阳马上就好，只是不知道叛军什么时候攻过来。"鬼谷说。

两个月后，人造太阳的原型机正式完成。整个太阳是伫立在荒野上的直径达十丈的球体，复杂的控制系统蔓延至四周，还有一部分深入了阿房宫内，和其他子系统相互连接。

在临时建造的高台上，始皇帝直面人造太阳，"可以点火了？"

公输青和鬼谷站在始皇帝身后。"可以了，陛下。"公输青说，"点火启动如果顺利，天下太平可以直接开火——待会儿就是天帝飞过我们头顶的窗口期。"

"那就——"始皇帝举起了手。

"陛下——"一名侍卫忽然飞奔上台，"叛军，陈胜的叛军攻破了函谷关，人造太阳系统布设在东边的动力工场马上要落入叛军手中了！"

始皇帝举起的手僵在了空中。接着，所有人看见天空中云气开始变化，结成了六个大字：大楚兴，陈胜王。

天帝在向他们示威。

<h1 style="text-align:center">七</h1>

天穹苍茫，骄阳高悬，酷烈的阳光下照在地面的人造太阳上。云气汇聚成的六个大篆字高高飘在天上，是楚国的古旧写法。阳光掠过大字，往大地投下苍苍斜影。

长风咆哮，高台上旌旗猎猎。始皇帝举着的手缓缓放了下来，"备马，准备迎战。"他拍拍衣襟。

"不知道叛军为什么来得如此之突然。"公输青站在高台上，默默想着，一时有些恍惚。上一次听见叛军的消息，只知道叛军们正在函谷关外聚集，王翦将军正和叛军大战。此时，叛军居然已经冲破了函谷关？

"为什么叛军来得这么快？"公输青自言自语。

"他们是沿着长城来的。"始皇帝缓缓说，"长城既然能为帝国快速运输军队，也能被叛军控制。"

公输青问道："陛下，那我们还点火吗？"

"你们继续，点火成功，就见机把天帝打下来。"始皇帝披上侍卫呈上的甲胄，轻轻抚着剑柄。

"是。"公输青应了一声。

"还有……"始皇帝言辞少有的有些犹豫，他压低声音，小声说："此次叛军势大，若是朕不能御敌，请公输先生和鬼谷先生先行逃走。二位是国之重才，务必保留好种种技术资料，于万民有利。"

"陛下……"公输青愣了愣。

始皇帝已经披着甲胄走下高台，向着东方远去了。

公输青摇了摇头，只能继续指挥人造太阳的点火行动。"打开起止阀！"他振臂一呼，命令工程继续。

水银在管线中奔涌，汇聚到人造太阳之下，沿着人造太阳的底座刺入球壳之内，向太阳中输入能量和控制信号。"加压！"公输青盯着面前的压力指针，只要球壳内的压力达到预定值，就能注料进入聚变过程，得到能量了。

动作必须快一点。球壳内加压的过程需要持续输入能量，而能量的来源是从咸阳东面几百里远的水银动力场来的。动力场通过燃耗人鱼膏获得能量，然而叛军击破函谷关后，动力场已经在叛军控制的范围内了。如果叛军破坏了动力场的设施，人造太阳的启动就麻烦了。

压力表的指针跳了跳，并没有达到指定的压力阈值。"动力东线阻尼过大！"东面的墨家学徒举旗报告着。

"加压！启动备用管道！"公输青下达了命令。东面管线异常……多半是叛军已经开始破坏水银动力场的设施了。

东方遥遥传来炮火声，接着，公输青看见了硝烟，硝烟沿着长城一路向着骊山脚下冲来，恐怕是叛军的先锋。

叛军来得好快！公输青定定神，看了看鬼谷。"你先走吧。"他说，"带上技术资料。这里留下我一个人就够了。"

"再等等。"鬼谷说。

"动力东线压力下降！"学徒又报告。正嗡鸣着运行的人造太阳颤了几颤，嗡鸣声立刻小了下去。

"从备用的动力源抽能量。"公输青说，"抽咸阳城的！"

"可是……咸阳城的能量抽过来城里的设施就没法运行了……"学徒说。

"先抽过来再说！"公输青当然知道咸阳城的运行都仰赖水银动力。比起咸阳城失去动力这种事，更值得担心的是从咸阳延伸过来的西线管道无法承受那么大的压力。设计之时因工期仓促，西线的输能管道只是补充；此时若要从西线输入大量能量，势必会超过西线的压力上限。

但这个时候已经管不了这么多了。

随着命令的下达，自动俑们在管线阵列中奔波，转动各处换向阀，将能量的输入回路切换到西线。接着，西线的压力读数疯狂上升，指针横扫过靛蓝色的安全区域，弹射到了最右的朱砂漆面上——压力超过了管线的上限。

"继续加压！"公输青顾不得危险。高压水银沿着管线注入人造太阳，膨胀做功，将能量带入球壳之中。随着压力超过工况，管线中的不少限压阀纷纷爆出，泻出水银；随后硫黄粉也自动喷洒出来，保证安全。

东方的硝烟正飘入阿房宫。公输青无暇顾及叛军先锋的情况，人造太阳正逐步达到它的运行功率。但整个西线的水银管道系统已经快撑不住了，硫黄粉末从管道的各个节点喷出。片刻，测量回路传回的压力正上升，通过预先计算的刻度换算，公输青读出人造太阳内部的温度正达到临界点。

"加料！"他大吼着。

通过一个喷射小孔，徐福从祖洲带回来的太阳残骸中残存的燃料被射入人造太阳中。接着，整个人造太阳震颤起来，铁皮球壳如同波浪般蠕动着，发出"吱呀吱呀"的杂声。高台上的所有人静默下来，等待着结果。

球壳的蠕动逐渐停止，整个人造太阳安静下来。一时间除了遥远的炮火，就只剩下拂过荒野的风声。

公输青默默盯着人造太阳，一时憋住了呼吸……只要再等几秒，就能看见人造太阳向外输出能量的能力了。

"叮"的一声，像是某种金玉交击的轻鸣，人造太阳震颤着，表面铁皮"嗡嗡"晃动。接着，颤动传播到了人造太阳的输出管道上，输出管道的压力持续上升，磅礴的能量推送着水银往前运动，向外做功。

人造太阳被点燃了。

整个高台上欢呼起来。热泪缓缓从公输青脸颊上流下，他咬了咬牙关，大喊道："'天下太平'预热！瞄准天帝！"

高台上的人群再次左右奔波。天帝位置的实时数据从鬼谷建造的明堂阵列中持续传出，汇聚到高台上。接着，鬼谷取出对天帝运行位置的预测轨迹，写入一卷铜简，再插入水银动力的计算机械中。

计算机械会自动校准射击参数，让"天下太平"瞄准天帝即将路过的位置。"启动！"公输青拉下开火的闸门，"天下太平"巨大的炮身在荒野上旋转、上移，瞄向苍穹的东北角。

"大楚兴，陈胜王"六个字依然飘在天空。东方，阿房宫已经燃起了熊熊大火。郊野的地平线上出现了一片黑色身影，似乎是叛军。

"始皇帝输了吗？"公输青脑海中闪过这个念头。也许这个国家已经完了，但是，天帝也要完了。

大地震颤。

"天下太平"开火了。

开火时喷出的气浪轰然扫过四野，荒草折靡，高台也猛地颤了颤。在"天下太平"的上方，一道白线直刺天空，按着阴阳家们计算的轨迹扑向天帝所运行的位置。

几秒后，天空上闪过一个白点。接着，"大楚兴，陈胜王"几个云气大字忽而消散，化为一片模糊的浅云。

天帝被击中了。

"结束了。"公输青感觉身子一软，乏力感涌上身躯。他不知道这个帝国接下来会怎么样，但无论如何，未来还是光明的。

"我们撤退，炸了太阳和巨炮，不能留给叛军。"公输青说。

"不，等一下。"鬼谷摇摇头，"太阳的能量输出完了吗？"

"没有。"

"连上天问机。"鬼谷说。

公输青愣了愣，"按照天问机的功耗看，只能问一个问题。"

"我知道。"鬼谷说。

风从高台上吹过，枯草拂过公输青的足前。"那你去吧，叛军还要一会儿才到达这里。你要问'天地大道的本源是什么'？"

"不。"鬼谷缓缓走下高台，"我想问，天下如何才能太平。"